U0782644

找不着北

保姆在北京

刘庆邦　著

北京出版集团公司

北京十月文艺出版社

目 录

序：进入城市内部

　　我 1978 年春天来到北京，在北京已经生活了三十多年。以前，虽然我也写过几篇有关城市生活的中、短篇小说，但没有形成系列和规模。在读者的印象中，我写农村和煤矿生活的作品相对多一些。北京接纳了我，拥抱了我，并提升了我。我在北京生儿育孙，已和北京建立起紧密的血肉联系。这多年来，我也积累了一些在北京生活的经验和情感，觉得应该集中写一批北京生活，即城市生活的作品了。

　　北京这么大，城市生活这样纷繁，我从哪里入手呢？选择哪个点切入呢？如果我一味贪大，求全，很可能力不能及，写出来的东西反而小，反而窄，甚至都是一些表象。我对自己的要求是，切入点一定要小，而且一定要找准穴位。只有切入点小了，才有可能真正进入城市生活内部，并逐渐扩大内涵。只有找准了穴位，才有可能触及到城市生活最敏感的神经。我想来想去，决定从保姆这一点切入，写一个保姆在北京的短篇小说系列。这个系列我打算写八九篇，或许十多篇，最后加起来，应该相当于一部长篇小说的字数吧。

我之所以选择通过写保姆来写城市生活，主要基于以下几点考虑。第一点，全国各地到城里当保姆的人很多，她们已形成了一个庞大的生态群体，这个群体在浩浩荡荡的打工队伍中具有一定代表性，值得关注。第二点，保姆作为家政服务人员，她们单刀直入，一下子就走进了城里人的家庭内部。家庭是社会的细胞，也是城市生活最隐秘的角落，许多人间活剧都是在家庭内部上演。借保姆的视角，我们正好可以轻轻撩开隐秘的帷幔，看看城里人的内心世界和人性的丰富。第三点，保姆一般来说都是女性，女性有着灵敏的触角和强有力的吸盘，她们看似配角，有时也会变成主角，她们的故事会给小说的想象提供更多的可能性。第四点，也是最重要的一点。我国在城市化进程中，过去长期形成的城乡二元对立的观念仍然存在，这种观念必定会在保姆和雇主之间反应出来，并形成形形色色的矛盾冲突。在这种情况下，保姆像是打入城市的尖兵，又像是潜入城市的卧底，她们承载着历史，同时又创造着历史。这样说起来，是保姆在北京，也是北京在保姆。当然了，归根结底，是我在北京，北京在我。

以前我没有明确的写系列小说的意识，虽然写了大量农村和煤矿生活的小说，但事前没有总体规划，写到哪里算哪里。这次我来尝试写一个城市生活的系列小说。我理解，系列小说类似定点接力探矿。一根钻杆长度不够，达到的深度也不够，只有把许多根钻杆连接起来，一个劲往下打，才有可能探到最好的矿脉。系列小说还有些像拳击运动的组合拳。单拳的力量是有限的，把拳头的出击组合起来，打出一套拳来，才有可能形成比较大的冲击力量。

刘庆邦

2013 年 12 月 15 日于北京和平里

找不着北

梅玉珊是个爱玩儿的人，到歌厅唱歌，去公园跳舞，春天挖野菜，秋季搞采摘，样样都玩儿得兴高采烈。梅玉珊不是一个人玩儿，她在北京城里结识有一帮玩儿友，每次都是结帮出行，一块儿游玩儿。玩儿友里有女也有男，年岁相差无几，都在四五十岁左右。他们当中，有提前退休的，有下岗买断工龄的，也有长期休病假的，反正都是闲下来的人。梅玉珊本是市属一家印染厂的工人，有一年，厂里组织职工体检，她被查出血糖超标之后，就办了病退。办病退那年，她还不满五十岁。摆脱了工作的牵扯和机器的羁绊，使她好像重新找回了自己，赢得了到处玩耍的时间。到一块儿说起来，他们都愿意把自己说成是为共和国的建设出过力的人，现在该轻松一下了。找到了玩儿的理由，他们很快又把理由推翻了，说鸟要飞，鱼要游，玩儿就是玩儿，不必有什么理由，没事儿，瞎乐和呗！这一次游玩儿结束了，他们集体议定下一次要玩儿的时间，到时候电话一打再出发。

按照事先的约定，这天他们的游玩儿项目是到北京北郊的一处温泉度假村游泳，泡温泉。时间是上午九点，地点是在度假村门前的美人鱼雕像那里集合。季节到了秋天，秋天被说成是北京最好的季节。哪里好呢？主要是无风，不扬沙，天蓝，空气透明度高。你站在北京任何一个地方，往西一望，都能望见西山青黛的脊梁。如果把北京的秋天说成是金秋，一点儿都不为过，因为银杏树的叶子是金黄色，街头的菊花是金黄色，故宫的琉璃瓦是金黄色，连太阳照在地上也是金黄色，真是满地黄色满地金哪！季节好，天气好，人的心情就好。还不到九点，梅玉珊的玩儿友们就陆续来到了美人鱼身边。美人鱼像是用一整块大青石雕刻而成，上面是少女美丽的脸庞，少女含情脉脉，在眺望远方。下面是一条鱼弯曲的身子和张开的尾巴，鱼身上刻有细密的鳞纹。美人鱼立在一块方形的基石上，基座周围是一个圆形的花坛，花坛里五颜六色的六瓣梅仍在开放。每走过来一位玩儿友，他们都欢呼一声，说着想你呀，念你呀，等你呀，盼你呀，夸张得像久别重逢一样。

　　梅玉珊的家住在三环以里，是接近城市中心的位置。她是坐了地铁，又换乘长途公交车过来的，来得不早也不迟。她今天穿了一件黑色的中式上衣，脖子上搭着一条长长的红围巾，眼上还戴着一副变色镜。她一出现，先来的玩儿友们就梅姐、梅姐地叫，夸梅姐今天好漂亮，好有魅力。别人都把梅玉珊叫梅姐，男玩儿友老楚不知看了什么书中的人物，却把梅玉珊叫成梅表姐。他要梅表姐先不要过来，自己往前跨了一个弓步，塌下腰，伸着头，两手的手指扣成照相机镜头的模样，并装作镜头已对准了梅表姐，让梅表姐走几个猫步试试。

梅玉珊一点儿都不忸怩，她把腰肢顺了顺，把注意力集中在大胯上，果然走了一串猫步。她的猫步走得颇像那么回事，得到玩儿友们一阵喝彩。

他们游了泳，泡了温泉，个个容光焕发，眼睛又亮了许多。只是觉得肚子有些饿了，需要在附近餐馆吃些东西。他们吃饭是分摊制，一顿饭一共花了多少钱，按人头平均一除，每人掏自己应摊的那份就完了。他们不点海鲜，不吃大鱼大肉，一般也不喝酒，只用些豆芽儿、豆腐、炒蛋和青菜就行了。他们说只吃绿色食品和健康食品，其实他们都不富裕，不愿意把钱花在吃上。他们的共识是：当今就是玩儿的时代，不是吃的时代，只要玩儿好就行，吃算什么劳什子呢！在饭桌上，有人提议：我们不能只满足于在北京城里和北京周边玩儿，应当放开眼界，走出去，到黄山去旅游一次。黄山天下奇，黄山归来不看山，只要看了黄山，等于把全世界的山都看了。国庆长假一过，去黄山的游客不多了，这时去黄山，打的是时间差，正是最好时机。对于这个提议，玩儿友反应不一。因去黄山是远足，来回需要好几天时间，所需的费用也多一些，大家还要掂量一下。掂量的结果，有人说可以去，有人说去不了，也有人说得回家和家人商量一下才能决定。

梅玉珊尚未表态，她正一手遮在嘴上，一手捏着牙签剔牙。她戴的一副茶色变色镜面积也比较大，别人看不清她眼睛的表情。老楚说：我们玩儿的是自由飞翔，去黄山的事不可勉强，依我看，梅表姐就算了。说着，很快地向坐在对面的人挤挤眼，并抖抖下巴，做了一个话里有话的面部动作。别人会意，都浅浅地笑了一下。梅玉珊把牙签从嘴里拿出来了，看着老楚问：我为什么就算了，老楚你是什么意思嘛？老楚说：没啥没啥，我是站在表姐的立场，是为表姐着想。梅玉珊继续问：您是怕我变成累赘吗，是怕我拖大家的后腿吗？老楚说：哪里哪里，群雁高飞头雁领，梅表姐哪次不是我们的领头雁呢！梅玉珊不依不饶：那你到底是什么意思？老楚嘿了一声，说梅表姐您哪您哪，老弟本来不想说，您非让老弟说，事情明摆着，你一走好几天，不是给秦大哥和小赵创造条件嘛！

既然老楚把话说了出来，玩儿友们又对这个话题感兴趣，大家都把目光转向梅玉珊，看她如何回答。每次游玩儿之余，玩儿友们难免家长里短地说些闲话。因梅玉珊爱说她和丈夫老秦对家里的小保姆如何如何好，把小保姆当孩子一样看待，给小保姆买这买那，还花钱送小保姆到电脑培训班学习使用电脑，使玩儿友们都知道了，梅玉珊家里有一个从安徽农村来的年轻漂亮的小保姆，小保姆的名字叫赵改妮。梅玉珊在家里待不住，三天两头跑出来玩儿。而她一出来，家里就剩下老秦和小赵。一男一女在一套房子里吃，一套房子里住，一套房子里活动，谁能保证不会日久生情呢，谁敢说谁能不碰谁一下呢！背着梅玉珊，其他玩儿友曾议论过，对老秦和小赵的关系都有些怀疑。以前碍着梅玉珊的面子，只是没当她的面说出来而已。梅玉珊说：老楚你这话我不爱听，我们家老秦是个文化人，正派人。老秦在小赵面前君是君，臣是臣，恪守的是男女授受不亲。我不允许任何人小看我们老秦，你再胡说八道我跟你急！老楚赶紧道歉：好好梅表姐，算我多嘴，算我嘴贫，行了吧。梅表姐真是个善良人哪！梅玉珊把变色镜摘下来了，目光直接对着老楚说：你不这样说，去黄山的事我还要考虑一下，你这样说，现在我宣布，黄山我去定了！

去黄山的提议者叫了一声好，带头鼓起了掌。饭桌上顿时响起了呱呱的掌声。

梅玉珊回到七层楼的自己家门口，把钥匙掏出来了，却没有马上开门，而是在门外不声不响地站了一会儿。她家的门是双道门，外面是一道钢木结构的保险门，里面是一道木门。她侧耳听了听，似乎听到一些动静，才把门打开了。保险门没有锁，木门是锁着的。她一打开木门，小赵就从屋里迎了出来，跟她打招呼：阿姨回来了。她说：回来了，你干吗呢？小赵说：我正浇花儿呢。她把小赵打量了一下，见小赵手里还提着浇花儿用的喷水壶，看样子是刚从养花儿的阳台上走过来。她家养有多种花儿，有吊兰、文竹、茉莉、石榴，还有前几天她外出游玩时买回的一盆瓜叶菊。她跟小赵交代过，说瓜叶菊喜湿，需要经常浇水，看来小赵记住了。她问小赵：叔叔还没回来吗？小赵说：回来了，正在卧室睡觉呢。梅玉珊说：不晌不夜的，睡什么觉。小赵说：叔叔中午跟朋友聚会，喝酒，没睡成午觉，叔叔说要把午觉补一补。梅玉珊说：他就知道睡觉，睡觉，睡觉就是他的命根子，他把睡觉看得比什么都重要。小赵笑了笑，没有再接话。梅玉珊把装在一只手提塑料袋里的游泳衣递给了小赵，让小赵把游泳衣挂在阳台晾起来。

他们家的房子是三室一厅，一厨一卫，外带两个阳台。三间卧室的面积各不相同，一间大一些，一间小一些，还有一间是中等。最大的那一间，当然是由房子的主人老秦和梅玉珊住。朝北的那一间，给小赵暂住。中等的那一间呢，仍给女儿留着。女儿、女婿虽然带着外孙子搬走了，搬到新买的房子里住去了，但他们两口子一致的意见是，女儿从小住惯的房间一定要给女儿保留着，这个家一定要有女儿的空间，随时欢迎女儿一家三口回来看一看，住一住。大卧室的门是关着的，梅玉珊一把门推开，老秦就醒了。尽管梅玉珊推门时轻而又轻，老秦还是睁开了眼睛，老秦说：老伴儿回来了。梅玉珊说：对不起，我是不是打扰了你的好梦。老秦说：还好，我刚梦到你，你就回来了。梅玉珊问老秦，梦到她什么了。老秦说：梦到你跟别人好，惹我生气呗。梅玉珊说：我一脸枯皱，都成老太太了，谁还会稀罕我！恐怕去给人家当保姆，人家都不会要我。老秦说：别人不稀罕我稀罕，在我眼里，我老婆永远年轻，永远是美人儿。梅玉珊说：小香嘴儿，很会哄老婆，你就是哄你老婆高兴呗。起来吧，我跟你说一件事儿。这件事儿必须取得你的同意。

老秦从床上坐起来，穿上秋衣、秋裤和袜子。老秦有一个习惯，只要是在家里，他从不和衣睡觉，哪怕是白天睡觉，他也要脱去秋衣、秋裤和袜子。他认为睡觉是放松，衣服是捆绑，既然要放松，就要去掉捆绑。他不问梅玉珊是什么事。梅玉珊反过来问他：我说跟你说一件事儿，你为啥不问我是什么事儿。老秦说：

有话就说，有屁就放，两口子说话，这么藏头露尾的干什么！梅玉珊这才把事儿说了出来，她说她要和玩儿友们结伴去一趟黄山，问老秦是什么意见。老秦在心里把黄山回顾了一下，没有马上表态。梅玉珊两眼看着老秦的眼，老秦却转过脸，两眼看着窗外。窗外是一片虚空，他看不到什么。梅玉珊说：你考虑一下吧。老秦说：你一去好几天，我怎么办。这话有点可笑，梅玉珊差点笑了，她说：你又不是小孩子，又不需要吃奶，有什么不好办的。你是什么意思，是不是不想让我去？家里有小赵给你做饭，给你洗衣服，一切都把你伺候得好好的，我在家不在家有什么关系呢！老秦说：小赵是小赵，你是你，小赵能代替你吗？梅玉珊说：小赵什么都能干，怎么不能代替我，我看能代替我。梅玉珊把卧室的门掩上了，先笑了一下，小声说：有人说，我去黄山，正好给你和小赵创造条件呢！老秦回过脸来，脸一下子拉得老长，说：谁说话这样无耻，这不是侮辱我嘛！梅玉珊笑不成了，说：人家不过是开个玩笑嘛！老秦说：开玩笑也不行，听到这样的玩笑，你当时就该甩他两个嘴巴子。如果没有这样的话，你去黄山的事儿还可以考虑。有这样的话，我的意见你去黄山的事儿就免了。老秦说罢，不管梅玉珊反应如何，丢下她，起身到卫生间去了。

晚饭，小赵备的是四菜一粥。粥是山西沁州的小米熬成的，菜是虾仁炒丝瓜，辣椒炒梅豆，还有两碟小赵腌制的雪里红和芥菜丝。在饭桌上，梅玉珊夸小赵做的菜这也好吃，那也好吃，用筷子夹了红虾仁儿往老秦碗里放。老秦说：你不用管我，我自己来。梅玉珊问小赵：你家离黄山远不远。小赵说不是很远，只有一百多里。梅玉珊接着问小赵，去过黄山没有。小赵说没有。那你为什么不去黄山看看呢？小赵说：好风景都是给城里人看的，农村人眼里只有庄稼，哪有闲心看风景呢！梅玉珊说：你叔叔去过黄山。小赵说：是吗，哪一年？老秦说，他也记不清了。梅玉珊恭维似的对小赵说：你叔叔可是个有才华的人，去黄山的时候，回来还写了一首诗呢。你叔叔要是一直写下去，说不定还会成为诗人呢！小赵的样子有些惊奇，看着老秦说：真的？我可从来没听叔叔说过。梅玉珊说：你叔叔是个守口如瓶的人，有些事情瓶子烂了都不说。老秦说：又瞎说，又瞎说。小赵低下眼，用筷子的最前端夹了一根芥菜丝，一点一点在牙上切。小赵的牙长得不错，排列紧密，贝一样白。梅玉珊问老秦，还记不记得当年写的诗。老秦说：黄鹤一去不复返，早忘到九霄云外去了。梅玉珊对小赵说：看看怎样，刚说到你叔叔会写诗，你叔叔的诗就来了。

　　老秦到底还是同意了梅玉珊去黄山旅游。晚间，在床上，梅玉珊一口一个亲爱的，说她都答应了和玩儿友们一块儿去黄山，若是亲爱的不让她去，她的面子往哪儿搁呢，以后她就没法儿跟人家一块儿玩了。说着，抱住老秦的头亲了一口。老秦说：合着你是先斩后奏啊，我要是坚决不准奏，你会怎么样呢？梅玉珊说：那你就把我也斩了得了。老秦说：好，开斩！以手代刀，在梅玉珊脖子上抹了一下。梅玉珊脖子里痒了一下，觉得去黄山的事儿有戏了，说亲爱的，你就给老婆一个面子嘛！老秦说：你呀，你呀，你还是一个长不大的孩子啊！

　　梅玉珊去黄山临出发前，老秦掏出三千块钱给她。梅玉珊不要，说她自己有钱。老秦说：我还不知道你，就你那点儿退休工资，哪个月不是月花月干。拿上吧，穷家富路，节约归己，别不好意思。说着，拉过梅玉珊的手，把钱拍在梅玉珊手里。梅玉珊说：我不能为家里作贡献，还老花你的钱，真是有点不好意思。你又不是不了解我，我的手就像一个漏斗，有几个漏几个，漏不干净不罢休，你这不是让我去漏嘛。老秦说：天上下雨地上漏，漏就漏吧，钱既然给了你，就是让你漏的。梅玉珊说：谢谢老公！

前面说到，梅玉珊可以到处游玩儿，是因为她有了时间。其实，有时间只是条件之一，还有两个条件也不可少。这两个条件，一个是经济条件。老秦开有一家文印公司，承接复印、打字、排版、制名片等多项业务。老秦的公司虽然挣不到什么大钱，但日日月月都有进项，收入是稳定的。家里的一切费用，包括保姆小赵的工资，都由老秦承担，无须梅玉珊花钱。梅玉珊每月两千多块钱的退休工资，都是梅玉珊自取自花，老秦连问都不问。逢年过节，或者过生日，老秦还要给梅玉珊一些钱。另一个条件，梅玉珊当的是甩手主妇，不用做家务，买粮买菜，买盐买醋，洗衣做饭，刷锅刷碗，擦桌子擦地，所有居家的事务都由小赵包下来了。玩儿友们都说，梅姐真是一个有福的人。梅玉珊也承认，自己的确有福。她说她抽过签，占过卦，她占到的卦辞是：不求财，财自来；不求福，福自至。这没办法。

梅玉珊去黄山坐的是夜车，晚上十点多登车。小赵提上行李箱，把阿姨送到楼下，伸手拦了一辆出租车，眼看着阿姨上了出租车，才回到楼上。小赵把两道门都锁上了。老秦还没回自己的卧室，正半躺在客厅里的沙发上看电视。梅玉珊一走，小赵就不把老秦叫叔叔了，改叫秦哥。她连着叫了好几声秦哥，明显在撒娇，娇得欲滴的样子。老秦挺起上身，往门口看了一下，说：阿姨好像又回来了！小赵急忙掩口，拉开木门，眼睛对着保险门上的猫眼往外瞅。门外的楼道里静悄悄的，一个人影都没有。小赵重新锁好木门，撒娇撒得更厉害，她扑在老秦身上，双手搂住了老秦的脖子，说秦哥，不许你吓唬我。老秦也不把小赵叫小赵了，叫成了小乖蛋，他说：我试试小乖蛋的警惕性是不是还保持着。小赵说：秦哥放心，我的警惕性还在嗓子眼放着呢！电视里播放的是一场高尔夫球的赛事，小赵扭头往电视上瞥了一眼，说一点儿都不好看。老秦问为什么。小赵说：洞眼子那么小，还在草棵里藏着，球老也打不进去，看着让人着急。老秦说：好，不看了。他拿起放在玻璃茶几上的遥控器，把电视关掉了。

二人转移到大床上，小赵躺的位置，是梅玉珊每天所躺的位置，小赵枕的枕头，是梅玉珊每天所枕的枕头。所不同的是，老秦和梅玉珊一人一个被窝儿，各睡各的被窝儿。而小赵把梅玉珊的被窝儿收起来了，她和老秦睡进了一个被窝儿。老秦说：你不让我看高尔夫，我就在床上打高尔夫。小赵说：你打吧，欢迎你打，我保证让你一竿子就能打进洞眼子里。老秦夸小赵真聪明，真乖。不过老秦说他才不着急呢，他要多打几杆子，才让球往洞眼子里进。他要的就是这个过程，要把过程好好享受一下。他把小乖蛋搂在怀里，一只手轻轻摩挲小乖蛋的背和臀，赞叹说：紧皮紧肉，滑如凝脂，年轻真是个宝。小乖蛋问秦哥：阿姨这次能出去几天？秦哥说：至少得一个星期吧。小乖蛋说：秦哥，我真幸福，我幸福死了，这几天我天天都要。秦哥说：那要看我的能力如何，哥尽力而为吧。小乖蛋说：哥有能力，哥永远都有能力，哥的能力厉害着呢！秦哥说：哥的能力是小乖蛋给的，哥本来没什么能力了，小乖蛋一来，哥的能力又恢复了。小乖蛋把秦哥的"能力"握在手里，引导似的往自己身上拉。秦哥说：别急，让我戴上套子。小乖蛋说：哥别戴套子了，让我给哥生个儿子吧。秦哥说：不许瞎说！

尽情之后，小赵起身拿毛巾给老秦擦了额头上的汗，拿水杯给老秦喂了不热不凉的白开水，两人躺在被窝儿里相拥着说话。小赵问老秦：阿姨知道咱俩的事儿吗？老秦说：可能不知道，她要是知道，就不会成天价到处乱跑，更不会跑到黄山去。阿姨是个好人，也是个没心的人，她不会把人往歪地方想。小赵说：我看不一定，阿姨对咱俩肯定有怀疑，因为没抓到什么证据，阿姨也不好把窗户纸捅破。那天在饭桌上，阿姨说你是个守口如瓶的人，把我吓了一跳，我觉着阿姨是一语双敲，在敲打你，也在敲打我。阿姨表面上大大咧咧，实际上是个心里有数的人。老秦认为小赵这样想也对，还是小心为好，千万不要露出什么蛛丝马迹。说到后来，他们达成的共识是，对于梅玉珊，有些事情可以隐瞒她，但万万不可以伤害她。隐瞒她，是对她的尊重和保护，若是让她知道了，就会对她造成伤害。

小赵曾经说过，趁她在北京当保姆期间，一定找个机会让她的父母到北京看看。可是，她在北京当保姆都七八年了，她的父母一次都没来过。老秦想起了小赵说过的话，问小赵，什么时候让她的父母来？又说其实现在来就很合适，可以在家里吃住，北京天气也好。小赵说，她父亲在广州打工，她母亲一个人在家里，还要给她的哥哥看孩子，都来不成。那么老秦就说：等过年的时候，我跟你一块儿回去，看看你的父母吧。小赵先说好呀，又说，秦哥是个高级人，我可舍不得秦哥到我们那里受委屈。老秦说：哪里有什么高级人低级人，我们都是平等的。你觉得受委屈的地方，我可能会觉得很好玩。小赵说：得了吧您哪，到我们那里，不说别的，光那个湿冷和那个去厕所，你就受不了。

在梅玉珊去黄山旅游期间，一个星期天，老秦的女儿秦晴，驾车带着儿子毛毛，到姥姥家来了一次。小赵一见毛毛，亲热得不得了，蹲下身子抱着毛毛，叫着毛毛毛毛，眼都湿了。毛毛刚出生时，是梅玉珊到保姆市场专门为毛毛请了小赵当保姆，小赵抱毛毛，比谁抱得都多。该上学前班了，毛毛的妈妈才把毛毛从姥姥家里带走，回到自家去住。小赵见毛毛这么亲热，毛毛的神情却冷冷的，好像不认识小赵似的。秦晴说：毛毛，这是赵阿姨，就是赵阿姨把你带大的，你叫阿姨了吗？毛毛这才叫了一声阿姨。秦晴问：我妈呢？老秦说：你妈到黄山旅游去了。哪天去的？大前天吧。秦晴说：我妈真行，出去旅游，也不告诉我们一声。要是知道我妈不在家，我们就不来了。老秦说：你这孩子，你妈不在家，你就不能来吗！老秦拉住了毛毛的小手，对毛毛说：家里还有姥爷呢，姥爷还想我们的毛毛呢，姥爷还是毛毛的好朋友呢，是不是！说，毛毛想吃什么，叫阿姨给你做。毛毛突然提高了声音说：我不吃鱼翅，我要是吃了鱼翅，鲨鱼就死了！老秦夸毛毛，说毛毛真是个好孩子，从小就有环保意识。老秦让毛毛点点儿别的，爱吃什么就点什么。秦晴说：我们不在这儿吃饭了，待一会儿就走了，毛毛回去还要弹琴呢！毛毛说：我不弹琴，我讨厌弹琴！秦晴威严地对毛毛嗯了一声：不许胡说！小赵见毛毛眼里含了泪，马上哄毛毛说：毛毛越长越漂亮了，毛毛真是个小帅哥。

秦晴对小赵说：不要理他！秦晴为了转移小赵对毛毛的注意，也是为了转移毛毛对自己的注意，她礼节性地跟小赵说了几句话，问小赵在公司工作怎么样？小赵说挺好的。原来，毛毛一去上学前班，当年年底，梅玉珊就把小赵辞退了。不料来年刚过罢元宵节，小赵带着行李，又来到秦家。小赵一见梅玉珊，叫着阿姨阿姨，抱住梅玉珊就哭了。梅玉珊以为小赵回家受了委屈，问起来，小赵说，她想阿姨，想叔叔，想毛毛。另外，她在老家冷得受不了，还水土不服，回到老家第三天就开始拉肚子，一直拉到现在。梅玉珊很同情小赵，也能理解小赵的心情，她的看法是，外地来的年轻人只要在北京生活过几年，心就留在了北京，都不想再回去。她不仅给小赵服了药，治好了小赵的肚子，还跟老秦商量，把小赵安排在老秦的文印公司工作。小赵一边在公司工作，一边利用业余时间，继续在秦家当保姆，做家务。秦晴还问到，别的在公司工作的员工是不是都在外边自己租房子住？小赵说：阿姨不让我在外边租房子，她说住在这里做家务方便些。

　　秦晴带着毛毛走后，小赵对老秦说：秦哥，你听出秦晴话里的意思了吗，她不想让我在你们家住。老秦说：你不要管她，这个家是阿姨当家，不是她当家，你和阿姨搞好关系就行了。小赵叹了一口气，说：秦晴看我时的眼神是排斥的，说来说去，北京人还是看不起外地人啊！老秦要小赵不要这么想，说北京其实是个移民城市，且不说普通市民，一些在北京坐了王位的皇帝也是从外地来的，比如：元朝的皇帝是从内蒙古来的，明朝的皇帝是从你们安徽来的，清朝的皇帝是从东北关外来的，连毛泽东也是从湖南来的。就说我们秦家吧，是从我爷爷那一辈起才从河北张家口迁到北京来的。

在黄山的天都峰，梅玉珊给老秦打回一个电话，她叫着老秦名字的后两个字，声音有些哽咽。老秦赶紧唤她：梅玉，梅玉，你怎么了？出什么事儿了？梅玉珊仍哽咽着说，她这会儿正在黄山天都峰的峰顶，看到山道边的铁链子上锁了很多连心锁，连心锁锁得累累赘赘，像结在一起的蜂团子一样。看着云雾在连心锁上萦绕，她一下子非常伤怀。要是老秦这会儿也在黄山的话，她也要请一把连心锁，两人一起把连心锁锁在铁链子上。老秦安慰她：梅玉你放心，不管咱们锁不锁连心锁，咱们的心都连在一起，永远连在一起。通完了电话，老秦又给梅玉珊发了一条短信：梅玉，一定要注意安全，保重身体。早点儿回来吧，我和女儿、毛毛都很想你。

从黄山归来的梅玉珊，乐得满脸灿烂，伤怀的情绪早消失得无影无踪。她一再说黄山太美了，到了黄山像到了仙境一样。到了"仙境"再往下看，才发现人世间的一切原本是那么可爱。她捎带着夸了小赵，说怪不得小赵长得这样水灵，真是一方水土养一方人哪！梅玉珊外出有购物的习惯，她给老秦、女儿、外孙、小赵，每人都买了礼物。她给老秦买的是贡菊，说老秦爱上火，如果每日喝上几杯用贡菊泡的菊花茶，身体内的火气就会被祛除。她给小赵买的是绿檀佛珠手链，说佛珠是开过光的，可以保佑小赵平安幸福。小赵接过手链就戴在手腕上了，说谢谢阿姨！又说：我妈从来没给我买过这么好的东西。

梅玉珊去女儿家给女儿和毛毛送礼物，抱住毛毛，叫着心肝宝贝儿，自然又是一番亲热。毛毛在姥姥怀里滚来滚去，不愿离开姥姥。毛毛说：姥姥，我妈说，我姥爷要给她找一个后妈。秦晴对毛毛正色道：哎，不许瞎说！毛毛说：我没有瞎说，那天你跟爸爸说的，我都听见了。秦晴说：这孩子，就是耳朵长，以后大人说话，小孩子不许偷听。好了，带上姥姥给你买的玩具，去你自己的屋玩去吧。毛毛说：不，我要跟姥姥玩。秦晴不再理毛毛，问妈这一趟玩得怎么样。梅玉珊说玩得很好，非常好。她用手比画着，对秦晴描述她在黄山的所见所闻。毛毛大概对黄山不感兴趣，这才抱着玩具自己玩去了。其实秦晴对妈所描述的黄山风景也不是很注意听，她心里有自己的念头，她的念头里没有云，也没有雾，一切都很清晰。一见毛毛不在身边，她立即打断了妈的描述，说：我看赵改妮青春焕发，可是越来越漂亮了！梅玉珊的描述突然被打断，她像是想了一下，才记起赵改妮是谁，她说：小赵今年二十四，本来就处在青春期嘛！秦晴说：你一出去好几天，家里就剩我爸和小赵，满屋子都是小赵的青春气息，你可真放心。梅玉珊说：那有什么不放心的，我相信你爸。你爸从来没跟我提过离婚，还不断给我钱花，我觉得这就够了。你爸对我说过，他一辈子都会对我好，下一辈子还要和我做夫妻。我对小赵也不怀疑。疑人不用，用人不疑，用人家，就要相信人家。我认为小赵是个安分守己的好孩子。我很感激小赵，要不是小赵在家帮我做家务，我哪能外出游山玩水，哪能玩得这样开心。再说了，我和你爸的岁数都不小了，再过几年就进入老年人的行列，家里需要一个年轻力壮的人照顾我们。我们指望谁呢？我们指望你，指望得上吗！秦晴说：反正我提醒您了，我可不想让我爸给我找一个后妈。

梅玉珊一如既往，该出去玩儿照样出去玩儿。从黄山回来后，她和玩儿友们又去了顺义的湿地保护区，还去密云水库吃了侉炖鱼和贴饼子。有一次聊天聊得兴起，他们还聊到了性生活。梅玉珊说，她对性生活已经不需要了。梅玉珊无意中流露的这个信息，使玩儿友们对老秦和小保姆关系的猜测几乎得到了证实。梅玉珊不需要性生活，不等于有钱的老秦也不需要，那么老秦往哪里使劲呢，年轻貌美的小赵正好可以满足老秦的要求。当着梅玉珊的面，他们不把猜测说出来，他们试过，梅玉珊不爱听这个。背着梅玉珊，他们私下里交流时，才把梅玉珊家里的事讨论得深入些。有人说梅玉珊太傻了，把一个一掐一股水的小保姆放在家里，老秦不偷着掐才怪。也有人说，梅玉珊不但不傻，这正是梅玉珊的聪明过人之处。梅玉珊的做法叫巧借资源，自己的资源枯竭了，就把农村过剩的资源拿来，为我所用。这样既稳住了老秦，保持了家庭的稳定，梅玉珊自己又免去了为家务操劳，可以放开手脚，尽享山水之乐。

年底的一天，梅玉珊趁小赵外出买菜，对老秦说：我跟你说一件事。老秦说：说吧，不要搞得那么郑重。梅玉珊说：这件事是有些郑重。我觉得小赵一年比一年大，老在咱家住着也不是个事儿。我想给她介绍一个对象，希望她能够成一个家。老秦很快做出反应，说：老伴儿，你的想法儿太好了，我也是这么想的，咱俩完全想到一块儿去了。你的朋友多，给小赵介绍对象的事就由你来办吧。你最好能给小赵介绍一个有北京户口的孩子，这样小赵就可以留在北京，不用再回他们老家了。

2012 年 1 月 15 日完成于北京五洲大酒店

走进别墅

钱良蕴在北京和平里地区一处家政服务中心等候应聘。一说中心，好像规模有多大似的。钱良蕴来到中心一看，原来只有两间平房，还挤在两栋高大居民楼之间的夹缝里。钱良蕴把门楣上方家政服务中心的招牌看了看，点点头，心里留下了一个记号：现在什么东西都往大里说，都是以大为招牌，不过是唬人的把戏而已。钱良蕴对家政这两个字也很感兴趣。这里不说保姆服务，说成家政服务，好像带一个政字，就跟政治沾了边儿，就成了正规的事儿，严肃的事儿，有意思，有意思。两间平房里面，隔出了一个套间，套间里摆了两张桌子，是服务中心工作人员的办公室。凡是来找活儿干的人，须拿出自己的居民身份证和健康证明，到办公室入册登记，并交一点中介服务费。外屋备有简易沙发和饮水机，来人登记之后，就可以到外屋休息，等候需要保姆的雇主前来洽谈。洽谈由雇主和保姆之间直接进行，谈的项目有多种，其中主要的项目无非是服务内容、住宿条件和薪酬等。洽谈的时候，斗智斗嘴、讨价还价的情况是难免的。有一个比喻并不是贬低谁，这有点儿类似在乡下集镇的牛行卖牛买牛。买牛的总是对牛百般挑剔，目的是把价钱压低。而卖牛的总是把拴牛的绳子攥得紧紧的，价钱不合适，决不出手。所不同的是，卖牛的都是牛的主人，出来应聘的人呢，主人是自己，"牛"也是自己，她们可不会让自己这头"牛"轻易被人牵走。事情一旦谈拢，雇主也须到办公室登记，交费。雇主所交的中介服务费要比应聘者交的费用多一倍。雇主还要留下电话，以便服务中心对雇走的家政服务人员的服务情况进行回访。这些手续都办完了，雇主方可把人领走。

一上午，先后有三个雇主跟钱良蕴谈过，都没有谈拢，钱良蕴都没有跟人家走。在中心等候的有好几个女人，年轻的年长的都有。别人都被雇主领走了，最后独独剩下了钱良蕴。钱良蕴跟别人不同，别人都是雇用者挑被雇用者，她反过来了，是被雇用者挑雇用者。她在心里制定了雇用者的标准，如果不合她的标准，她不会轻易跟人走。先是有一位中年妇女跟她谈过。中年妇女对她的评价是：我看这姑娘挺利索的。中年妇女的闺女马上要生孩子，问钱良蕴愿不愿意帮她看孩子，帮她伺候女儿坐月子。钱良蕴说，她没伺候过坐月子的人，不会看孩子。中年妇女说：什么事情都是从不会到会，不会没关系，我可以教你。钱良蕴摇摇头。中年妇女问钱良蕴摇头是什么意思？钱良蕴说：我不喜欢听小孩子哭。中年妇女一听这个，脸一下子就撂了下来，说：我看你出来不是要当保姆，你们家人给你找个保姆还差不多。

第二个跟钱良蕴谈的是一个上岁数的老爷子。老爷子像是刚喝过酒，脸膛红红的，走路也不大稳当。老爷子上身穿一件中式团花棉袄，脚上穿一双像是内联升出品的布鞋，一看就是一位老北京。老爷子的长眉毛白了，目光却炯炯着，一上来就把钱良蕴盯准了，他开门见山地问钱良蕴：我说姑娘，你一个月要多少钱？钱良蕴把老爷子看了看，像是想了一下，说：三千块吧。老爷子嗨了一声说：姑娘您好口气，我一个月的退休金是多少钱哪，满打满算才两千四，你一张口就要三千，这不是要我的盒钱嘛！咱这么说吧，我这把年纪了，说不定哪天就爬烟筒去了。爬烟筒不要紧，人人都有这一回。问题是，我儿子闺女都不在身边，两间大房子我一个人住着，哪天我一口气没了，总得有一个跟我儿子闺女报信儿的人吧。我来请保姆，就是请一个报信儿的人。姑娘不怕您笑话，我还个价，每月给你这个数儿怎么样？说着把大拇指和食指张开，打出一个八百块的手势。钱良蕴觉出老爷子身上有一股地道的北京味儿，她对这个老爷子几乎有些喜欢，很想跟老爷子多聊聊。但她预设的服务对象里，不是老爷子这样的家庭和人物，她笑了一下，说：老爷爷，实在对不起，您老儿还是另请高明吧。

第三个看上钱良蕴的是一位中年男人，中年男人高个子，大眼睛，身穿一件黑呢子大衣，脖子里围着红色的羊绒围巾，说他仪表堂堂完全可以。中年男人坐在钱良蕴身边，跟钱良蕴谈得时间长一些，几乎到了一种纠缠的程度，让钱良蕴心生厌烦。中年男人拿出一张名片给钱良蕴看，名片上显示，他是某国家机关的一位副处长，还是一位诗人。钱良蕴的样子有些惊奇，说哟，您还是诗人哪！诗人眼睛乱眨，脸上竟红了一阵，说不好意思，我业余时间写诗，出过两本诗集。钱良蕴说：有机会一定拜读。诗人说：没问题，随后我把诗集送给你。钱良蕴说：一定得签上您的大名哟。诗人说：那当然。诗人低下头，以手遮嘴，压低声音对钱良蕴说：我看你气质不错，你如果愿意跟我走，我可以教你写诗，我保你在两年之内在报刊上发表诗歌。那么，诗人雇钱良蕴去他家干什么呢，总不是为了招一个女学生吧。谈到实质性问题时，诗人才说，他家的老太太前段时间得了脑血栓，如今被拴在床上了，需要请一个人陪伴老太太，伺候老太太。钱良蕴说，恐怕不行，她不会伺候病人，这个活儿她干不了。诗人说：老太太会自己吃饭，自己上厕所，你只给她做做饭，陪她说说话就行了，活儿不算重。你开个价吧，我对每个劳动者都很尊重。钱良蕴不开价，说她真的不会伺候病人。诗人说：我一个月给你一千五怎么样，另外管吃管住。钱良蕴说：叔叔，不是多少钱的问题，真的，该怎么说呢！诗人开始有些不悦，打断钱良蕴的话说：你不要跟我来这个，你们这一行我懂，不是为了钱，你出来干什么！我发现你很聪明，很会讲价钱。不提价钱的人是最会讲价钱的。这样吧，我再给你加三百，每月一千八，怎么样？你去打听打听，我出的价钱可是全北京市最高的，这下你满意了吧！钱良蕴没有表示满意，她让诗人跟别的应聘的人谈谈吧。诗人说：我不跟别人谈，只跟你一个人谈。你必须跟我说清楚，为什么不同意去我们家当保姆。如果说不出让我信服的理由，你的行为就等于出租车司机的拒载，我是不答应的。你应该清楚，这儿不是外地，是首都北京，北京是最讲规矩的地方，不讲规矩是要吃亏的。钱良蕴明白，她是遇到难缠的人了，这个人看重的可能是她的年轻和她的长相，对她很有可能是另有所图。她如果跟着这个自称是诗人的人走，如同掉进泥淖里，以后想摆脱他就难了。好在钱良蕴并不害怕，也不着急，她的神情是镇定的。她打开心里的笔记本，把这个人的表现记下了，还顺便把这个人的外貌特征略略记了几笔。同时也是在她心里的笔记本上，她很快编好了一个应付诗人的故事。她说：叔叔，真对不起，我一看您就是个好人，一个有学问的人，如果能为您服务，我应该感到荣幸。可是，有一个情况，我不得不对您说。我奶奶就是一个瘫痪在床的病人，我不能看见我奶奶瘫痪的状态，一看见她瘫痪的样子，我就手软脚软，好像自己也快要瘫痪了。就是因为这个，我才决定从家里出来，到北京来打工。叔叔请您原谅我吧。诗人有些疑惑地看着钱良蕴，问：你说的是实话吗？你不是在编故事吧？钱良蕴反问：您看我像是会编故事的人吗？诗人这才丢下钱良蕴，起身离去。走到门口，他又返回来，到套间去了。他向服务中心的工作人员告了钱良蕴一状，说钱良蕴是一个挑肥拣瘦的人，素质不高，北京不应放这样的人进来。

中午，服务中心可以给等候应聘的人员订盒饭，一份盒饭十块钱。一般来说，那些外地来的女人都不愿意花钱订盒饭，她们泡一碗方便面，或啃一个干烧饼，就把午饭对付了。钱良蕴也不吃盒饭，她背上自己的背包儿，拉上带有密码锁的拉杆行李箱，到临街一家麦当劳用餐去了。她要了一份汉堡包，一份炸薯条，还有一杯奶昔，选了一个脸冲窗外的位置，一边用餐，一边看大玻璃窗外人来人往的人流。看了一会儿，她又有了新的感悟：什么叫繁华？繁华就是人流如织。如果街上冷冷清清，半天见不到一个人影，无论如何也称不上繁华。她想掏出笔记本，把这个感悟记下来。她的笔记本就在背包儿里放着，想掏出来伸手可得。但她只把笔记本摸了一下，并没有掏出来。现在的人们多是在电脑上记笔记，用圆珠笔在纸质的笔记本上记笔记的人已经不多了，她若拿出笔记本来开记，说不定会有人把她当稀罕看。罢了，还是记在心里的笔记本上吧。纸质的笔记本容量不大，是有限的。而心里的笔记本容量很大，是无限的，比电脑还厉害。钱良蕴对自己的记忆力充满自信。

钱良蕴运气还行，下午再到服务中心，很快就等到一位让她比较满意的雇主。雇主是一位四十多岁的女性，脸牌子很亮，穿戴也很讲究。雇主是开着一辆麻金色大排量的小轿车来的，她刚一停车，服务中心的一个工作人员便迎了出来。看工作人员殷勤有加的样子，好像来人不是一个找保姆的雇主，而是一个来检查工作的上级。工作人员把她叫成兰姐，把兰姐引进套间里去了。兰姐在套间的沙发上坐定，喝了两口工作人员递上的热茶，说了几句客套的话，工作人员就冲坐在外屋的钱良蕴招招手，让钱良蕴到套间里谈。钱良蕴欲拉上自己的箱子。工作人员说：就放在那儿吧，这里很安全，没人动你的行李。钱良蕴还是把箱子拉上了。雇主把钱良蕴上下打量了一番，欠欠身子，示意钱良蕴坐下谈。钱良蕴一坐在雇主身边，就闻到了雇主身上散发的法国香水的气息。钱良蕴很快作出判断，这个女人是一个讲究生活品位的人，也肯定是一个有钱的人，她希望进入的就是这样的人家。雇主自我介绍说，她姓兰。钱良蕴随即喊了一声兰阿姨，并说这个姓真好听。兰阿姨说：我看你不像农村出来的孩子呀。钱良蕴说：不好意思，我家是牡丹江的。兰阿姨说：这么说咱还是老乡呢，我老家是哈尔滨的。怎么称呼你？钱良蕴说：我姓钱，叫钱良蕴，阿姨就叫我小钱吧。这时工作人员插话，让钱良蕴把自己的身份证拿出来，给兰阿姨看一看。钱良蕴把身份证掏出来，双手端着递给兰阿姨。兰阿姨接过看了一下，说噢，钱良蕴，蕴藏的蕴，我还以为是运气的运呢，这名字不错，有讲究。钱良蕴说：是我爸给我起的名字。兰阿姨说：看来你爸是个有文化的人。你爸怎么舍得让你出来当保姆呢？钱良蕴说：我自己想出来见见世面，长这么大，我还没来过北京呢，还没见过天安门呢。兰阿姨说：是应该来看看。作为一个中国人，不看看首都，那怎么行！你是什么学历？钱良蕴说：我学习不太好，只读过大专，学的是文科。兰阿姨说：大专已经很不错了，来应聘当保姆的，有的连初中文化水平都达不到。我已经来过两次，看一个看一个都不太满意，都是各方面素质太低。我看你还行，比较符合我想象中的要求。我请保姆是临时性的，或许是两个月，或许是三个月，到时候看情况吧。我儿子在加拿大留学，读硕，后天就要飞回来休假，我和我先生都上班，家里没人照顾他。我请保姆的目的，是给我儿子做做饭，每天打扫一下家里的卫生，喂喂鱼缸里的金鱼，活儿一点儿都不重。兰阿姨出的价钱是每个月一千二百块钱，问钱良蕴能不能接受。钱良蕴脑子里想象的轮子转得很快,根据兰阿姨提供的信息,她已经开始想象兰阿姨家里的情况。在她的想象当中,兰阿姨家一定是大房间,大客厅,大沙发,大彩电,一切都是大的,都是豪华和现代的,跟在电视剧里看到的上流社会的家庭摆设差不多。可一听兰阿姨出的价钱,她稍稍有些失望。以前她听人说过,越是有钱的人越抠门儿,她还不大相信,看来真是这样。但她不想错过去兰阿姨家当保姆的机会。也是在都市生活的电视剧里,她看过不少豪华版的家庭。而在现实生活当中,这样的家庭她一个都没看见过,更不要说在里面生活过。她这次来北京的愿望,就是想走进一个这样的家庭,真切地感受一下有钱人家的生活。她说:还行吧。兰阿姨见她答应得有些勉强,许诺说:第一个月付给你这么多,如果你干得好,以后还可以增加嘛。

兰阿姨的家好像是在一个很大的庄园里,车子绕过一块挺大的草地,又绕过一个湖泊,拐了好几个弯,才来到兰阿姨的家门口。时值初春,草地焕发出明亮的新绿,白天鹅和野鸭子在湖水中缓缓游动,湖边的桃树、杏树鼓起了花苞。进家之后,兰阿姨先领着钱良蕴楼下楼上熟悉了一下。一边熟悉,钱良蕴一边在心里惊叹不已。尽管她事先对兰阿姨的家居有所想象,但眼前的一切还是大大超出了她的想象。人总是认为想象大于现实,目前来看,却是现实大于想象。兰阿姨的家住的是一套连体别墅,上下三层。最下面还有一个地下室,是贮藏物品用的。钱良蕴一时记不住楼上楼下共有多少个房间,也估不透所有面积加起来有多少平米。她在脑子里打下一个又一个问号,留待日后仔细观察,把一个个问号拉直。兰阿姨安排钱良蕴住在三楼的一间卧室，卧室里有书柜、衣柜、写字桌等，一应俱全。兰阿姨把罩了亚麻织花床罩的单人席梦思指了指，对钱良蕴说：这张床还没人睡过，你是第一位。钱良蕴说：谢谢阿姨！钱良蕴看见了，三楼除了卧室、卫生间、玻璃花房、露天平台，还有一间健身房。健身房里有跑步机、哑铃、拉力器等健身器材。健身房就属于超出钱良蕴想象的一部分。公共的健身房她见过。把健身房搬到家里来，她这是第一次看见。钱良蕴看见过一些表现西方贵族生活的电影，在电影里，那些男女贵族生活的地方都是豪华版的。在看那些电影时，钱良蕴从没有把西方贵族的生活与中国人的生活联系起来，觉得一个在天堂，一个在地上，二者不可同日而语。简单看了兰阿姨住的别墅，她有了新的看法：若是在兰阿姨家拍电影的话，所呈现的画面恐怕比西方电影里的画面一点儿都不差。

兰阿姨带钱良蕴去首都国际机场接儿子齐志杰，先到花店买了一束鲜花。鲜花里有百合、玫瑰、郁金香、康乃馨等，花了三百多块钱。花束由钱良蕴抱着，二人站在旅客出口处，等候齐志杰出来。抱这么大一束鲜花，对钱良蕴来说是平生第一次。花香阵阵袭来，她抱花抱得有些拘谨，像是生怕其中的一朵花会落在地上。她觉出有人在看她，她把表情端着，装作这一切都很平常，尽量不看别人。但她眼角的余光还是看见了，前来接人的人群中，抱着鲜花的有好几个人，有黄皮肤的中国人，也有高鼻子的外国人。钱良蕴对花的礼仪不是很懂，等兰阿姨的儿子一会儿出来，她是把花束交给兰阿姨，还是直接把花束献给兰阿姨的儿子呢？

若是由她给兰阿姨的儿子献花，她应该说些什么呢？钱良蕴不敢问兰阿姨，她怕露怯，也是怕兰阿姨嫌她没见过世面。她的做法是把敏感高度保持着，一切看兰阿姨的眼色行事。等到从温哥华飞过来的旅客陆陆续续出来了，兰阿姨才把花束从钱良蕴怀里接了过去。兰阿姨看见儿子出来了，迎上去叫着：小杰，小杰，我的儿子！儿子也叫着妈妈，母子俩隔着花束，就拥抱在一起。钱良蕴看见兰阿姨的儿子个子高高的，至少在一米八以上，直鼻亮眼，长得也很帅气。兰阿姨的儿子手里拉着一只旅行箱，背上还背着一只双肩挎的背包。钱良蕴凑上前去，问了声您好，想把齐志杰的旅行箱接过来。兰阿姨把钱良蕴介绍给齐志杰，说这是她新请的保姆小钱。齐志杰对小钱点点头，把行李箱交给小钱拉。钱良蕴的意思，把齐志杰的背包也要接过来背。齐志杰摆摆手，说不用了。钱良蕴看了一眼齐志杰，发现齐志杰也在看她。但齐志杰很快就把目光躲开了。留学生不过是一个大男孩儿，这是钱良蕴在心里记下的对齐志杰的第一印象。她打定了一个主意，日后要跟这个大男孩儿好好聊聊，看看能不能从他嘴里掏点儿她所需要的东西。

兰阿姨驾车去接儿子时，老齐还没有回来。待兰阿姨把儿子接回来，老齐已在家里的客厅迎候。外面已经入夜，老齐把客厅的顶灯、壁灯和落地灯全都打开了。老齐还打开了一瓶法国红葡萄酒，分别倒在三只高脚玻璃杯里醒着。儿子进家放下行李，老齐就端起一杯红酒，说来，老子欢迎儿子回来度假！钱良蕴往茶几上看了看，见上面并没有摆放下酒的菜，只有两碟干果，一碟是开心果，一碟是美国大杏仁。没有下酒的菜，喝酒怎么喝呢？这大概是跟外国人学来的，在把红酒当饮料喝。以心当笔的钱良蕴还注意到了，老齐倒的葡萄酒是三杯，显然没有她的份儿。她能够理解老齐的做法，心里没什么不平衡。她必须牢记自己的使命，把自己的地位放低再放低，始终放在保姆或仆女的位置。倒是齐志杰邀了她一下，问她要不要也喝一点。她说：谢谢您，我不会喝酒。钱良蕴觉得应该回避一下，问兰阿姨，她要不要出去买点菜。兰阿姨说：不用了，今晚不在家里吃饭，准备到七彩云南大酒楼去吃茶树菇。你休息一下，出发的时候，我招呼你。钱良蕴到三楼自己的房间去了。

钱良蕴听说过七彩云南大酒楼，知道那是一家全国连锁的高档酒楼。但她从来没在七彩云南大酒楼吃过饭，不知吃一顿饭要花多少钱呢。还有兰阿姨提到的茶树菇，钱良蕴更是闻所未闻，她甚至不知道茶树菇三个字应该怎么写。要是在家里，她需要在电脑上把这三个字搜索一下，识其字解其意之后，才能在笔记本上记下来。这次出来没有带电脑，她只能按自己的猜想，把这三个字暂时记成茶树菇。钱良蕴很想到七彩云南去见识见识，看看高档酒楼里是怎样的设施，怎样的服务。也想尝尝茶树菇的味道，品品茶树菇到底为何物。见过尝过之后，肯定会变成她记忆中的一笔资源，而且是一笔高级资源，说不定哪一天，这笔资源就派上了用场。然而，兰阿姨临招呼她出发时，她还是多了一个心眼儿，说那么高级的地方，她就不去了吧，她留在家里看家。兰阿姨说：那也行，想吃什么，你自己做点儿。老齐像是随口问了一句：小钱去过七彩云南吗？钱良蕴答：没有，只是听说过。

兰阿姨一家三口出门后，钱良蕴没有到做成酒吧一样的厨房做饭吃。吃饭对她来说并不重要，一顿晚饭吃不吃都无所谓。她也不在客厅里看电视。电视里多是一些愚弄人的玩意儿，看多了只会让人变得越来越傻。她上楼来到自己的房间，从背包里拿出硬皮子的笔记本，抓紧时间记当天的日记。她的字写得很小很密，这样可以在有限的笔记本里增加日记的容量。她的字写得决不潦草，决不缺胳膊少腿，这样可以避免时间久了自己写的字连自己都认不清。在记到关于去七彩云南大酒楼的事情时，钱良蕴得意于亏得她多了一个心眼儿，不然的话，贸然跟着人家去，人家有可能会认为她不识趣，缺心眼儿。她提醒自己，以后遇到此类事情，一定要三思而后行。

第二天早上用过早点，齐叔叔和兰阿姨都去上班，齐志杰还在呼呼大睡。兰阿姨对钱良蕴交代，齐志杰回来要倒时差，不要叫醒他，只管让他睡。时差大约需要两三天才能倒过来。那么，钱良蕴在打扫兰阿姨卧室的卫生时就轻手轻脚，尽量不发出声响。打扫卫生是钱良蕴作为保姆的一项工作，通过这项工作，她同时获得了走进齐叔叔和兰阿姨夫妇卧室的权利。这样的卧室，无疑是都市中人隐秘的一角，或者说一些家庭隐私就藏在卧室里。在通常情况下，卧室的主人是不许别人进入的，甚至连家里的老人都不可轻易入内。而钱良蕴却拿到了通向隐秘一角的"钥匙"。在一定意义上讲，钱良蕴之所以选择到北京当保姆，就是为了深入都市的内部，深入家庭的内部，以揭开都市中人隐秘的帏幔。卧室的写字台有一个抽屉没有锁，钱良蕴借打扫卫生之机把抽屉拉开了。一般来说，当保姆的不能拉开主人的抽屉，这有点违背做保姆的规矩。钱良蕴给自己的解释是，我只是看一看，又不动里面的东西，有什么不可以呢！抽屉里有两款淘汰下来的手机，三块停摆的手表，一个雕刻精美、像是用花梨木制成的小盒子，还有一口袋用束口的麻布口袋盛着的东西。钱良蕴把小盒子打开看了看，原来小盒子是名片盒，盒子里装的是齐叔叔的名片。名片让钱良蕴知道了齐叔叔的身份信息，原来齐叔叔是某能源公司的总经理。她有心把齐叔叔的名片拿走一张，想了想，还是把名片放了回去。麻布口袋沉甸甸的，钱良蕴提起口袋，口袋里哗啦一响，把钱良蕴吓了一跳。她往卧室门口看了看，才把口袋的束口打开。口袋里盛的是各种各样、大大小小的硬币，恐怕上百枚都不止。那些硬币表面所凸现的图案，有的是女人头像，有的是男人头像，还有的是一些花花草草。这些硬币大约都是外国的硬币，钱良蕴连一枚外国的硬币都不认识。这些硬币使钱良蕴又得到了一个信息，齐叔叔去过许多国家，喜欢收集外国的硬币，他从每个国家捎回几枚，攒起来就装了大半口袋。

兰阿姨的衣橱占据了整整一面墙。乍一看，不像是衣橱，而是一幅典雅的《清明上河图》。把画在推拉门上的图画拉开，衣橱的空间才显现出来。兰阿姨的四季衣服当然很多，看去很昂贵的裘皮大衣有两件，华美的旗袍有三件。钱良蕴长这么大，从没有穿过旗袍。她的个头和兰阿姨差不多，她要是穿上兰阿姨的旗袍，说不定会很合适。这样想着，她取出一件旗袍，到穿衣镜前面，把旗袍贴在身上比画了一下。穿衣镜像一个取景框，一下子把她连同锦缎质地的旗袍照了进去，她顿时显得光彩照人。她没有脱下自己的外衣，把兰阿姨的旗袍穿在身上。齐志杰的卧室也在二楼，她如果穿上旗袍还没脱下来，被万一醒来的齐志杰看见就不好了。

公司为老齐配的有专车和专职司机，他每天上下班，都是司机把车开到家门口接送。有一天，可能因为路上堵车，司机没能按时到，吃过早点的老齐跟小钱聊了几句。老齐说小钱不像个保姆。小钱一听心里惊了一下，难道齐叔叔看出她有什么破绽不成！她说：我是缺少当保姆的经验，有什么做得不好的地方，请齐叔叔多指点。老齐说：我不是这个意思，我是说，凭你的素质，完全可以到一些公司求职，当职员。你如果当职员的话，收入会高一些，前景也会好一些。小钱说：谢谢齐叔叔的指点。只是我在北京人生地不熟，不知到哪里求职。北京太大了，大得让我有些害怕。门外接老齐的汽车喇叭响，老齐临出门对小钱说了一句像是开玩笑的话：你还是小钱嘛，当然觉得北京大，等你成了大钱，你就不会觉得北京大了。

晚上在卧室里，老齐对妻子说到小钱，对小钱的保姆身份提出了质疑。妻子问老齐看出什么了？老齐说：我看她时，她的眼睛是躲闪的，眼睛背后好像还有一双眼睛。妻子说：这是你的问题，人家一个当保姆的，你老看人家干什么！我警告你，不许你打小钱的主意！老齐不屑地笑了一下，说：看你想到哪里去了，这简直是对我的亵渎。我的意思是提醒你，你找保姆不要给家里找回个阿庆嫂。妻子说：找一个阿庆嫂怎么了，你别说，我还真喜欢阿庆嫂的机灵劲儿。找一个阿庆嫂总比找一个祥林嫂强吧！老齐说：好好，不说了，再说我就变成刁德一了。

齐志杰倒时差倒过来了，白天不再睡觉，恢复到和北京人的作息时间同步的状态。齐志杰并不到处乱跑，每天的大部分时间都在家里看书，做笔记。人说中国的富二代多是纨绔子弟，看来齐志杰不是这样，齐志杰真是一个热爱学习的好孩子。因钱良蕴和齐志杰是同代人，钱良蕴跟齐志杰说话就随便些。齐志杰的父母不在家时，钱良蕴把齐志杰叫成大少爷。这样叫时，她的口气是调侃的，眼里充满笑意。齐志杰说：钱阿姨，您这么叫我，我听着怎么那么别扭呢！我爸又不是资本家，现在又不是旧社会，我家就我一个孩子，大少爷从何说起呢！钱良蕴说：你说你爸不是资本家，我看你们家比旧社会的资本家还阔绰。现在你们家就你一个孩子，说不定兰阿姨还会给你生一个弟弟呢。齐志杰说：我看您还是别这么叫我为好，这给我一种不平等的感觉。钱良蕴问：那怎么称呼你呢？齐志杰说：您就叫我齐志杰，或叫我小齐都可以。钱良蕴说：那我叫你志杰可以吗？齐志杰说：也可以。钱良蕴说：那，我叫你志杰，你以后别叫我钱阿姨了，你叫我阿姨，好像我比你长一辈似的。你就叫我小钱得了。

兰阿姨的身份和工作，钱良蕴也知道了。兰阿姨在某国家机关的老干部活动中心工作，当图书阅览室的管理员。兰阿姨的工作很轻松，每天打开阅览室的门，把当天的报纸、杂志放到应放的位置，任务就算完成了。兰阿姨每天之所以显得很忙的样子，是她在忙自己的事，炒股票。别的股民差不多每天都在赔，每天都愁眉苦脸。而兰阿姨每天都春风满面，传递出的信号是，似乎每天都在赚，赚得盆满钵满。钱良蕴不敢跟兰阿姨讨论股票的事，她觉得这里面大有玄机。

这天钱良蕴敲开齐志杰卧室的门，劝齐志杰休息一下。钱良蕴说：你这么用功，将来要当国家总理吗？齐志杰说没有。钱良蕴问：我可以跟你聊会儿天儿吗？齐志杰说可以。齐志杰屋里没有沙发，钱良蕴只好靠坐在床边上。钱良蕴说：我听说外国搞同性恋的很多，是这样吗？齐志杰说：同性恋是有的，很多也说不上，还是异性恋多。钱良蕴看着齐志杰：请问你搞过同性恋吗？齐志杰脸上红了一下，说没有。钱良蕴说：没有就没有。你的脸红什么？齐志杰说：你这个问题问得太突然了，我一点儿思想准备都没有。钱良蕴嘻嘻笑了一下，说：我就是让你没准备，这样才好玩儿。你要是搞同性恋的话，应该充当女性角色。齐志杰问为什么。钱良蕴说：因为你长得秀气呀！齐志杰说：对同性恋我可以理解，但我不喜欢。那么钱良蕴接下来的话脱口而出：这么说你是喜欢搞异性恋喽！你在大学里有女朋友吗？能说说你的第一次吗？齐志杰像是走了一下神儿，并向卧室的门口看了一下，说：咱聊点儿别的可以吗？钱良蕴起身把卧室的门关上了，说：我在读初中的时候就有了第一次，是跟教我们语文的男老师。男老师讲课讲得特别好，我很崇拜他。有一天，他让我到他的宿舍，批改我的作文。他夸我作文写得好，细节生动，感情充沛。夸着夸着，他就把我抱住了。男老师做得很温柔，当时我一点儿都没害怕，还感动得流了泪。齐志杰随手拿起一根圆珠笔，把笔杆捏了一下，又捏了一下，等钱良蕴讲完了，他才说：不好意思，我上高中二年级的时候，才有了第一次，是跟我们班的一位女同学。钱良蕴的脸有些红，眼里也光焰烁烁，她说：志杰，你现在需要吗？需要的话，我可以给你。齐志杰还没说需要不需要，钱良蕴又说：你不必有任何心理负担，更不要提钱的话，首先是我自己需要，我热衷此道，觉得这件事情非常美好，何乐而不为呢！齐志杰说：那好吧！

出一楼南面的门口，兰阿姨家还有一个接地气的小院子。院子里种了杏树、柿子树，还有牡丹、月季。春意渐浓，白花花的杏花开满一树。这天是星期天，一大早，老齐换上旅游鞋，休闲服，到院子里站了一会儿。然后由妻子驾车，他们夫妇一块儿去爬香山。老齐问儿子去不去，儿子说不去。在路上，老齐说：儿子缩在家里，也不出来走走。妻子说：他嫌北京的空气质量不好。老齐试探性地问：小钱不会打志杰的主意吧？妻子说：一个当保姆的，志杰哪里会搭理她。老齐说：但愿如此。

事实是，老齐两口子前脚刚走，钱良蕴后脚就钻进尚未起床的齐志杰的被窝里去了。钱良蕴把齐志杰叫成小宝贝儿，对小宝贝儿拍了又拍。她说齐志杰最有平等意识和现代意识。她提起那天接齐志杰从机场回来，他们一家三口端起酒杯喝酒时，只有齐志杰问他要不要喝一点。通过这个细节，就可以证明齐志杰已经具备了人权主义精神。齐志杰对钱良蕴也很赞赏，他说通过钱良蕴的谈吐，就可以看出中国国民精神的解放和进步。齐志杰说，他并不喜欢加拿大，觉得这个国家太庸常，太缺少活力。硕士一读完，他就要回国工作。钱良蕴说：到那时候，你就是一只"海龟"。齐志杰说：我要不要跟我爸说一下，让我爸在他们公司给你安排一个工作。钱良蕴说：我说了让你不要有任何心理负担，我的事真不用你管。我喜欢独来独往、自由自在的生活。等你休完了假，回到加拿大，说不定我就走了。

果然，齐志杰走了刚一个星期，钱良蕴也离开了兰阿姨家。钱良蕴没等兰阿姨说出辞退她的话，是她自己主动请辞的。

当着图书阅览室管理员的兰阿姨，每收到新的文学杂志也会翻一翻。好几个月之后，兰阿姨在翻看某种新一期的文学杂志的目录时，看到一位作者的名字有点熟。作者的名字叫什么呢，叫钱良蕴。兰阿姨想起来了，她曾经用过一个保姆，名字就叫钱良蕴。这个写小说的钱良蕴是不是就是那个当保姆的钱良蕴呢？她赶紧翻到文后的作者简介一看，作者女性，1982 年生于黑龙江牡丹江市。坏了，原来当保姆的钱良蕴就是写小说的钱良蕴，合着钱良蕴把自己伪装成保姆，到她家深入生活来了。她不敢看钱良蕴写的小说，担心钱良蕴把她写进小说，更担心钱良蕴把她的形象写成负面形象。但她忍不住，还是把小说看了几页。只看了几页，就把她看得手脚冰凉，脸色发灰。这丫挺的，竟把一个住在别墅区的家庭女主人写成了一个借炒股帮丈夫洗钱的人。她合上杂志，平静了一会儿，自己安慰自己，小说里没写她的真名真姓，自己何苦瞎对号呢，何必自寻烦恼呢！

晚上回到家里，她没对老齐提及钱良蕴写小说的事，只是在心里警告自己：以后不找保姆是不说了，要是再找保姆的话，一定要小心再小心。

2012 年 1 月 16 日至 1 月 28 日（春节期间）

走投何处

下午四点多，孙桂凤骑车来到幼儿园门口，等候接孙子明明回家。这是一家老牌子的大型幼儿园，园里分大班、中班、小班，有二百多个孩子。幼儿园每天下午五点半放园，孙桂凤提前一个多钟头，就来到了幼儿园门口。她每天都是这样，在接孩子的队伍中，她差不多都是排在前几位。幼儿园放园前，门口的两扇大铁门紧闭，任何人不得随便进入。孩子的家长若是到幼儿园办事，须到大铁门一侧的传达室出示证件，进行登记，然后通过传达室的后门，方可进入幼儿园。孙桂凤不进幼儿园，只在大铁门外耐心等着就是了。

　　五点钟左右，一辆警车闪着警灯开过来，停在幼儿园门口对面的路边。一位手持警棍的警察从车上下来，目光"嗖嗖"的，像是在观察幼儿园周边有没有可疑人员。前段时间，有个歹徒持刀闯进了一家幼儿园，对幼儿园的孩子和阿姨乱砍一气，造成了可怕的严重后果。出事之后，为了在全市加强对"祖国花朵"的保卫工作，每到家长去幼儿园送孩子和接孩子期间，就会有警车和警察及时到幼儿园门前进行警戒。孙桂凤对警察很感激，有警察在，她孙子的安全就有了保障。她对警察看了一眼，像是给警察行了一个注目礼。

这时，别的接孩子的家长也陆陆续续来了，幼儿园门口站满了人。说是家长，其实来接孩子的，多是像孙桂凤这样的爷爷奶奶、姥爷姥姥，还有一些保姆，孩子的爸爸妈妈来得很少。这大概是因为，孩子的爸爸妈妈都还年轻，都在忙于工作，没有时间接送孩子。孙桂凤踮起脚尖，扭头往人群外边看了看，见她放在路边的自行车还在，绑在自行车后座上的小竹椅也好好的，就放心了。她对明明说过，自行车就是明明的专车，而她是为明明开专车的司机。为了使"专车"保持良好的运行状态，她每天都把"专车"擦得亮亮的。她还缝了一个小棉垫子，垫在竹椅上，这样明明坐上去会软和一些。这天天气不错，天蓝蓝的，阳光暖暖的，是那种小阳春的气候。接到明明后，孙桂凤不打算马上回家，准备带孙子在外边玩一会儿。到哪里去玩呢？不去地坛公园，也不去国际展览中心的广场，而是去一块稻田。孙桂凤事先骑车察看过了，从她家住的楼门口往东，穿过三环路再往东，大约走两三里的样子，那里还有一个城中村，村边还种有一块稻田。黄黄的稻子已经成熟，整个稻田里充盈的都是稻谷的香气。孙桂凤想好了，到稻田边，她要向明明提一个问题，问问明明，他每天吃的大米是从哪里来的？明明答不出，她就会指着沉甸甸的稻穗儿，把稻子的成长过程，再把稻谷变成大米的过程，仔仔细细讲给明明听。如果明明有兴趣，她还打算扯着明明的小手，到稻田的田埂上走一走，看能不能捉到一只穿绿衣服的蚂蚱给明明玩。

幼儿园的大铁门准时打开了，穿着蓝大褂的阿姨把各个班的孩子按班次顺序送了出来。阿姨本来要求孩子们排着队走，不要跑。但家长一喊孩子的名字，孩子一看见家长，禁不住就跑起来。他们张着双手，如同蝴蝶张开了翅膀，纷纷向前来接他们的"大人花"飞去。明明三岁半，今年刚入园，所在的班是小班。明明每次从幼儿园出来时，都是当奶奶的孙桂凤先看见明明，她叫着明明，明明，连连向明明招手，明明才看见她。明明一看见她，就喊着奶奶，奶奶，扬着小手向她跑过来。别看她才一天没看见明明，但她觉得好像跟明明分别了很久似的，赶紧把明明抱起来，紧紧搂在怀里。那是一种源自骨子里的祖孙之亲，血缘之亲。那一刻，是孙桂凤深感幸福的时刻，每次把从幼儿园跑出来的孙子抱在怀里，她都幸福得几乎落泪。按照幼儿园排定的顺序，是小班的孩子先出来，接着是中班和大班的孩子出来。这天小班的孩子出来了，孙桂凤没看见明明。孩子刚吃过晚饭，有的孩子吃饭慢一些，有的孩子还要去一趟厕所，孩子出来晚一会儿的情况是有的。看不见明明出来，孙桂凤虽然有些着急，眼睛瞪得虽然好像有些不够使，但她还在等，相信明明迟早会出来。然而，大班的孩子也出来了，孙桂凤还是没看见明明。这是怎么回事呢？孙桂凤这才等不及了，她上前一步，问站在门里边的一个阿姨：明明呢？楚明明呢？怎么不见楚明明出来？这样问着，她声音急切，眼睛几乎有些湿。阿姨问她：楚明明是哪个班的？她说是小三班。阿姨喊过小三班的刘阿姨，让刘阿姨帮助找孩子。刘阿姨对孙桂凤说：楚明明早就走了，是他妈妈把他接走的。孙桂凤问是什么时候？刘阿姨说：下午两点多，楚明明刚睡过午睡，他妈妈就把他接走了。他妈妈没告诉您吗？孙桂凤说没有。孙桂凤还是不放心，问：真的是楚明明的妈妈把楚明明接走了吗？刘阿姨说：没错儿，我认识楚明明的妈妈，她的名字叫鞠芬。孙桂凤又问：她说了把孩子接走干什么吗？刘阿姨摇头，说：这个她没说。这时，幼儿园的孩子都走完了，孙桂凤还不舍似的往幼儿园的院子里看。直到幼儿园的保安开始关大门，孙桂凤才不得不退出来。

摸到自行车的车把，孙桂凤没有马上骑车回家，在自行车旁边站了一会儿。她像是要想一想，这到底是怎么回事。其实她是走神儿了，什么也没想，脑子里一片空虚。待她回过神儿来推自行车时，却发现自行车的车锁还锁着。她苦笑了一下，说自己真是糊涂了。

孙桂凤回到家，家里空无一人。儿媳和孙子不在家，儿子也没回来。那时移动电话还未普及，孙桂凤用家里的座机给儿子楚东方的办公室打了一个电话。电话是通的信号，但无人接听。孙桂凤想起来了，这个时候儿子已经下班了，可能正走在下班的路上。她想给明明的姥姥家打一个电话，问问鞠芬是不是把明明带到姥姥家去了。她把电话拿起来了，号码也从脑子里走到手指头上。她想了想，没有打，又把电话放下了。等了一会儿，楚东方回来了。她对楚东方说：鞠芬下午提前把明明接走了，到现在还没回来。楚东方说：她们单位下午组织职工看电影，鞠芬可能带

044

明明看电影去了。孙桂凤说：带明明去看电影，也不跟我说一声，我去幼儿园白跑了一趟。楚东方说：她可能忘了。孙桂凤说：我听幼儿园的刘阿姨说，鞠芬两点多就把明明接走了，就是看电影，这会儿也该回来了？楚东方说：这个您就不用操心了，明明跟着他妈，您还有什么不放心的！楚东方走进自己的卧室，一屁股坐在沙发上，打开电视机看电视去了。孙桂凤去厨房做晚饭。

他们家一天三顿饭都是孙桂凤做，吃的菜也是由孙桂凤买。孙桂凤每天都是天不亮就起床，到附近的街边早市去买菜。早市上卖的菜新鲜，也便宜一些，一斤西红柿要比室内的菜市场便宜两三毛钱呢。孙桂凤不能挣钱，家里无论买蛋买肉，买粮买油，都是鞠芬给她钱。孙桂凤还像在老家的习惯一样，把钱包在一只皱皱巴巴的手绢里，每次把手绢打开都小心翼翼，能省一毛是一毛，能省一分是一分。节省对孙桂凤来说，已养成了习惯，她不仅买东西节省，在别的方面也尽量节省。比如说，洗菜用过的水她会收集在一只塑料桶里，提到卫生间冲便池用。再比如夏天下大雨时，她会提着墩布跑到楼下，利用水泥地上水洼子里积攒的雨水冲洗墩布。鞠芬对她这种做法并不赞成，曾悄悄对楚东方说：你妈这么做，也不怕邻居看见笑话。楚东方也觉得妈没必要这么做，涮涮墩布，才能用多少水呢！但他没有跟妈说出来。炒好了一个菜，孙桂凤从厨房来到儿子和儿媳住的大卧室，对儿子说：我看你还是给明明的姥姥家打一个电话吧，问问明明是不是到他姥姥家去了。儿子看了妈一眼，目光很快又回到电视画面上，没说话。妈看出儿子有些不耐烦，她没有再催儿子打电话。但她并没有从卧室里出来，就那么看着儿子。儿子看着电视，她看着儿子。儿子说：我不是说了，不让您管他们吗！儿子的眼睛仍看着电视，他说话好像是跟电视里的人说的。妈说：饭马上就做得了，我想让你问问，他们回来不回来吃饭。她自己之所以不给明明的姥姥家打电话，是明明的姥姥曾指出她说话有口音，让她学说普通话。明明的姥姥还说过，如果她不学普通话，对明明的发音也有不利影响，老是把门说成蒙怎么行呢！她是想改口音，可路上的车好拐弯儿，嘴里的舌头不好拐弯儿，几十年形成的口音，哪里说改就能改过来呢！她也知道，儿子不愿当着她的面给岳父岳母打电话，只有她不在跟前的时候，儿子才会给岳父岳母家打电话。于是，她回到厨房接着做饭去了。

楚东方给岳父岳母家打电话，打电话之前，先把卧室的门关上了。电话打通，接电话的不是岳母，不是鞠芬，也不是明明，是岳父。岳父是某国家机关一个副司长，还在任上。岳父听出是楚东方的声音，就喊鞠芬接电话。鞠芬接过电话问：什么事儿？楚东方把鞠芬叫芬儿，问：芬儿，你和明明回来吃晚饭吗？鞠芬说：不回去！鞠芬的口气又生又硬，甚是拒人。楚东方把听筒紧紧抵在耳朵上，尽量把声音放低，又问：那，你们吃过晚饭回来吗？鞠芬还是说：不回去！那，明天早上谁送咱们的明明去幼儿园呢？当然会有人送！明明这会儿干什么呢？让他跟爸爸说说话可以吗？不可以，他姥姥正教他背唐诗，你不要打断他！鞠芬说罢，截然把电话挂了。楚东方把电话看了看，听见听筒里传来一连串的忙音，才把听筒轻轻扣在电话机上。

楚东方去厨房告诉妈：鞠芬带明明到明明的姥姥家去了，他们不回来吃晚饭了。妈问：那他们吃过晚饭回来吗？楚东方说：这个我没问，随他们去吧。明明的姥姥正教明明背唐诗呢！妈说：那好，他姥姥有文化，比奶奶强。

　　往日吃饭时有明明在家，明明满屋子乱跑，一会儿喊这个，一会儿喊那个，家里的气氛是活跃的。这天明明不在家，鞠芬也不在家，母子俩吃饭吃得有些沉闷。孙桂凤只喝了半碗粥，就放下筷子不吃了，坐在桌前看着楚东方吃。楚东方低着眼，好像吃饭吃得也不香。楚东方问妈：怎么就吃那么一点儿？妈说她不太饿。楚东方要妈不要想那么多，该吃吃，该喝喝。

　　明明当晚没有回家，孙桂凤一夜都睡得不踏实，睁眼闭眼都是明明。明明是孙桂凤一手带大的。明明还没出生，孙桂凤提前就从山西农村来到了北京儿子的家。明明出生后，儿子家也没有请保姆，保姆的一切工作全部由她代替，她成了实际上的保姆。那年她才四十七八岁，手脚利索得很，一般保姆能做的，她都能做。保姆不能做和不愿做的活儿，她也能做。所不同的是，请保姆是要花钱的，而她给自己的孙子当保姆，是心甘情愿，是尽义务，不要任何报酬。鞠芬的奶水稀薄，又不愿多给孩子喂奶，明明吃母乳只吃了两个多月，就改吃配方奶粉冲成的牛奶。鞠芬上班去了，把明明留给了在家里上班的她。明明饿了，她给冲牛奶；明明尿了，她给换尿不湿；明明困了，她哄明明睡觉。有时明明夜里哭闹，她也把明明抱过来，让明明跟她一起睡。她的付出得到了回报，明明跟她很亲。她一抱明明，明明的脸就贴在她的肩膀上，把她搂得紧紧的。姥姥对明明拍拍手，意思要把明明抱一抱。明明看看姥姥的手，似乎要让姥姥抱了，但明明很快转过身来，扑在她怀里，把她搂得更紧。姥姥说明明是个小坏蛋，眼里只有奶奶。明明学叫人时，先叫的是奶奶，然后才是妈妈爸爸。明明叫的奶奶，她觉得是天底下最好听的声音。连世界上最好听的歌，都比不上明明叫的奶奶好听。一天听不见明明叫奶奶，她心里就空落得很，好像整个世界都没了声音。

第二天，儿子上班走后，她也骑上自行车，惯性似的向幼儿园骑去。幼儿园的大铁门已经关闭，警察也撤走了，门前静悄悄的。她站在门缝那里听了听，隐约能听到一点阿姨教孩子唱歌的声音。但她分辨不出，这些声音里有没有明明的声音。她到传达室去了。保安拦住她，问她有什么事。她说，她想看看楚明明在不在幼儿园。保安说，小朋友们这会儿都在上课，不能进去。她说她只看一眼，看见楚明明就出来，不跟楚明明说话。保安说那也不行。保安对她似乎有些面熟，问：早上不是你把孩子送来的吗，我好像看见你来了？孙桂凤说：早上她没来，孩子不是她送的。那是谁送的呢？孙桂凤说：可能是他妈，也可能是他姥姥。保安到底没同意孙桂凤进幼儿园。

孙桂凤骑车回家，见杨师傅在楼下的空地上活动身体。杨师傅把孙桂凤叫成小孙，热情地跟小孙打招呼：送孙子回来了？孙桂凤说回来了。她没有否认自己去送孙子。杨师傅活动身体的办法不跑，也不跳，而是双脚钉在地上，双手捂着身后的腰眼，转腰。他把臀部使劲往前顶，顶到最大限度，从一侧画圈收回，撅起臀部。他撅臀部也是撅到最大限度，然后再往前顶。他就这样循环往复，通过活动臀部，带动活动腰肢。跟孙桂凤说着话，他的活动并不停止，夸孙桂凤说：您真是一个尽职尽责的好奶奶呀！孙桂凤笑了笑，没有再接话，锁上自行车上楼去了。这是一栋比较大的居民楼，从东到西有九个单元门。也是住在这栋楼里的杨师傅，退休后受聘在居民楼里管收发。邮递员送来邮件，由杨师傅一总接收下来，再由杨师傅分发到各个单元。收发室在第五单元的一楼，孙桂凤住在第五单元的三楼，孙桂凤每天上下楼，几乎都能碰见杨师傅。每次碰见杨师傅，她都有些不好意思。

亲家母在和孙桂凤的一次闲谈中，建议孙桂凤再找一个老伴儿，说孙桂凤还不算老，面貌也好，在北京找一个老伴儿应该不成问题。亲家母还说过，当老人的不能老跟孩子在一起，只有跟老伴儿在一起，才是最自由的，最幸福的。亲家母这样跟她说，她不知道儿子楚东方和儿媳鞠芬是什么意思。有一天，只有她和儿子在家时，她跟儿子提到了这件事，意思是探探儿子的口气。她相信，儿子不会同意她找老伴儿。有哪个当儿子的，会让妈给自己找一个后爸呢！儿子的话出乎她的意料，儿子说：明明的姥姥这样给您提建议，是好意，是出于对您的关心，她是怕您老了以后太孤单，太寂寞。儿子还说，现在和过去不一样，过去的女性受限制太多，女性过的是压抑的生活。现在社会进步了，尊重女性对自由的选择和对幸福的追求。孙桂凤听出来了，希望她再找一个老伴儿，很可能是亲家母、儿媳和儿子共同的想法，只不过是通过亲家母的口说出来罢了。孙桂凤隐隐觉得，在关于她的事情上，他们背后说的还有话。至于他们还说了哪些话，她没敢往深里想。不知是亲家母托了人，还是儿媳托了人，居委会的一位副主任给孙桂凤介绍了一个对象，这个对象就是杨师傅。杨师傅的老伴儿过世了，儿女都不在身边，一个人住着一套三居室的房子，很想找一个老伴儿。杨师傅对孙桂凤很满意，每看见孙桂凤，都是笑意满满的样子。杨师傅让介绍人向孙桂凤转达他的承诺，要是孙桂凤同意做他的老伴儿，他的全部退休工资都交给孙桂凤管理。杨师傅在楼后的空地上开了一个小菜园，种有茄子、辣椒、豆角儿等蔬菜。杨师傅一个人吃不了多少菜，过不几天，杨师傅就会把摘下的菜分出一些，装在塑料袋里，送给孙桂凤。杨师傅每次给孙桂凤送菜上门，都是不由分说，放下菜就走。孙桂凤没有答应给杨师傅做老伴儿。如果答应了，按她老家的说法，就是改嫁，就是再走一家。再走一家，对孙桂凤来说是一件重大的事情。以前她只想着来北京帮儿子看孙子，然后跟着儿子过，从没有想过再走一家。要是让老家的人知道，她到北京又走了一家，那叫什么事呢！

　　下午两三点钟，孙桂凤就有些坐卧不宁，准备提前更多时间去接明明。昨天下午，鞠芬因为看电影，提前接走了明明。鞠芬今天不会再看电影了吧？鞠芬自己可以提前把明明接走，但决不同意她提前把明明接走。鞠芬说过，楚明明在幼儿园里不光是玩，还有学习任务，要是耽误了楚明明的学习就不好了。鞠芬明确要求，必须等楚明明在幼儿园吃过晚饭，才能把楚明明接出来。孙桂凤明白，这个家的大小事情都是鞠芬说了算，楚东方实际上跟个倒插门女婿差不多。这没办法，谁让人家鞠芬是北京的闺女呢，谁让人家鞠芬的爸爸是当官儿的呢！今天如果能顺利把明明接出来，她还是准备带明明去看稻田。昨天带明明去看稻田的想法没能实现，今天应该能实现吧。正当孙桂凤穿好衣服准备下楼时，楚东方从办公室打回一个电话，接了电话，她手软脚软，脸色发黄，身上好像一点儿力气都没有了。楚东方告诉她，要她下午别去幼儿园接明明了。她问为什么？谁去接明明？楚东方说：可能是明明的姥姥去接明明。明明的姥姥现在没什么事，他们家离幼儿园也比较近。她握着电话的手在颤抖，说：看来这个家真的不需要我了！这样说着，她的双眼一下子涌满了泪水。楚东方说：不是这个意思。明明的姥姥除了教明明背诗，还要教明明写字。下一步明明的姥爷准备给明明买一架钢琴，请人教明明弹钢琴。钢琴比较大，差不多得占一间屋子。他们那边房子多，明明在姥姥家学钢琴方便些。她说：那，我不是见不着明明了吗？见不着明明，我在这儿还有啥意思呢，活着还有啥意思呢！她的泪水越涌越多，越过眼眶，流了下来。楚东方叫了一声妈，说你干吗把问题想得那么严重呢！想看明明还不容易吗，你随时都可以到明明的姥姥家里去。到了星期天，我也可以把明明接回来，你还可以带明明玩。好了，就这样吧。

放下电话，孙桂凤躺到床上去了。这是一套两居室的房子，儿子和儿媳住大卧室，她和明明住小卧室。闭上眼睛闭不住眼泪，她的眼泪还在流。她的丈夫死于煤矿的一次事故，丈夫去世那年，她和丈夫都才二十多岁。他们只有楚东方这么一个儿子。丈夫出事后，她没有改嫁，要一心一意把儿子拉扯大。儿子很争气，爱学习，从小学到初中，从初中到高中，一路考进了北京的大学。儿子学的是外语，大学毕业后，被分配留在北京，在国家某工业部门的信息所做俄语资料的翻译工作。儿子考上大学后，村里的乡亲们纷纷向她祝贺，称赞她教子有方。儿子留在北京工作后，乡亲们再次向她祝贺。有人甚至说，像她这样二十多岁守寡，含辛茹苦供儿子上大学，搁以前是要为她立牌坊的。儿子为她争了光，她为儿子感到自豪再自豪。每当有了儿子的好消息，她都会到丈夫的坟前告知丈夫。她认为都是因为她守了寡，儿子才这样有出息，自己守寡守值了。紧接着儿子还有好消息，儿子要结婚了，儿子找的对象竟是一个北京的闺女。天爷，这是怎么说的。北京过去是皇城，北京的闺女恐怕跟皇姑也差不多。能找一个"皇姑"做媳妇，这不是当了状元的人才有的美事嘛！儿子结婚时，她来北京参加了儿子的婚礼。从北京回到村里，她带了一大包喜糖，给村里的每个人都发了喜糖。村里人说，喜事如此之大，她应该在村里放一场电影。她一点儿都没犹豫，马上托人请来了电影队，在家门口请乡亲们看了电影。更大的喜事是她有了孙子。孙子的出生，被她看成是老天爷对她最大的恩赐，她对老天爷真是感激涕零啊！孙子拴住了她，既拴住了她的身，也拴住了她的心。孙子的出生，仿佛使她有了归属感，她想，自己的后半辈子就跟着儿子过了。她就这么一个儿子，不跟着儿子，还能跟着谁呢！加上孙子离不开她，她也离不开孙子，自己的亲孙子，她不看谁看呢！事情到了现在，是孙桂凤事先没有想到的。孙子不用她看了，也不用她接送了，她一下子变成了一个无用的人。是的，她不识字，不会教孙子背诗，不会教孙子写字，更没见过钢琴为何物。明明的姥姥和明明的妈妈要培养明明，她能够理解。可是，让她天天在家里吃闲饭，她哪里受得了呢！当然，她的户口在老家，别人或许认为她可以回老家。亲家母也婉转地流露过她可以回老家种地的意思。别人哪里知道呢，在她看孙子期间，老家的三间房已经塌掉了，她家的房基地上已被别人家盖上了房子。她名下的一亩二分责任田，也交由一个堂哥去种。也就是说，她在老家已经房无一间，地无一垅，没有了退路，变成了一个无家可归的人。她的老父亲病逝时，她曾回过老家一次，在自家原来的宅基地那里站了好一会儿。当时，她强忍着，眼泪才没有流出来。她离开村庄，走在去车站的路上，眼泪才禁不住流了出来。

晚上下班回家，楚东方给她买了一件羽绒坎肩。楚东方说，天气一天比一天凉了，在屋里穿棉袄还有点儿早，这个时候穿羽绒坎肩正合适。他让她把羽绒坎肩穿上试一试。她问他这件坎肩多少钱？他说不算贵，没说多少钱。孙桂凤看不见明明，暗淡的情绪还暗淡着，没有把羽绒坎肩穿在身上试，她说：我一分钱都不能挣，你给我买这么贵的东西干什么！楚东方说：不挣钱也得穿衣服。这件羽绒坎肩你先穿着，等下雪的时候，我还要给你买一件羽绒大衣。他坚持让妈把羽绒坎肩穿上试一试。孙桂凤只得把羽绒坎肩穿上了，说是好，又轻又暖和。孙桂凤问：你给我买衣服，鞠芬知道吗？楚东方说：知道。

只有母子两个在家吃晚饭，孙桂凤问楚东方想吃什么？儿子想吃什么，妈就给儿子做什么。儿子见妈在一个瓦盆里生的有黄豆芽，提出想吃在老家吃过的黄豆芽杂面条。妈说这个容易，她也好长时间没吃杂面条了。因鞠芬不喜欢吃杂面条，鞠芬在家吃饭时，楚东方就没有机会吃杂面条，一切饭菜都得按鞠芬的口味来。鞠芬没回来，他才可以点一点儿自己爱吃的饭菜。只有他和妈两个人在家，楚东方偶尔也会产生一些错觉，好像他并没有结婚，也没有生孩子，一切又回到了他在老家时的生活状态，北京和他没有任何联系。这种错觉里所呈现的状态，在他的睡梦里出现过。在梦里，他的心情是失落的，甚至是悲哀的。从梦中醒来，他得赶紧把鞠芬搂在怀里，心里才踏实些。今天回来，楚东方还要跟妈说一件事，这件事鞠芬一直催促他，问他跟妈说了没有。他把事情拖着，迟迟没有对妈说出来。拖过初一，拖不过十五，看来这个事情不能再拖了。吃饭前，他不能对妈说。若是对妈说了，说不定妈的心情会比杂面条还复杂，就算擀好了杂面条，恐怕也吃不下。他一定得等妈吃完了饭再说。这是一件什么事呢？是关于房子的事。原来，楚东方和鞠芬住的这套房子，既不属于楚东方，也不属于鞠芬，而是鞠芬的爸爸为鞠芬的弟弟鞠方成要的，等鞠方成结婚时给鞠方成住。那时还没有实行房屋产权制度改革，房子还没有进入市场，不能买卖，住房都是靠单位分配。在单位里，谁的职位高，谁的资格老，才能分到房子。像楚东方这样刚参加工作的大学毕业生，只能往后排。楚东方和鞠芬结婚时，鞠爸爸和鞠妈妈是临时把这套房子借给他们暂住。现在鞠方成也要结婚了，他们必须把房子腾出来。那么，楚东方、鞠芬，还有楚明明，到哪里去住呢，一家人总不能住到月亮地里去吧？鞠爸爸和鞠妈妈的安排是，他们一家三口可暂时搬到鞠家居住，等楚东方或鞠芬分到了房子，他们再搬走。话说得很明白，是一家三口，不是一家四口，三口里不包括孙桂凤。鞠家只对鞠芬的一家三口负责，孙桂凤不在他们的负责范围之内。楚东方把妈的问题提出来了：那我妈怎么办呢？我妈到哪里住呢？我老家的房子没有了，地也没有了，我妈想回去，也回不去了。鞠妈妈给楚东方出主意：鞠芬可以回到娘家住，你妈也可以回到娘家住嘛！你姥姥的岁数也不小了，你妈回去正好可以照顾她。等你什么时候分了房子，还可以把你妈接来，你再尽孝心也不迟。楚东方没有别的办法，只能按岳母给他出的主意办。

杂面条做好了，孙桂凤先给儿子盛了一大碗。楚东方一再说杂面条好吃。孙桂凤说：好吃就多吃点儿。楚东方让妈也多吃点儿。吃完了杂面条，等妈刷了碗，收拾了厨房，楚东方才把房子的事跟妈说了。妈的反应让楚东方几乎想大哭一场。在楚东方说房子的事时，她一句话都没说，只是听他说。等他说完了，妈笑了一下，又笑了一下，才叫着他的小名说：你放心，我不会让你为难。等你星期天把明明带回来，见见明明，我就走。

居委会的那位副主任，从杨师傅那里听说了孙桂凤要回老家的消息，再次找到孙桂凤，劝孙桂凤还是留下来为好。副主任这次不是介绍孙桂凤给杨师傅当老伴儿，而是当保姆。副主任说：当保姆多好呀，主家管吃管住，每月还给您发工资，这样的好事是可遇不可求。我了解您，您可舍不下您的孙子。您留在北京，看孙子多方便哪，想看孙子，抬腿就去了。孙桂凤想了想，觉得当保姆还可以考虑。她回家跟儿子商量，儿子也认为可行。

在副主任的催促下，孙桂凤把自己的衣物收拾了一个包，提上包到杨师傅家里去了。杨师傅高兴得满脸通红，一个劲儿搓手，说欢迎欢迎，热烈欢迎！

2012 年 1 月 29 日至 2 月 9 日于北京小黄庄

榨油

这是一家饺子店，以手工包的大馅儿饺子为招牌。饺子有荤有素，品种繁多。荤馅的饺子有猪肉、羊肉、牛肉、鸡肉、虾仁儿、鲅鱼；素馅的饺子有韭菜鸡蛋、豆腐粉条，等等。饺子就酒，越喝越有，这是北京人的说法。但几个哥们儿在小饭店里坐下来，没有只拿光屁股饺子下酒的，总得要几个小菜儿。没问题，您就点吧您哪，小饭店里预备的有菜，凉菜热菜都有。

　　韩老爷子刚走到饺子店门口，还没伸手推门，门就打开了。这里不是装有电子感应的自动门，自动的是饺子店里的服务员周玉影。周玉影似乎比电控的自动门还自动，还灵敏，韩老爷子一踏上饺子店门外的台阶，周玉影就看见了他，就替他把门拉开了。周玉影微笑着，说大爷来了，扶着大爷的一只胳膊，把大爷扶到一个靠窗的座位上坐下，问大爷用点什么。大爷把周玉影看了看，像是想了一下，要了一盘水煮花生，一盘凉拌猪耳丝，让周玉影把他上次没喝完的小半瓶二锅头拿过来。周玉影诺了一声好咧，很快就把大爷要的酒和菜拿了过来。饺子店里的桌子和凳子都是用硬木做的，漆成一律的酱色。桌子是长长的窄条桌，凳子是高脚方凳。无人用餐时，方凳放在桌子下面，来人用餐，就把方凳从桌子下面拉出来。一张长条桌，面对面可坐四个人。一锅饺子捞出来了，又一锅饺子下进去了。有食客走了，又有食客来了。饺子店里的饺子气和人气两旺，称得上相得益彰。周玉影没有给大爷使用的餐桌上再安排别的食客，任大爷独占一张餐桌，自斟自饮。大爷每喝一口酒，每吃一口菜，眼睛都要把周玉影找一找，看一看。仿佛周玉影也是一道菜，看着周玉影这道会移动的菜，他喝酒才喝得更有滋味。

周玉影是饺子店里的两个服务员之一，她手里拿着点菜用的小本，又要记菜名，又要端菜，又要端饺子，在餐桌之间的夹道里忙得像穿梭一样。但不管周玉影多么忙，只要走过大爷用餐的餐桌，她都要用微笑把大爷关照一下，让大爷慢用。人们现在对服务员的称呼没有统一标准，比较混乱，姑娘、闺女、小姐、服务员、小妮儿、小同志，等等，叫什么的都有。韩老爷子对周玉影的称呼是小周，当小周又走到他身边时，他把小周叫住了。小周以为他该点主食了，问他想吃点儿什么。他却指了指桌上的酒杯，示意小周也喝一点。小周很快摆摆手，说不行不行，在班上喝酒是违反纪律的，让老板知道了，是要扣工资的。韩老爷子对小周提到的老板像是并不在意，说什么老板不老板的，我让你喝的，怕什么！小周俯下身子，把嘴凑在韩老爷子左边的耳朵上，小声说：等哪天我不在班上，我再陪您喝。韩老爷子左边耳朵有些痒痒,他把本来已经有些发热发红的耳垂往下揪了揪,问:真的?小周没顾上回答真的还是假的,有人喊服务员,她答应着来啦,赶紧为喊她的人服务去了。

韩老爷子眼睁睁地看着周玉影去为别人服务,似乎有些不满,他喝了一大口酒。饺子店里供应的主食当然是饺子,韩老爷子偏不吃饺子,他要吃炸酱面,而且,炸酱面的面条必须是手擀的。若是别的食客,服务员说句没有炸酱面就完了。可对韩老爷子得小心伺候着,不能随便说没有,没有也得有。周玉影把他的要求传到后厨,后厨的厨师不敢怠慢,不擀小面积的饺子皮了,马上擀大面积的手擀面。韩老爷子对炸酱面的菜码儿也有讲究,黄瓜丝和水煮黄豆,一样都不能少。好在厨师对韩老爷子是熟悉的,除了面条和肉末炸酱,周玉影手端托盘,把黄瓜丝和水煮黄豆一并给大爷端了上来。韩老爷子还有与众不同之处,他喝了酒,吃了炸酱面,闭口不提买单之事,嘴巴一抹,就要起身离去。小半瓶二锅头被他喝完了,他大概喝得稍微有些超量,站起时身子摇晃了一下,差点儿又坐回到凳子上。眼明手快的周玉影及时扶住了他,问大爷,您没事儿吧?大爷脚下稳了稳,说没事儿。

外面不知什么时候下起了小雨,雨是春分之后的春雨,下得细纷纷的,落在地上一点儿声音都没有。街边的路灯亮起来了,迎着路灯的灯泡看,才发现每根细细的雨丝都如同镀上了银光,正一闪一闪地飘下来。仰脸看灯的同时,人们才觉出脸上有丝丝凉意。尽管大爷说没事儿,周玉影还是扶着大爷的胳膊,把大爷送到门外。周玉影说:哟,下雨了!门口的黑色台阶已被雨淋得湿漉漉的，周玉影把大爷扶下了台阶。台阶左侧有一方花池，花池里栽有一棵杏树。从树干和树枝看，这是一棵老杏树。杏花正在开放，满树白花花的，放着光华。若白天看，花瓣应有一些粉，花蕊应有一点黄。此时升起的夜色把粉和黄都遮盖住了，看上去只有满树的白，白得似乎有些白热化。周玉影让大爷走好，慢慢走。她松开了大爷的胳膊，大爷却回手把她的胳膊拉住了，大爷提出了一个要求，让周姑娘送他回家。周玉影说，那可不行，她正在上班，差不多要到半夜十二点才能下班呢！大爷说：那有什么不行的，我跟大玫说。你道怎的，原来饺子店的老板叫韩大玫，而韩大玫正是韩老爷子的女儿。换句话说，韩老爷子是饺子店老板的亲爹，怪不得他进饺子店像进自家的厨房一样，吃完饭抹嘴就走呢！韩老爷子松开周玉影，掏出手机，给女儿打通了电话，他说：大玫，我喝了点儿酒，外面又下着雨，我想让小周送我回家。韩大玫当着饺子店的老板，平时并不在店里值班，只遥控指挥就可以了。她问爸是不是又喝高了？老爷子说：不算高，还没有这棵杏树高呢！韩大玫说：小周正上着班，怎么能脱岗去送您呢！店里一共才两个服务员，这会儿正是上客的时候，一个服务员怎么能忙得过来呢！老爷子说：挣钱重要，还是你爸重要？你心里要是还有你这个爸，你就让小周送我一趟。韩大玫说：从饭店离咱家两站地都不到，小周不送您，难道您回不了家吗！老爷子说：今天地有点儿滑，我怕摔倒。你不让小周送我，那你开车过来送我吧！韩大玫让周玉影听电话，她上来就把周玉影教训了一顿：我以前跟你们说过，不要对老爷子那么热情，不要给他错误信号，看看，你把老爷子惹了吧！你说怎么办吧？周玉影还没说出话来，韩大玫就对她说：你把老爷子送回去吧，快去快回！

周玉影跟饺子店里的值班经理打了招呼，拿了一把伞，一手打伞，一手抓着韩大爷的一只胳膊，送韩大爷回家。周玉影上身穿的是蓝底带白印花的衣服，脚上穿的是带襻儿的布鞋，头上戴的是红色三角巾叠成的小帽儿，一切都是服务员的装束。觉出有人在看她，她把头上的小帽儿摘下来了，装进裤子的口袋。穿过马路的时候，韩大爷一把拉住了周玉影的手。周玉影觉出来了，韩大爷的手硬扎扎的，热辣辣的，显得很有力度，想挣脱恐怕不大容易。小孩子过马路时，总是要拉住大人的手，人老返童，权当老爷子是个孩子吧。周玉影没有往外抽自己的手，尽量把自己的手往柔里放，往软里放，任老爷子把自己的手抓着。过了马路，老爷子应该把她的手放开吧？没有，马路穿过了，老爷子仍没有放开她的手。她试着把手抽了抽，老爷子像是怕她把手抽脱似的，把她的手抓得更紧了。这样下去，老爷子会不会把她的五根手指抓得粘在一块儿呢？她说：大爷的手真够有劲的，把我的手都抓疼了。大爷说：是吗？我以前练过武术。遂把手稍稍放松一点。周玉影说：怪不得呢。趁大爷的手稍有放松，她反过来奋力把大爷的手握了一下。她的意思是通过反作用力，把大爷的力量抵消一下，也是要点儿调皮，对大爷抓她的手做出一点儿反应。大爷很高兴，扭脸对她笑，说好，你也很有劲嘛！大爷站下不走了，对周玉影说：我看你别去饺子店当服务员了，干脆到家里去给我做饭吃吧。饺子店里的饭我吃够了，不想往那儿跑了。对于大爷的这个要求，周玉影一点儿都不意外，通过这个大男人往日里看她时的眼神儿，她早就觉出对方迟早会提这个要求。这个目标如期实现，她像是取得了一个小小的胜利，心情未免有些激动。但她的激动一点儿都没有流露出来，摇头说：恐怕不行。大爷说：有什么不行的，你在饺子店上班，他们一个月给你一千五百块钱，你到家里来，我一个月给你两千块钱，还不行吗！周玉影说：大爷，不是钱的问题，我是怕你女儿不同意。大爷说：她有什么不同意的，现在来北京打工的人有的是，你不在她那儿干了，她再招一个就是了。她要是敢说个不字，我让她的饺子店立马关门！周玉影说：我看您女儿挺厉害的。大爷说：厉害怎么着，山高遮不住太阳，再厉害她也得听我的。周玉影说：那您给您女儿说一下试试吧，我等着您的消息。

　　雨下得大了一点，打在伞篷上麻麻酥酥地响。这是一顶花伞，伞面上布满了盛开的桃花。雨水流过桃花的花瓣儿，开始从伞的边缘淋下来。周玉影把伞罩在大爷头顶，自己的半边身子露在雨地里。她宁可让自己淋湿，不让大爷淋湿。大爷的家在一座高楼的十二层，周玉影一直把大爷送到家门口。大爷因为要掏钥匙开门，才松开了周玉影的手。开门时，他的手似乎有些抖，对了好一会儿，钥匙才对准细扁的锁孔。他让周玉影进屋坐一会儿，别急着走。周玉影说鞋湿，不进去了。大爷说：没事儿，进来吧。你不是说陪我喝酒吗，咱俩再喝点儿。周玉影说：您还是早点休息吧，今天最好别再喝了。等您跟您女儿说好了，我过来天天陪您聊天儿，好好为您服务，拜拜！

不知韩老爷子怎么跟女儿韩大玫说的，反正韩大玫同意了让周玉影去给她爸当保姆。在通知周玉影去当保姆时，韩大玫很严肃地跟周玉影谈了一次话。韩大玫说，她爸作为一个单身老爷子，不是那么好伺候的。老爷子又爱喝点儿酒，一喝了酒就不是他了。他希望周玉影多劝老爷子，让老爷子凡事节制点儿，不要太放纵自己。如果周玉影对老爷子有什么意见，可以随时对她说。饺子店的门还对周玉影敞开着，她什么时候想回饺子店都可以。当然了，关键的关键，是周玉影要自重，自爱，和老爷子保持好距离。到北京来的目的虽说是为了挣钱，但有些钱能挣，有些钱是不能挣的。韩大玫问周玉影：你明白我的意思吗？周玉影说：我听您的意思，是不想让我去给大爷当保姆。韩大玫说：我不是那个意思。周玉影说：那您是啥意思呢？要是不同意，您直说就是了。我这人直，没有那么多心眼儿。韩大玫说：这不是有没有心眼儿的问题，而是有什么样的心眼儿的问题。你和老爷子都同意了，我还有什么不同意的。好了，话就说到这儿吧。

　　到韩大爷家当晚，周玉影果然陪韩大爷喝了酒。一开始，周玉影老是强调她的保姆身份，说一个外地来的当保姆的，哪能跟主家平起平坐地在一个桌吃饭呢！韩大爷说：哎，什么保姆不保姆，你到我这里来，跟我的女儿是一样的。周玉影说：我哪能跟你女儿比呢，你女儿有房子，有车，还开着饭店，一个月进钱好几万，我连你女儿的一个脚指甲盖儿都不如。韩大爷说：话不能这么说，依我看，你就是没生在北京，你要是生在北京的话，说不定比大玫还有钱。韩大爷给自己倒上酒，给周玉影也倒上酒，说：不说这个，来，咱俩喝酒。周玉影笑了，说：我跟您说着玩呢，其实我不会喝酒。韩大爷说：喝酒这玩意儿没有会不会之说，不喝不会，一喝就会。酒水酒水，酒就是水，人来到这个世上，哪能不喝水呢！周玉影不端杯，说：我真的不会喝，要是喝醉了，就干不成活儿了。韩大爷说：晚上还干什么活儿，喝酒就是干活儿。你可不敢蒙我，要蒙我就不喜欢你了。这样吧，你少喝点儿，我喝一杯，你喝半杯就行了。他一仰脖把一杯酒喝了下去，然后杯口朝下，给周玉影看，并敦促周玉影快喝。周玉影的样子像是有些为难，很不情愿似的喝了小半杯。韩大爷立即竖起大拇指，对周玉影夸好，说他知道的，女的只要敢端杯，一般来说都比男的能喝。周玉影看见了，韩大爷的大拇指饱满，粗壮，还红红的，恐怕跟年轻人的手指差不多。周玉影说：您说您练过武术，您练的是什么武术？韩大爷说：我练的主要是太极，年轻时我还参加过全北京市的太极拳比赛呢！你别看我上岁数了，我练功的底子还在。别看你年轻，掰手腕儿不一定掰得过我，不信咱试试。说着把手伸了出来。周玉影没有伸手，她说不用试，我肯定扳不过您。我看您一点儿都不老，像一个小伙子呢！韩大爷问：真的，你真的这么认为？周玉影说：当然，以后不叫你韩大爷了，叫你韩小伙儿得了！周玉影边说边笑，笑得眯着眼，露出红红的舌子和一口细白牙。韩大爷站起来了，说：你这话我爱听，就冲你这句话，我得连干三杯！说罢，他真的一连喝了三杯。周玉影说：韩小伙儿，好样的！她陪韩小伙儿喝了一个满杯。

这套房子是三室一厅。韩老爷子住一间，给女儿韩大玫保留一间，还有一间正好给保姆周玉影住。他们喝过酒，吃过饭，周玉影把厨房收拾了一番，就到自己住的房间去了。在饺子店当服务员时，每天晚上，她和店里别的打工者一样，都是在地板上打地铺，睡在地铺上。到这里有席梦思床，还可以一人住一间屋，比在饺子店优越多了。房间里有一个三扇门的衣柜，门是推拉门，每扇门都可以移动。其中的一扇门，是一面顶天落地的穿衣镜。她脱去外衣，对着镜子照了照。她的双腮是红的，眼皮是红的，两个耳垂更是红得像盛满了红色的汁液。有人说过，她很适合喝酒，一喝酒就满面春色，看来果真如此。她穿的是一件米黄色高领紧身薄毛衣，因毛衣是紧身，把她的胸勾勒得有些高，腰勾勒得有些细。她还转过身，把臀部显示在镜子里，看了一下自己的臀。不看不要紧，一看还是愁人。她的臀过于大，过于肥，过于吓人。一个从小地方到城里来打工的人，身手轻捷一些才好，长这么大的屁股干什么！

韩大爷不在客厅看电视了，推门走进周玉影住的房间。周玉影问：有事儿吗？韩大爷说：没事儿，我看看你睡了没有。暖气停了，屋里有点儿凉，你盖得暖和点儿。你要是嫌被子薄，我再给你拿一床被子。周玉影说：不用了，谢谢您。韩大爷说：你跟我不要客气，在我这里跟在你自己家一样，有什么要求只管说。周玉影说，大爷对她已经很好了，她没什么别的要求。周玉影没提要求，大爷倒提了一个要求，大爷说：你说我像一个小伙子，我想试一试。周玉影一听，就知道老爷子要试什么，但她装作不知，问：试什么？大爷说：你知道试什么，你是个一点就透的聪明人。周玉影否认她是一个聪明人，说：我真的不知道你要试什么。大爷说：我老伴儿去世好几年了，自从老伴儿去世后，我一直没再试过。我想试一试，自己还有没有那个能力。韩大爷把话说得这样明白，周玉影装不明白是装不过去了，她说：那恐怕不合适吧，我是当保姆的，洗衣做饭，刷锅刷碗，擦桌子擦地，是我的服务项目，这些项目里不包括你所说的项目吧。韩大爷说：不包括这个项目没关系，咱把这个项目加进去不就行了。周玉影说：这个项目有点大，想加进去恐怕不太容易。你喝水吗，我去给你倒点水吧？韩大爷的嘴里是有些干，但这个干不是那个干，他的心思根本不在喝水不喝水上面。他有些搓手，还抓了一下自己的后脖梗子，说这个这个，我知道这个事儿强摘瓜不甜，你同意摘瓜才能摘。你看这样行不行，试一次，我另外再给你一百块钱。周玉影很快把账算了一下，试十次，一千块钱；试一百次，一万块钱；试一千次呢，就是十万块钱。但周玉影笑了，说大爷真是个大方的人哪！韩大爷听出周玉影说的像是反话，他说这样吧，我再加一百，每次给你二百块钱，这下行了吧！他掏出钱包，从中抽出二百块钱，放在床上的枕头边。周玉影把枕边的两张红钱瞥见了，很快以翻番的方法把账重新算了一遍，她：到发工资的时候，您不会把这个钱扣除吧？韩大爷说：这话怎么说的，你看我是那种算小账的人吗！这个钱是小费，工资是工资，小费和工资，一码是一码，到该发工资的时候，一月两千块，我一分钱都不会少你的。周玉影说：算了，不说钱的话了，把钱说来说去，好像我真的很看重钱似的。我觉得，人与人之间的缘分才是最重要的。

终于可以试了，周玉影又提出让韩大爷戴上保险。她不把韩大爷叫大爷了，叫成老韩。老韩说：家里没有那玩意儿。周玉影说：没有你去买。老韩说：你是成心要急死我啊！我从来不戴那玩意儿，戴那玩意儿不接地气。周玉影说：不上保险，你倒是接上地气了。可是，你一接上地气，你的种也下到地里去了，怀上孩子算谁的！老韩说：不可能，我都快七十岁了，种子早就不中用了。周玉影说：什么不可能，可能得很，在这方面你蒙不了我。别说七十岁，男人到了八十岁，照样可以把女人的肚子搞大。你说吧，要是我的肚子大了算谁的？老韩说：这事走一步说一步，万一到了那一步再说。周玉影说：那不行，这事儿必须提前说清。老韩说：算我的，行了吧！

实践证明，老韩还行。周玉影对老韩鼓励有加，说宝刀不老嘛！老韩说：凑合着，谢谢鼓励！周玉影说：怎么着，再试一次？老韩说：等一会儿，等一会儿，让我喘口气。再好的饭也不能连着吃，咱们说会儿话吧。周玉影说：不嘛，人家的肚子还没吃饱嘛，还饿着呢嘛！老韩说：不瞒你说，我第一次看见你，就喜欢上了你。周玉影问：喜欢我什么？老韩说：哪儿都喜欢。周玉影让老韩说得具体点儿，不要那么笼统。老韩的手攀上周玉影高高的臀部，说主要是喜欢这儿，你的这儿太棒了，诱人得很呢！周玉影撒娇似的哼了一声，说：原来你是个老色鬼呀！老韩说：别这样说，这个词儿不好听。周玉影说：就说，就说。

这时，周玉影的手机响了，是她妈从东北老家打来的电话。妈告诉周玉影，周玉影刚上小学的女儿闹着要到北京看天安门，看升旗仪式，妈想趁五一放假的时候，带周玉影的女儿到北京走一趟。周玉影开口就拒绝了，说不行，她天天上班，忙得很。越是放假，她越忙，根本没时间带孩子去天安门。

趁周玉影接电话，老韩抱起衣服，回到自己房间里去了。对于周玉影的情况，老韩知道一些。周玉影的老公在深圳打工，跟别的女人打到一块儿去了。老公既不回家，也不给家里寄钱。周玉影一气之下，就和老公离了婚。倘是周玉影没跟老公离婚，他跟周玉影好恐怕还得顾忌着点儿。现在周玉影成了无主的果树，树上的果子谁想摘谁摘。果子熟得红艳艳时，也愿意让人采摘。如果无人采摘，对资源是一种浪费，果子本身也会着急。

此后的日子，老韩每晚都会喝点酒，每喝完酒，都要跟住家保姆周玉影试一次。每试之前，老韩都要先拍钱。老韩哪天若是忘了拍钱，周玉影就不让老韩脱她的裤子。周玉影把老韩的底子套出来了，老韩每月的退休工资是三千多元，老韩的定期存款有四十多万，且够老韩拍几年呢。晚上试过了，有时候周玉影在中午也要试，她说：小伙子，加个班吧！被叫成小伙子的老韩不好拒绝，加班就加班，再掏一份加班费就是了。然而，由于没有酒劲顶着，加上毕竟岁数不饶人，看着是个门，老韩却进不去，只在门外窝门鼻儿。不管老韩窝了多少个门鼻儿，也不管老韩累得汗巴流水，周玉影很注意保护老韩的积极性，从不说风凉话，从不打击老韩。周玉影有着丰富的性事经验，她懂得，这个时候的男人脆弱得很，最经不起打击，一句话说不好，有可能会造成这个男人一蹶不振。周玉影的办法是眯着眼，一句话都不说，期待着不愿放弃的老韩把门鼻儿捋直。

劳动节期间，在周玉影的要求下，老韩带周玉影到京郊密云吃了水库鱼。两个人还以夫妻的名义，在山区农家小院住了两宿。从密云回到城里，周玉影感觉有些累，腰酸腿沉，还光想呕吐。她一想，干了（北京的说法，意思是糟了），她可能怀孕了。她躺在床上，喊过老韩，对老韩挤了两眼泪。老韩问：怎么了？怎么了？哪儿不舒服？周玉影说：都怨你，我说戴上保险，你不戴，非要接地气，看看，把我的肚子搞大了吧！一听周玉影的肚子大了，老韩的头顿时也有些大，但他表面上并不慌张，说不会吧，怎么会呢，我今年都六十八了。周玉影说：我不管你是六十八还是八十八，种是你下的，账是赖不掉的，你说怎么办吧？老韩劝周玉影不要着急，说目前来说，只是怀疑，是不是真的怀孕还不一定。明天到医院检查一下，如果确定真的怀孕了，咱们再想办法。周玉影说：想什么办法，我要把孩子生下来。老韩说：千万不要冲动，不要说气话。你说这个话，我认为为时尚早。我不认为自己有那样的本事。周玉影说：姓韩的，你等着瞧！

周玉影到医院查过，被证实果然是怀了孕。她看着化验单，差点儿笑出声来。怀上的孩子等于是一个把柄，通过这个把柄，她彻底把老家伙抓住了。哈哈，好色的老家伙，看你往哪里跑，你就是钻进保险套里，姑奶奶也要把你揪出来。周玉影把化验单拿给老韩看，说：我现在终于明白了，你死活不戴保险，原来这是你的阴谋。你的阴谋得逞了，现在你满意了吧！老韩看着化验单，眉头皱得很紧，他说：我没有想到，这不太好，局面很被动。周玉影说：你不要再装腔作势了，你不就是想让我给你生一个孩子嘛。现在孩子怀上了，你心里不知有多得意呢！老韩说：小周，你误解我了，我都这么大岁数了，我外孙子都上初中了，我再要孩子算怎么回事。周玉影说：这个我不管，反正你说过，怀上孩子算你的。老韩说：我没说不是我的，但是，你要把孩子生下来，会带来一系列问题，名不正言不顺不说，孩子上北京户口都上不了。周玉影说：上北京户口很简单，我嫁给你不就得了。我听人说：只要男女双方有一个人是北京户口，生的孩子就可以上北京户口。老韩的样子有些哭笑不得，说：我比你整整大三十岁，怎么敢娶你！要是被别人知道了，不把我笑话死才怪。周玉影嘿了一声说：我一直以为你是一个思想解放的人，没想到你这么保守。大三十岁怎么了，当今社会，老牛吃嫩草的情况多得是。别人可以吃嫩草，难道你就不能吃！老韩说：别急，容我再想想。周玉影给他出主意：你要是拿不定主意，可以跟韩大玫说说，让她帮你想想办法。老韩说：这样的事儿怎么能跟她说，你这不是等于拿我的巴掌打我的脸嘛！

老韩想了半夜，提出了一个方案，他说：我给你一万块钱，算是给你的补偿，你还是把孩子做掉吧！周玉影说：老韩你好狠心，把你的孩子做掉，难道你不心疼吗！说心里话，跟你在一块儿这段时间，我觉得你这个人不错，是个心地善良的人，也是一个厚道人，值得信任和依赖，我真的愿意一直陪伴着你。周玉影向老韩摊了底牌，如果老韩不跟她结婚，她决不会把孩子做掉的。只有老韩跟她办了结婚登记，做掉孩子的事才可以考虑。把底牌摊给老韩后，周玉影躺到床上蒙头睡觉去了，她不再做饭，也不吃饭，一切让老韩看着办吧。实在不行的话，就让社区居委会的人来评评理。老韩把"底牌"琢磨了半天，来到周玉影的卧室，坐在床边跟周玉影解释，说他不是不想跟周玉影结婚，实在是因为他和周玉影年龄悬殊太大，他怕周玉影受委屈。周玉影在被子下面啜泣，说：你知道吗，爱是无边的，爱是不受年龄限制的。老韩掀开盖在周玉影脸上的被头，见周玉影的两个眼窝子都是湿的。

老韩从床头柜上抽出两张面巾纸，为周玉影揸眼泪，说：你不要哭，只要你不嫌弃我，我答应跟你结婚还不行吗！周玉影这才把老韩的脖子抱住了，叫着老韩的名字说：你真是我的好老公！

一切按周玉影设计好的步骤，在有条不紊地进行。老韩跟周玉影办了结婚登记手续，周玉影才去医院做了流产。为了让周玉影保养身体，老韩给周玉影补偿了两万块钱。为了避免再次怀孕，周玉影并没有要求老韩戴保险，而是自己到计划生育门诊戴上了避孕环。

既然周玉影由保姆变成了老婆，老韩和周玉影的关系就不再是雇用和被雇用关系，就变成了婚姻关系。一旦固定成了婚姻关系，老韩做那件事的积极性反而不那么高了，做之前也不再给周玉影拍钱。反正肥肉在锅里，他想吃就吃，不想吃就不吃。吃是他的，不吃也是他的。可是，当了老韩老婆的周玉影不容许老韩有半点儿懈怠，她还是坚持每天晚上都陪老韩喝酒，喝了酒就敦促老韩做那件事。如果老韩哪天说累了，不做了，她就采取主动的姿势，不让老韩做她，她做老韩。她把老韩所喜欢她的优势发挥得淋漓尽致，把老韩做得哎呀哎呀的。除此之外，她还悄悄买回一些刺激男人性欲的虎狼药片，碾碎了，放进老韩喝花茶的茶杯里，让老韩喝。老韩喝了药，就膨胀得有些身不由己，看见周玉影像公牛看见发情的母牛一样亢奋。周玉影对骑牛不下牛的老韩一再提出表扬，说老韩焕发了青春，革命的青春。

周玉影的前夫给周玉影打来了电话，说：听说你傍上了一个大款，祝贺你呀！周玉影说：哎，气死你！你怎么还没死，我以为你早就死了呢！说罢，就把手机关了。

韩大玫也听说了父亲跟周玉影结婚的消息，她给父亲打电话，说：爸，你上当了，你掉进周玉影挖的陷阱里去了，我得拉你一把。韩大玫让父亲到饺子馆去一趟，她要跟父亲好好谈谈。老韩不愿去饺子馆，他让韩大玫到家里来。韩大玫不承认周玉影是她的后妈，她说，她不愿看见那个诡计多端的蛇蝎女人。老韩说：不愿见不见，我的事不用你多管！韩大玫说：我是你女儿，必须对你负责！

　　老韩之所以不愿意去女儿开的饺子馆，是因为几个月来，他的面貌变化很大。他现在的主要特征是瘦。耳朵黄，嘴巴突，眼睛塌坑。腿细，胳膊细，脖子细，几乎变成了一盏纸糊的人灯。他现在不大敢照镜子，照一次吃一次惊。这样下去不行，他得注意身体了。

　　刚入冬，老韩就患了感冒。感冒发烧，转成了肺炎。老韩只在医院住了一夜，人就不行了。韩大玫匆匆赶来，周玉影在韩大玫面前哭得很伤感。韩大玫对周玉影说：这儿没你的事了，你可以走人了。周玉影当然不会走，她强调她是老韩的合法妻子，要以她为主导，来料理她丈夫的后事。韩大玫拿出一份文件的复印件给周玉影看。周玉影接过文件一看，原来是老韩生前所立的遗嘱。遗嘱称，在他去世后，他的所有遗产全部归女儿韩大玫继承。遗嘱中特意提到了周玉影，称周玉影嫁给他是别有用心，另有所图，不能让周玉影企图继承他的遗产的阴谋得逞。遗嘱还经过了法律公证，证明此遗嘱有无可争辩的法律效力。

　　看了遗嘱，周玉影有些傻眼，她没想到老韩会跟她来这一手。

　　2012 年 3 月 17 日至 27 日于北京小黄庄

路

北京人普遍对天气预报比较关注，新闻联播他们不一定看，每天的天气预报是要看一看的。看了北京台的预报不算完，他们还要等着看中央台的预报。有时北京台预报有雨，中央台预报却无雨，他们要比较一下，究竟哪个台预报得准一些。晚报上也有天气预报，而且对天气形势的分析比较详尽。北京人对晚报上的天气预报看得更仔细，一颗星星，一片云彩，都不会落下。他们对天气如此关注，说到底，是希望北京多多降水。北京是一个缺水的城市，而生活在北京的人，每人的肚子都是一只容量不小的水罐子，人人都离不开水。若是天老不降水，密云水库存不下水，北京人靠什么活呢！

　　除了吃水的问题，还有呼吸的问题。空气干燥得像是点火就着，其中还悬浮着大量可吸入颗粒物，恐怕谁的呼吸都不好受。倘时常下点雨，空气湿润一些呢，人的鼻孔就敢张开，呼吸就顺溜一些。呼吸一顺溜，人们的脾气也许就不那么急躁和暴躁了。

知道了知道了，怪不得北京人出门就往天上瞅呢，合着北京的居民个个都是盼水女，或是盼水男。

赵教授也是每天必看天气预报，同样希望北京多下雨，多下雪。但是，他看天气预报，不是出于对气象台的信任；相反，是出于对气象台的不信任。比如说，有人看戏，是出于对戏的欣赏。赵教授看戏呢，是给戏挑毛病，跟演戏的人较劲。去年冬天，气象台曾连续三天预报有大雪，暴雪，还发了这色预警，那色预警。市民们都很兴奋，等着堆雪人，滚雪球，打雪仗，好好把雪景欣赏一下。赵教授的心情是矛盾的，还有那么一点点紧张。黑云压顶，的确像要下雪的样子。赵教授担心，这次难道真的要下雪吗，难道真的要给天气预报长脸吗？三天过去了，结果连一个雪星子都没下，人们别提多失望了。有人不只是失望，简直有些气愤，他们给电视台、报社、气象局打电话，说没有这么连着放空屁的，没有这样糊弄人的！这时赵教授微笑了，说他早就说过，大自然怎么会听泥鳅一样的人类胡说八道呢，要是大自然的算盘珠子靠自以为是的人类拨动，那大自然就不叫大自然了。他的观点是，千万不要把天气预报当真，预报不准是正常的，若预报准了，就不正常了。

赵教授家的保姆吴启雪也爱看天气预报。一开始，赵教授不知道吴启雪爱看天气预报，一看完北京的天气预报，他就要换频道。有一次，赵教授刚要换频道，站在沙发旁边的吴启雪说：哎，哎。吴启雪一哎，赵教授就明白吴启雪也要看天气预报。吴启雪的老家在青海，她只能看西宁的天气情况。等西宁的天气报过了，赵教授问吴启雪还看什么。吴启雪说不看了,她就是看看她老家那里有雨没有。赵教授说:你不要听他们瞎说,他们还不如一只蚂蚁知道阴晴冷暖呢。吴启雪跟赵教授的观点不是很一致,她说:有时候预报得还是挺准的。赵教授让吴启雪举例。吴启雪的例子还没举出来,赵教授又说:十有八九不准,有一次准的,还是瞎猫碰到了一只死耗子。出于对赵教授的尊重,吴启雪不跟赵教授争论。

吴启雪每天的主要任务是帮助赵教授的儿子赵兰刚练习走路。怎么,赵教授的儿子还小吗?连路都走不好吗?不是的,赵兰刚三十多岁了,原来能跑能跳,打羽毛球、乒乓球,还能踢足球,抢篮球,什么球都玩得转的。自从他学了车,买了车,出了一次车祸之后,腿就抬不动了,路就走不成了。越是走不成路,医生越是主张赵兰刚要像小孩子学步一样练习走路。如果每天坚持练习,赵兰刚还有可能恢复走路的功能。如果躺着不动呢,赵兰刚也许永远都走不成路了。吴启雪帮助赵兰刚练习走路的办法,是双手抱定赵兰刚的一只胳膊,连架带拖,帮助赵兰刚一点一点往前挪。这天吃过早饭,停了一会儿,在赵教授的敦促下,吴启雪又开始了当天的服务,带赵兰刚到院子里走路。赵教授并没有明着敦促,只是对吴启雪说:小吴,今天外面天气不错,没有风,气温上升,玉兰花快要开了。赵教授有早睡早起的习惯,每天一大早,当全家人还在睡觉,他已经到院子里锻炼身体去了。他锻炼身体的办法很简单,就是绕着院子快走。这个居民区的院子很大,走一圈下来大约是一里路。赵教授每天固定走六圈。六圈走下来，赵教授对室外的天气情况就有了切身的感受。吴启雪一听就明白，赵教授嘴上说的是天气，实际是说她该带赵兰刚出去了。吴启雪走到赵兰刚身边，拉起赵兰刚的一只胳膊，说：走吧，赵哥。赵兰刚没有坐沙发，他要是坐沙发的话，站起来就难了，需要赵教授和吴启雪两个人上去拉他，才能把他拉起来。他坐的是一只高脚的木椅，从木椅上起身容易些，只吴启雪一个人，就可以把他拉起来。赵教授家住在一楼，好在不用上楼下楼，出了家门口和楼的单元门口，走不了几步，就到了院子里。

　　来到院子里，吴启雪扶着赵兰刚刚刚走了十二步，赵兰刚就站下不走了。昨天一开始还走了十四步，今天才走了十二步，和昨天相比，今天不但没有进步，还退步了。吴启雪鼓励赵兰刚：赵哥，加油儿，走，咱们到前面去看玉兰花儿。赵兰刚不是耍赖，不是不想走，可他的双脚像被钉在了地上，就是抬不动。赵兰刚大概也在用力，以致他的双腿在微微发抖。发抖是紧张造成的，越是紧张，他的腿就越发僵硬，越是掰不开镊子。赵兰刚不但走路不行了，嘴也失去了说话的功能，他看着吴启雪，像是想说话的样子，却说不出话来。好在赵兰刚的眼睛还管用，在表达心思方面似乎代替了部分嘴的功能。他的眼神是哀怨的，仿佛在说：我也想走，可我的脚抬不起来，怎么办呢！他就那么看着吴启雪，眼皮眨都不眨，目光直接单纯得像一个孩子。不知为什么，吴启雪的目光不敢长时间与赵兰刚对视，两人的目光刚刚有所接轨，吴启雪就转过脸，把视线避开了。或塌下眼皮，瞅着脚下的地面。倘若赵兰刚真的是一个孩子就好了，吴启雪宁可把"孩子"抱起来，抱到大街上，抱到天坛公园、地坛公园，带"孩子"到处去玩。可是不行啊，从年龄上看，赵兰刚不是一个孩子，从体重上看，赵兰刚也不像一个孩子。赵兰刚又白又胖，腿粗胳膊粗，他的体重差不多顶得上吴启雪两个人的重量。这么说吧，赵兰刚好比是一盘石磨，吴启雪所抱的赵兰刚的一只胳膊，就像是推磨的磨棍，吴启雪推不动赵兰刚这盘磨。这怎么办呢，老是站在一个地方不动，怎么能起到帮助赵兰刚练习走路的作用呢？如果不能有效地帮助赵兰刚练习走路，她当保姆的任务怎么完成呢？吴启雪想了想，弯下身子，两手把住赵兰刚左脚的脚脖子，往上拔。她想试一试，能不能把赵兰刚的左脚拔起来。她在电视上看见过鲁智深拔柳树，柳树的根扎得那么深，人家都能把柳树拔起来，赵兰刚的脚又没有扎根，难道就拔不起来吗！还好，在她的奋力提拔下，赵兰刚的左脚真的抬起来了，并顺势走向前移动了一步。吴启雪照此办理，她又把赵兰刚的脚脖子提拔了两次，赵兰刚又向前移动了两步。这样加起来，赵兰刚今天已经往前走了十五步，总算比昨天多进了一步。吴启雪有点高兴，像是取得了一个小小的胜利。

这时，赵兰刚的妈妈陶老师从家里出来了，陶老师肩上斜挎着一个小背包，向居民区大门口走去。自从儿子出了车祸，陶老师的一头头发很快就白完了。但她从不染发。和赵教授一样，她也从教书育人的岗位上退了下来。她在家里待不住，每天都到附近的一个老年活动站去打发时间。活动站里有一个阅览室，她到那里去看书，看报，看杂志。从儿子身边走过时，陶老师没有停下来，没有跟儿子说话，甚至连对儿子看一眼都没看，仰着脸，目不斜视，径直就走了过去。哪怕是一个陌生人，看见一个瘦弱的姑娘帮助一个身残的年轻人搬腿搬脚，说不定也会扭过脸看一看，何况她是赵兰刚的妈妈呢！可她像是躲避着什么，很快走了过去。她儿子走不成了，她的双腿双脚什么问题都没有，走起来还保持着以往的速度。

赵教授站在他家的阳台上，看到了吴启雪弯着腰，在帮助儿子搬腿搬脚。他家的阳台是封闭的，他能看到玻璃窗外的吴启雪，吴启雪不一定能看到他。他不是在监督保姆的服务，而是关心儿子是否有所进步。他看出来了，儿子进步不大，保姆却付出了加倍的辛苦。保姆的确是一个负责任的好保姆。像保姆小吴这样的年龄，正是在校园里读书的年龄，小吴没条件没机会读大学，只能到城里来当保姆。这样是不是不太公平？儿子这样的状态，是不是也太为难小吴了？赵教授离开阳台，从家里走出来了，来到了儿子和吴启雪身边，他说：小吴，辛苦你了！吴启雪说：没事儿。她直起身来，拐起胳膊，擦了擦额头上的汗。赵教授说：你看，你都出汗了，快歇歇吧！我觉得这样不行，这样你太累了。吴启雪还是说没事儿。赵教授说：咱们再想想，还有没有别的办法。能有什么别的办法呢，反正吴启雪想不出来。院子里停放了不少小汽车，吴启雪知道，哪一辆都不属于赵兰刚。吴启雪听说，赵兰刚开过的那辆小汽车早就成了一堆废铁，说不定已经回到炼铁炉里去了。赵兰刚本来想拿汽车的四个轮子当腿，跑得快一些。谁知道呢，赵兰刚不但没有快起来，却差点儿把命都丢在了汽车里，人的命运真是说不准。

　　吴启雪对北京还不熟，还怀有恐惧心理，不大敢一个人到远一点儿的地方去。比如说，她没有坐过地铁，也没有到天安门广场去过。她想，既然来到了北京，有些地方总会有机会去。到了晚上，吴启雪也很少看电视，把自己关在一间小屋里，看书，复习功课。初中毕业后，她报考中专，没有考上。她本想复习一年再考，但父母不让她再继续上学。父母的意见是，一个女孩子家，多少识点儿字，认不错东南西北就行了，上那么多的学干什么！父母举了他们村一个男孩子的例子。男孩子家卖猪卖羊卖粮食还不够，每年还要向别人借钱，才能供男孩子读大学。男孩子倒是把大学读下来了，父母欠的债也欠大了，一屁股两屁股都不止。男孩子家为男孩子读大学下了大本钱，实指望男孩子参加工作后能把钱赚回来，不料想男孩子却找不到赚钱的工作，毕业后一直在城里漂着。男孩子总要吃饭，总要租房住，总要打手机，还得跟父母要钱。既然上大学成了赔本的买卖，村里人都不愿让孩子上大学了，主张让孩子早点儿进城打工。就是在这样的背景下，吴启雪跟着外出务工的队伍，到北京当上了一名保姆。赵教授了解到这些情况后，有些替吴启雪惋惜。他给吴启雪讲了一番大道理，吴启雪虽然在点头，却没有真正听懂。赵教授说，中国靠密集型简单劳动赚取人口红利的时代已经结束，下一步要保持经济持续增长，必须提高劳动者的素质，由密集型简单劳动变成才智型复杂劳动。劳动还有这么多说头，吴启雪从来没听说过。赵教授真不愧是教授，他的话恐怕只有大学生才听得懂。不过赵教授后来说的话，吴启雪还是听懂了。赵教授建议吴启雪不要放弃学习，不要放弃上中专的理想。如果在老家不能实现上中专的理想，到北京还是有可能实现的。赵教授许诺，他可以辅导吴启雪的学习，到考试时还可以帮助吴启雪联系学校。说来赵教授真够热心的，吴启雪来北京时没带课本，是赵教授到书店为吴启雪买齐了初中三年级的全部课本。于是，吴启雪又开始了学习。小屋很安静，台灯柔和的光照在她的课本上和作业本上，使她常常忘记身在何处。抬头看了看，她才记起自己是在北京的赵教授家里。这个家的人都是有学问的人。赵教授曾是对外经济贸易大学的教授，陶老师曾是一家重点中学的优秀语文教师，而遭遇了车祸的赵兰刚呢，也是一位名牌大学的文学硕士。赵兰刚的脑子现在不好使了，但他的学问有可能还在脑子里储存着，等他哪一天恢复了记忆，说不定还是很厉害。

伴随着吴启雪开始复习，有关参加考试的梦也开始向她袭来。每一次在梦里参加考试，她都很紧张，试卷上的题她大都不会做，跟交了白卷差不多。特别是那些作文题目，每个题目都让她觉得陌生，都出乎意料，她急得快要哭了，却一个字都写不出。吴启雪把她做的参加考试的梦跟赵教授讲了，赵教授说，这都是应试教育把孩子害成了这样。赵教授劝吴启雪，不要想考试的事，只当复习是玩儿，是一种游戏，一道题做对了，等于游戏取得了胜利。赵教授还教给吴启雪一些学习方法，比如拿起课本，要把自己当老师，学会自己给自己讲课，这样所学的东西才会真正变成自己的东西。吴启雪按照赵教授教给她的学习方法学习，效果果然好多了，有关考试的梦也不怎么做了。

吴启雪再帮赵兰刚练习走路时，赵教授用废旧皮带做了一个套子，套在了赵兰刚的左脚上，套子另一端的布带交给吴启雪。这样，吴启雪再帮赵兰刚搬腿搬脚时就不用弯腰了，只往上提拉手里的布带就行了。你不佩服赵教授不行，他想出的这个办法相当好使，吴启雪只需把布带往上一拉，赵兰刚的左脚就抬了起来，就往前迈了一步。赵兰刚主要是左脚抬不动，只要左脚借力抬起来，右脚就会跟进。这个办法被赵教授命名为提拉法，吴启雪采用提拉法之后，赵兰刚在第一阶段就走出了二十多步。他们原地歇了一会儿，再走，第二阶段又走出了二十多步。路边是小花园，花园一角的迎春花正在开放，绿色的枝条上缀满金灿灿的花朵。也许好腿好脚的人看见迎春花跟没看见一样，脚步匆匆就走了过去。而吴启雪和赵兰刚走一段就得停下来，使得他们可以对花儿多看几眼。第一阶段，他们看到了一大丛迎春花；第二阶段，他们就来到了玉兰花的花树旁边。玉兰花的花树是三棵，一棵紫玉兰，两棵白玉兰。不管紫玉兰，还是白玉兰，打开的花盏子都是那样大，都是那样好看，亮眼。在老家，吴启雪从没看见过玉兰花，来到了北京，吴启雪才把玉兰花看到了。吴启雪赞美一切值得赞美的事物，习惯和老天爷联系起来，看见了玉兰花，她又在心里赞叹：我的老天爷呀，这花儿怎么这样喜人呢！

赵兰刚的眼睛也在看玉兰花，并抬起手来，指着玉兰花，啊啊地对吴启雪示意，仿佛在说：你看，这就是玉兰花！吴启雪突然有些感动，她说：好，赵哥，我看见了。前几天，她一直把看玉兰花作为鼓励赵兰刚前进的目标，这个目标今天实现了。

用这个办法帮助赵兰刚练习走路，吴启雪只能和赵兰刚面对面，赵兰刚走一步，她退一步。每把赵兰刚穿着旅游鞋的大脚往上提拉一下，她都会想起在老家用铁皮桶从井里往上提水，井很深，灌了水的铁皮桶很沉，每提一桶水都不容易。相比之下，提赵兰刚的脚要比在老家提水容易些。只不过，在老家提水，每天只提一两桶就够了，而赵兰刚的脚不知提多少次才是够。帮助赵兰刚提脚时，吴启雪还想起老家的父辈们在墙基上打夯。盖房子须把墙的基础夯实，就得打夯。打夯的办法，是在一块立起来的长方形石头上绑上一根粗木棍，当夯把子，石头周围拴上一些绳子，当拉手。众人通过拉手，奋力把夯拉得高扬起来，有一个人利用夯把子掌舵，并喊着号子，一夯挨一夯向前夯去。吴启雪把赵兰刚的大脚板看了看，心说，真像一只夯呢。她呢，就像拉夯的人。只不过，拉夯的需要好几个人，在这里"拉夯"的只有她一个人。

这个居民区是一个极大的四合院，四周都盖了楼，中间打横又盖了两栋楼，只留南面一个出口。楼的单元门统一排列，一共排出三十六个单元。因居民区相对封闭，区内绿化、美化也不错，居民们大都愿意在院子里锻炼身体。凡是上点岁数的人，他们锻炼身体的办法跟赵教授差不多，多是绕着院子快走。许是吴启雪这种帮助赵兰刚练习走路的办法太奇特了，吸引了不少人驻足观看。有人作出了评价，说这种办法不错。不知为什么，一见有人停下来看着她和赵兰刚，她就觉得非常害羞，非常不自在，满脸都是红的。她塌下眼皮，不敢看停下来的人，也暂停拉动赵兰刚的脚。赵兰刚倒无所谓，拉他走，他就走；让他停，他就停，一副随遇而安的样子。有人看赵兰刚，赵兰刚没有任何反应。他的眼睛虽然是张开的，张得还不小，但他的眼睛是空的，是真正的"目空一切"。让吴启雪躲不开的是，还有人向她问话。有一次，一个老太太问吴启雪：小姑娘，你是这小伙子的什么人？什么人呢？吴启雪说：我是他们家的保姆。噢，是保姆，我还以为你是他们家的亲戚呢！老太太又问：他们家一月给你多少钱哪？吴启雪嗯了一下，没有回答多少钱。老太太说：他这么胖，你这么瘦，你这保姆当得可够累的。吴启雪没有再说话。

吴启雪还不怎么会做饭，一天三顿饭还是陶老师做。陶老师让吴启雪试着做了两次，吴启雪放盐太多，口味过重，陶老师就不让她做了。按照家里的分工，赵教授每天负责买菜，陶老师负责做饭，其余刷锅刷碗打扫房间卫生之类，都由吴启雪承担。这天在晚饭的饭桌上，吴启雪不知不觉间流露出一种畏难情绪。她的情绪被细心的赵教授注意到了，赵教授问她是不是累了？她说没事儿，不累。赵教授说，有什么困难只管跟他说，不要放在心里。吴启雪笑了一下，说其实没什么，就是在复习功课时，想写一篇作文，老也写不好。她在老家上学期间，怕的就是写作文，一写作文就发愁。她考中专之所以没能考上，也主要是因为作文没写好，拉了分。赵教授嗨了一声说：你这个问题根本不成问题，你知道你陶阿姨原来是干什么的吗，阿姨原是中学的优秀语文老师，她教过的学生不仅有的上了清华、北大，连当作家的都有。

让阿姨给你点拨一下，你的作文一定能写好。吴启雪看着陶老师，样子有些欣喜，说真的，那太好了！陶老师却一点儿都不热心，说：我哪里会教什么写作文，退了休我才知道，以前那样教学生写作文，不过是误人子弟而已。赵教授说：你不要太谦虚嘛，让小吴写一篇作文出来，你帮她看看嘛！陶老师总算没有拒绝，说看看倒可以。

吴启雪用两个晚上的复习时间，写出了一篇作文。当她把作文交给陶老师时，心里忐忑得很，她说：阿姨，我真的不会写作文，您不要笑话我。陶老师说：我自己都写不好，哪里会笑话你呢！陶老师没有马上看吴启雪写的作文，她说：我晚上再帮你看。她把作文放到卧室里去了。

陶老师说了晚上帮助吴启雪看作文，但两天过去了，陶老师闭口不谈作文的事。陶老师每天还是背着自己的小挎包出去，一去一上午，一去一下午，直到该做饭的时候才回来。而吴启雪呢，主要的任务当然还是帮助赵兰刚练习走路，她上午带赵兰刚出去一次，下午再带赵兰刚出去一次。手上提拉着赵兰刚的脚，心里提的却是她的作文。她不知道陶老师看过她的作文没有，要是看过了，也不知道陶老师是什么看法。给她的感觉，陶老师是一个严厉的人，当老师时恐怕也是一位严厉的老师。吴启雪稍稍有些后悔，她觉得不应该给陶老师添麻烦。

第三天晚上，陶老师才拿着吴启雪的作文到吴启雪住的房间去了。陶老师说，吴启雪的作文写得挺好的，比一些初中生的作文写得好多了，若把这篇作文投到报社去，说不定能发表出来。

能得到陶老师这样的评价，吴启雪有些喜出望外，她说：谢谢陶老师！陶老师让吴启雪继续写，多写几篇。吴启雪这一篇写的是玉兰花，陶老师建议：你以后再写作文，要找到自己，把自己摆进去，多写自己的事，多写自己亲身经历的事，多写曾让自己感到痛苦的事。比如说吧，你考中专没考上，想复习一年再考，可你的父母不同意你再复习。你回忆一下，你父亲跟你说了什么，你母亲跟你说了什么，他们的难处是什么，而你自己又是怎么想的。你把这个过程原原本本地写下来，应该是一篇很好的作文。小吴你记住一句话，天下的好文章都是写自己，因为自己最知道自己。说这番建议时，陶老师一直看着吴启雪。说完了建议，她问吴启雪：我的话你记住了吗？吴启雪点头，说记住了。陶老师又问：你能理解吗？吴启雪说，她还要好好想想。陶老师说：对，是要好好想想。你暂时不理解也没关系，文章写多了，慢慢就理解了。说实话，我在教师岗位上教了几十年写作文，并没有真正懂得作文怎么写。直到退了休，好文章看得多了，才慢慢悟出好文章都是从自己心里生发出来的。

陶老师回到自己的卧室，一会儿又出来了，拿出一篇稿子给吴启雪，说：我自己也学着写点东西，这是我刚写完的一篇散文，给你看看，你给提点儿意见。这是吴启雪没有想到的。她原以为，写文章都是年轻人的事，通过写文章长点儿本事，挣碗饭吃。像陶老师，都这么大岁数了，吃不愁，穿不愁，干吗还要费神巴力地写文章呢！陶老师还说让她提意见，她哪里敢提什么意见呢！陶老师拿给她的不是手写稿，是一篇电脑打印稿，稿子打印得清清楚楚，跟印在书本上的字是一样的。吴启雪以前也看过一些文章，但她都是只见文章，从来没见过写文章的作者。既看到了文章，又看到了文章的作者，这对她来说是第一次。加上陶老师平日里不爱说话，她一直觉得陶老师比较神秘，得到陶老师的文章，她想马上就看。她已经看到了文章的标题，叫《车之祸》。但陶老师要她不要急着看，随后再看。陶老师还要求她不要看那么快，看得慢一些。

夜深了一点，吴启雪关上窗子，拉上窗帘，开始读陶老师的文章。读着读着，她的眼睛一下子湿了，以致眼前有些模糊。她擦擦眼泪，再读。又读了一会儿，她心里热浪一扑，眼睛又湿了，这次比上次湿得还厉害。吴启雪在心里禁不住叫道：老天爷呀，我的老天爷呀！这样叫着，她以手捂面，差点儿哭出了声。陶老师写的是她儿子赵兰刚遭遇车祸的事。赵兰刚当初提出买汽车，陶老师不同意。陶老师不是怕花钱，也不是反对消费，她是担心儿子开车出事。现在马路上汽车那么多，车祸那么多，一死就是好多人，万一被她儿子遇上怎么办。她就赵兰刚这么一个儿子，儿子各方面又是这么优秀，她可不愿意把儿子交给在马路上乱跑的汽车。可是，儿子坚持要买，儿子的女朋友对拥有汽车更是急不可耐。他们认为，汽车是现代化的成果之一，别人可以享受这个成果，他们为什么不能享受呢！儿子的女朋友是某歌舞团的舞蹈演员，跟儿子谈恋爱已经谈了两年多，就差登记结婚了。陶老师未来的儿媳妇长得当然很好，出门要戴遮阳镜，已经有了一些明星范儿。"明星"以买汽车为要挟，赵兰刚若不尽快买下一辆汽车，还让她坐公交车或打的去演出，她跟赵兰刚是否继续谈下去就很难说了。在这种不得已的情况下，陶老师才拿出了家里的积蓄，同意了儿子买汽车。怕什么，来什么，儿子开上汽车还不到三个月，就在通往郊区的高速路上出了车祸。儿子本来是去郊区接在那里演出的女朋友，女朋友没有接到，他却被撞瘪的汽车包在坚硬的铁皮里。是消防队的人把铁皮撬开，才把他取了出来。在医院抢救期间，他的女朋友是到医院里看过他一次，还给他带去一束鲜花。鲜花留下了，但赵兰刚的女朋友从此与赵家中断了联系，再也没有出现过。由于陶老师对儿子的绝望，吴启雪原以为陶老师也不爱自己的儿子了。有一个细节改变了吴启雪对陶老师的看法。陶老师在文章里写到，她多次在夜深人静时，去儿子的房间，端详熟睡的儿子。她老是产生错觉，仿佛儿子又回到了婴儿时期。倘若儿子还是一个婴儿就好了，她会对儿子充满希望。可儿子目前的状态，她不敢对儿子抱任何希望了。端详着儿子，有时她的眼泪会流出来，滴落在儿子脸上。要是儿子好好的，不知会有多么吃惊呢！让陶老师心碎的是，儿子竟然一点反应都没有。陶老师在文章的最后说，人人都在奔现代化，其实现代化是一条不归路，都是因为现代化，才把她的儿子害成了这样。吴启雪由陶老师想到了自己的妈妈。她过去以为妈妈苦，现在看来，陶老师比她的妈妈还苦。妈妈的苦主要是物质生活上的苦，而陶老师的苦是心里面的苦。她过去还认为，北京人过的都是天堂一样的日子。现在她才知道了，家家都有难处，北京人有北京人的难处。

天阴了下来，连着两天都阴得很重，似乎拿根棍子随便往天上一捅，就能捅下雨来。北京去年一冬天没怎么下雪，到了春天，人们太需要一场春雨。然而，气象台通过各种媒体说得言之凿凿，说覆盖北京的云层虽然很厚，因缺少冷空气来袭，云层就不会变成雨。天气预报有雪有雨时，赵教授不愿相信。天气预报无雪无雨时，赵教授虽然也不愿意相信，但失望的心情是难免的，他感叹北京下场雨太难了。半夜里，睡得迷迷糊糊的赵教授听见窗外有隆隆的声响。难道是春雷？他激灵一下醒了过来。他来到阳台上刚要倾听一下，随着一道强光闪过，一声霹雳炸开，大雨以猝不及防之势倾泻下来。他有些不相信似的，把窗子拉开一点，手伸出去试了一下。他的手刚伸出去，弯成勺子一样的手掌呼地就灌满了一勺子水。终于下雨了，太好了，太好了！他有些激动，激动得直想笑话一下气象台的人。又一道炫目的闪电闪过，赵教授赶紧把窗子关上了。在他关窗子的同时，又一个炸雷以更强烈的声势炸开。雷助雨势，雨借雷威，雨下得更大了。赵教授得出判断，这种下法应该是暴雨的级别。他回到卧室向陶老师报告：老伴儿，打雷了，下雨了！陶老师闭着眼说：听见了。

到了早上，雨仍在下，只比夜里下得小了一些。天下着雨，吴启雪无法帮助赵兰刚练习走路，自己撑起一把伞，走到院子里的小花园里去了。雨点打在伞篷上丁丁的，吴启雪走得很慢，走到每一种花木前都要停下来看一会儿。迎春花和玉兰花已经谢幕，她看到了刚刚登台亮相的海棠花、丁香花，还有才开了两三朵的黄刺梅。在老家时，这些花她都没有看见过，到了北京，她才看见了这些花。通过赵教授的讲解，她才知道了这些花的名字。在两棵比肩的丁香花面前，她不知不觉站得时间长一些。丁香还没长叶，只在开花。丁香花的花朵并不大，但经不住花朵繁，密度大，整棵花树看上去，仿佛开成了一朵硕大无比的花。有雨点打在一朵花上，好像整棵花树都在颤动。丁香花说是紫色，因开得盛，似乎变成了白色。特别是在雨中，烁烁地放着光华，甚是夺目。还有丁香花的香气，如雨水一样洇润开来，沾上了人们的衣服，洇湿了人们的肺腑。看着雨中的丁香花，吴启雪想起了陶老师写的文章，也想到了自己。她突然生出了写文章的冲动，似乎也悟出了文章应该怎样写。

在赵教授和陶老师的帮助下，这年夏天，吴启雪考进了朝阳区的一所职业学校，圆了想上中专的梦。吴启雪没有住校，还是住在赵教授家里，抽空儿继续帮助赵兰刚练习走路。赵兰刚也有进步，挂上拐棍自己就可以往前走。

2012 年 4 月 19 日至 5 月 9 日于北京小黄庄

说换说换

在北京当保姆的，有的怕露怯，有的带地方口音，她们大都不敢说话，或不会说话，呆得像木瓜一样。成熟的木瓜是囫囵的，而有的保姆说起话来，东一秧子，西一把子，连一句话都说不囫囵。

　　郑春好是一个例外。

　　大概是因为郑春好在北京做保姆时间长了，天安门见过，地安门也见过；逛过日坛公园，还逛过月坛公园，差不多成了保姆界的老江湖。郑春好的皖南口音已被流利的普通话所代替，不知道的，还以为她是一位坐地的京片子呢！如果只说普通话，就显得太普通了。好在郑春好不经意间常常说一些自己的话，让雇主老魏颇感新鲜。比如：她说到自己第一次去集上卖豆角儿，价钱要低了，她说成价钱要嫩了，结果半架子车嫩豆角儿被买菜的人一抢而光。老魏打趣说：不是豆角儿的价钱要嫩了，是卖豆角儿的人太嫩了。再比如：她形容一个人瘦，说瘦得像刀螂一样。说掉了牙的老人吃饭困难呢，是长面条子直缠喉咙眼子。老魏镶牙之前，也有过被面条子缠喉咙眼子的切身体会，他觉得郑春好说得太准确了，也太生动了。

郑春好不是一个爱说话的人，用眼睛说话比用嘴说话多。她说起话来慢声细语，一点儿都不吵人。与别的保姆更为不同的是，郑春好的眼睛细细的，弯弯的，带有一种自来的笑意。她看见茄子有笑意，看见豆腐有笑意，无论看见什么，眼里似乎都有孩子般调皮的笑意。有些事情本来不可笑，可经她的眼一看，经她的嘴一说，马上就增添了可笑的色彩。这有点儿像相声演员，说相声的哪怕是哭，人们所准备的和所得到的也是笑。如此一来，老魏就愿意看郑春好的眼睛。有时老魏正戴着花镜看书，郑春好过来了，他不看书了，却不摘下花镜，转向看郑春好的眼睛。郑春好说：爷爷，您不好好看书，老看着我干什么！老魏说：没什么，好，很好！郑春好又说：您老喊人家的名字干什么！老魏笑了，笑得哈哈的。他何尝不知道郑春好的名字带一个好字，他叫好，就是要试一试，郑春好对自己的名字是否敏感，能不能把好与自身联系起来。专事研究美学理论的老魏试出来了，女子就是好，好就是女子，这个郑春好，果然不同些。事情就是这样，弯眼上面是弯眉，有一个笑意盈盈的女子在屋里走来走去，老魏不知不觉间也变得风趣起来。

老魏家的房子离前门楼子不远，是四居室，还有一间面积可观的客厅。四居室当中，一室是老魏的卧室，一室是老魏的书房，一室住保姆，还有一室是老魏给女儿魏国丹留的。这天吃过晚饭，老魏在客厅里想看会儿电视，换了几个台都找不到可看的节目。现在的电视节目不知怎么了，要么在战场上打仗，要么在家里打架，或是凑几个小丑样的人物在聚光灯下打诨，没有一台节目能让人安静一会儿。没办法，老魏只得喊保姆：小郑，郑春好，你过来一下。郑春好应声从自己住的卧室来到了客厅，问爷爷有什么事。老魏拍拍沙发，示意郑春好坐下。老魏家的三只沙发都是真皮的，都是超豪华版的巨无霸。中间的长沙发上可坐三个人，两边的单人沙发上各坐一个人比较合适。郑春好没坐长沙发，没跟老魏坐在一起，在左边的一只单人沙发上坐下了。她问：您不是在看电视吗，怎么不看了？老魏说：都是愚弄人的，没意思。郑春好说：那是因为您的眼光太高了。老魏说：不是我眼光高，是他们趣味太低，在把我们当傻子耍。老魏要求：讲点儿你们老家的事儿吧。郑春好说：我们老家的事儿有什么可讲的，我们那里都是庄稼。老魏说：对，就讲讲你们那里的庄稼。郑春好笑眼弯弯，又说：我们那里还有猪。最笨莫过猪，她把猪提出来，看看老魏还怎么说，难道老魏还会让她讲笨猪的事不成！不料老魏的眼睛亮了一下，说讲讲猪的故事也可以，他下放到河南西华干校时就养过猪。不要以为猪没有脑子，猪的脑子有时候也灵着呢！

　　推辞不过，郑春好想了想，只好给老魏讲了一个关于猪的故事。邻家有个吴奶奶，养了一头猪。郑春好刚讲了这么一个开头，半躺在沙发里的老魏突然坐直身子，眼睛向门口看着，耳朵也似乎在向门外倾听，他说：可能是国丹过来了，我听着像是国丹汽车喇叭的声音。郑春好不大相信，说：连汽车喇叭的声音您都能听出不同来？老魏说：马与马的叫声不一样，汽车喇叭与汽车喇叭所发出的声音也不相同。老魏到阳台的窗户那里往楼下的院子里一看，果然看见国丹正在院子里找车位停车。他对郑春好说：你看我的判断能力怎么样，我一听喇叭的声音，就知道是国丹的车。郑春好承认老魏厉害。

魏国丹握有老魏房门的钥匙，她随时都可以开门进来。说起来，这套房子还是魏国丹雇人装修的呢，房门的钥匙一共是五把，魏国丹手上掌握有四把，只给老魏一把。年逾八旬的老魏心里明白，这套房子是他的，也是国丹的，但归根结底是属于女儿魏国丹的，所以他从不跟国丹提那些多余的钥匙的事。别看国丹的汽车喇叭嗓门很大，她走路却很轻，钥匙插进锁孔时也无声无息，每次开门都带有一定的突然性。这次当国丹开门走进客厅时，客厅里偌大的长沙发上只有老魏一个人。和国丹一块儿进来的，还有国丹带过来的一条狗。狗是黑狗，名字叫嗅嗅。嗅嗅浑身的毛又黑又亮，仿佛每一根毛都经过打理，都闪着光芒。嗅嗅的两只耳朵向下垂着，又软又大，要是用手摸一下，手感应该跟摸到缎子差不多。不用说，嗅嗅价值不菲，属于血统高贵的优良品种。可嗅嗅的表现实在让人不敢恭维，它一进屋，嘴就贴着地面嗅去，样子很像一个职业侦探。它一路嗅到老魏跟前，大概没发现什么可疑的问题，就立起身子，扑到老魏身上，伸嘴欲亲老魏的嘴。老魏拍着嗅嗅的后背，对嗅嗅表示感谢，说行了行了，可以了。

国丹问老魏：怎么就您一个人待在这儿，连电视也不开。小郑呢？

郑春好赶紧从自己住的卧室里走出来，把魏国丹叫姐姐，跟姐姐打了招呼。

魏国丹一连对郑春好提了好几个问题：我和嗅嗅来了，你听见了吗？你缩在屋里干什么呢？你怎么能让爷爷一个人待在客厅里呢？在魏国丹向郑春好质问时，嗅嗅跑到郑春好身边去了，先嗅郑春好的脚，再嗅郑春好的手。郑春好有些害怕似的，扭着身子，把自己的双手提到胸前，不让嗅嗅嗅到。

魏国丹指着一只单人沙发，命嗅嗅过来，蹲下！嗅嗅得到指令，果然跳上沙发，在沙发上乖乖地蹲下了。

老魏说，是他自己愿意一个人在客厅里待一会儿。静能通灵，他正好可以思考一些问题。他没有说明，是他听到国丹的汽车喇叭响之后，让郑春好中断了正在讲的关于猪的故事，回到卧室里去的。

郑春好附和老魏的话，说爷爷喜欢安静，思考问题的时候不愿被人打扰。她也没有解释，她是刚刚才回到卧室。她说，她的两只耳朵支棱着呢，随时听候爷爷的招呼。

魏国丹的意见是：那不行，在爷爷每天进卧室休息之前，你必须陪伴着爷爷，让爷爷保持在你的视线范围之内。说完了自己的意见，魏国丹特许郑春好这会儿可以离开一下，有些事情她要单独跟爷爷谈谈。

老魏想把气氛缓和一下，他笑了笑，说噢，什么事情，丹丹搞得这么严肃！

魏国丹不笑，气氛没能缓和。

郑春好只好开门到楼下去了。

魏国丹还没说谈什么，当爸爸的老魏先回到自己的卧室，拿出了一个信封，说：前几天人家请我参加了一个关于美学方面的研讨会，给了两千元的报酬，你收着吧。说着把装钱的信封原封不动地交给了魏国丹。这是独生女儿给独身爸爸做出的规定，妈妈去世后，自从家里开始为爸爸雇保姆，爸爸必须把工资以外的收入交由魏国丹保存。当然了，老魏的工资折子也在魏国丹手里，老魏的单位每个月发给老魏多少离休工资，连老魏自己都不是十分清楚。这样也好，反正每个月的生活费和保姆的工资，都由魏国丹负责支付，老魏乐得省心，乐得糊涂。

谈话进入正题，魏国丹让老魏谈谈保姆小郑的表现如何。这是一个难题。如果让老魏谈美学，他可以谈得滔滔不绝，头头是道。让他谈小郑的表现，对他来说的确是一个难题。老魏意识到，魏国丹又要给他换保姆了。几年来，魏国丹已经给他换过十多个保姆，时间最长的用过半年，时间最短的只用半个月就换掉了。不管他说保姆表现好，还是表现不好，都有可能成为魏国丹换掉保姆的理由。或许魏国丹根本不需要什么理由，她想换就换，一切由着她的性子来。老魏打着哈哈，想把这个难题搪塞过去，他说：又不是考察干部，谈什么表现不表现。一个保姆，说得过去就行了。

魏国丹说：保姆在堡垒内部，更需要考察。我听您的意思，您对小郑是不是不太满意？

老魏马上否认：不，我不是那个意思。我觉得小郑还可以，还可以。打哈哈不成，老魏的表情不知不觉间也严肃起来。

什么叫还可以？魏国丹要老魏说具体点儿。

老魏没说小郑会说话，会讲故事，只说小郑会做饭，做的饭比较符合他的口味。他提到烧鱼，说鱼是很难烧的，而小郑烧的鱼很好吃。家里用过那么多保姆，都不如小郑烧的鱼好吃。

魏国丹不悦：怎么，她难道比我妈烧的鱼还好吃吗？

这个跳跃性很强的问题让老魏有些犯蒙，犯晕，他一时不知如何应答。

嗅嗅喉咙里哼哼着，看样子是要求下地。魏国丹把嗅嗅一指：坐好，不许动！嗅嗅停止哼哼，不敢再提要求。

魏国丹谈了对小郑的看法。她认为小郑给人的感觉是心眼儿太多，太狡猾。这从小郑看人时的眼神儿就看得出来，小郑看谁好像都很可笑，眼神儿里都带有掩饰不住的嘲讽意味。

担心什么，就有什么。从魏国丹释放出的信息来看，魏国丹是要辞掉郑春好。老魏最不愿意接受这样的信息，他几乎有些急，说：不对吧，我看小郑这孩子挺朴实的。他还想说，自己是佛，看人就是佛；自己是魔，看人就是魔。因碍着女儿的面子，这话他没说出来。但他还是从大局的高度，说出了挽留郑春好的意愿。他说：现在国家的大局是维护稳定，家里使用保姆也是稳定一些好。老是把保姆换来换去，就不利于稳定。

魏国丹与老魏的观点不同，她认为保姆就好比是人民币，只有增加人民币的流动性，才能刺激消费，扩大内需，实现流动性稳定。如果老是不流动，就会埋下隐患，最终导致麻烦出现。

会出现什么样的麻烦呢？老魏不再说话。

魏国丹带着嗅嗅刚走，郑春好就回来了。郑春好说：爷爷，我给您烧点水，您泡泡脚。老魏像是想了一下，才想起郑春好说的是什么。他说算了，今天不泡了。郑春好看出老魏的情绪有些低落，想到可能与魏国丹跟老魏的谈话有关，但她不会问魏国丹跟老魏谈了什么。人家一个是女儿，一个是父亲，想说什么都可以。郑春好一转脸的工夫，老魏坐在那里自言自语起来：没意思，没意思。郑春好问：爷爷，您自己跟自己说什么呢？老魏说：我说话了吗，我说什么了？郑春好说：您说没意思。老魏说：看来我真的老了，自己的嘴说的话，自己的耳朵都没听到。郑春好安慰老魏说：爷爷您不老，您的心还年轻着呢！楼下小花园的芍药花开了，花朵子开得艳着呢，明天我带您去看花儿。老魏摇摇头，自嘲地笑了一下，说：看花儿，八十看花儿花叶落，九十看花儿花无踪，吾身都顾不了吾身了，还看什么花儿！他慢慢起身，向自己的卧室走去。郑春好问：您这会儿就睡吗？老魏说：睡吧，今天感觉有点儿累。

春节过后，魏国丹辞掉了上一个保姆，从保姆市场雇来了新的保姆郑春好。郑春好在老魏这里做了两个多月，再有十天，才做满三个月。按魏国丹以往更换保姆的平均周期，老魏估计，等郑春好做满三个月，魏国丹就会把郑春好辞掉。不行，这次他一定要从中干预一下，不能任凭魏国丹随便把郑春好辞掉。尽管他愿意把自己的事情交给女儿魏国丹打理，尽管魏国丹对他的一切很负责任，但保姆的去留，总得尊重一下他的意见吧，总得给他留点自主权吧。

　　这天上午，郑春好出去买菜，有一个叫穆晓琪的朋友登门看望老魏，老魏忍不住，就把自己的苦恼对穆晓琪讲了。穆晓琪是大学教授，也是研究美学理论的。他对老魏的人品和学问都很佩服，遇到问题，愿意找老魏请教，跟老魏一块儿探讨。他们把某个新兴的美学理论讨论了一会儿，老魏就问穆晓琪：国丹把保姆换来换去，这是出于什么心理呢？魏国丹曾是穆晓琪的学生，穆晓琪对魏国丹的情况知道一些，也知道魏国丹为老魏更换保姆比较频繁，至于魏国丹为什么这样做，穆晓琪也说不清楚。穆晓琪推测：这大概是出于陌生美学的心理吧。无论什么事物，太熟悉了就看不到美。国丹可能为了让您一直保持陌生的美感，才不断给您更换新的审美对象。老魏认为穆晓琪是在开玩笑，他说他的感觉不美，很不美，跟美学一点儿都不沾边。山重水复疑无路，望尽天涯出灵感。从个人的体会出发，老魏说出了一个前所未有的观点，他说：其实人类对美的追求不是变，是守。

　　穆晓琪看着老魏，称赞老魏这个观点很新颖，值得进一步发挥。穆晓琪也听出了老魏的意思，老魏不愿意换掉眼下正用着的保姆。他问老魏：您对目前正用的保姆是不是比较满意？老魏不隐瞒自己的看法，承认是比较满意。那么，穆晓琪说，这个保姆有什么特别的地方。老魏说，他之所以对正用的保姆比较满意，并不是因为保姆有什么特别的地方，而是因为保姆家常。

　　这时，去买菜的保姆郑春好回来了，老魏把穆晓琪介绍给郑春好：这是穆老师，穆是穆桂英的穆。穆老师是我的好朋友，忘年交。

郑春好叫了一声穆老师，说：穆桂英我知道。我们老家都是把穆桂英叫成穆瓜英。

穆晓琪禁不住笑了，说：叫穆瓜英好。

郑春好为穆老师和老魏的茶杯里添了水，自己到厨房择菜去了。

穆晓琪告辞时，老魏一直把穆晓琪送到楼下。他问穆晓琪，对小郑印象如何。穆晓琪说，他觉得小郑很自信，表现出来的是平和、坦诚、包容的心态。穆晓琪还说：小郑的眼睛也很有特点，她这种眼睛是天生的，好像叫自来喜。

老魏说：你也看出来了，看来我们的看法是一致的。

话既然说到这儿，老魏就托给穆晓琪一件事，让穆晓琪跟国丹说一说，最好不要把小郑换走。穆晓琪答应跟国丹说一下试试。

穆晓琪知道老魏是一个心重的人，轻易不会开口求人。他一旦开了口，就会把所求之事一直在心上放着，白天黑夜都不会放下来。在没得到回音之前，老魏不会打电话询问他。老魏不询问他，不等于不想询问。也许老魏把家里的电话机看成了穆晓琪，电话机是黑色的，他似乎也变成了黑色的。出于对老魏的尊重和理解，穆晓琪跟魏国丹约了一个时间，来到魏国丹家，专门跟魏国丹谈了一次。

魏国丹是一家文化公司的老总，住在亚运村附近的一套独栋别墅。穆晓琪听人说过，魏国丹结过四次婚，也离过四次婚，现在只有她和女儿在别墅里住。因为当过魏国丹的老师，给魏国丹授过课，穆晓琪相信，只要他出面，他以前的女学生会给他一点面儿。留一个保姆多干些时日，这本来就不是什么大事。公司见哪个员工干得好，也会跟员工续签合同。再说了，孝顺孝顺，子女对父母尽孝，对父母的意愿就要顺着来，不要逆着来。出乎穆晓琪意料的是，魏国丹把他的面儿给卷了。

魏国丹解释说，不是她更换保姆上瘾，她工作那么忙，跑保姆市场费时又费心，她乐得省时省心，一个保姆用到黑呢！可为了对老爸负责，保姆不换又不行。魏国丹随口举了几个例子，说了保姆不得不换的理由。有一个中年保姆，老是腾落伙食费。每月给她两千元的伙食费，她借买菜买肉之机，每天腾落一点，一个月下来，差不多有三百到五百块钱到了她自己的腰包。有一个年轻的保姆，不知使了什么手段，牵住了老爷子的鼻子，老爷子把外出参加活动挣的外快，有一半悄悄塞给了保姆。还有一个不中不青的保姆更可气，有天晚上，她去看老爷子，发现保姆和老爷子正同时在卫生间里洗澡。保姆说是给老爷子搓澡，搓澡可以，你自己脱那么光干什么！魏国丹说：穆老师您看看，这些保姆哪个不是吸血的妖精，不换掉她们能行吗？

穆晓琪提到小郑，说小郑好像没那些问题吧？

魏国丹说：怎么没问题？老爷子千方百计要留她，正说明她有问题。

穆晓琪说：国丹，我不同意你这种逻辑，不能因为魏老要留小郑，你就说人家小郑有问题。你这种逻辑是强势逻辑。你要知道，作为一种高级动物，人是有感情的，也是讲感情的。

魏国丹一着急，把手连连一摇，迸出了两句外语，说：恼，恼！我认为保姆就是一种工具，跟工具讲什么感情不感情，一讲感情，必惹麻烦！不瞒您说，我小的时候，我家就雇过保姆。为保姆的事儿，我妈生了不少气。

穆晓琪说：你这么一说，我就明白了。

从魏国丹住的别墅里出来，穆晓琪马上给老魏打了一个电话，说：魏老，您的女儿是很有主见的。

老魏没让穆晓琪继续说下去，说：没关系，我今年都八十三岁了。

等郑春好干满了三个月，魏国丹还是把她辞掉了。郑春好毫无怨言，还对魏国丹说了谢谢姐姐。

魏国丹又给老魏雇了一个新的保姆，这个保姆竟是个中年男人。女字旁搭一个母亲的母，才是保姆的姆，中年男人还叫保姆吗，可笑！老魏跟男保姆无话可说。他每天除了看一会儿书，就是靠在沙发上发呆，来了电话也不接。

这天上午又来了一个电话，是中年男人接的，中年男人说，是一个女的，叫郑春好，问老魏接不接。老魏这才接了。

郑春好说：爷爷，您身体好吗？您一定要保重身体，等哪天休息的时候，我去看您。

老魏说：好，好！

郑春好又说：那天您让我讲故事，我刚讲了一个开头。等哪天我去看您的时候，给您接着讲。

老魏还是说好，好！

老魏的喉头有些发哽。

2012 年 5 月 17 日至 25 日于北京小黄庄

金戒指

用过早饭，休息了一会儿，老项和郁金夫妇一块儿到楼下遛弯儿。他们现在过的是有规律的生活，几点起床，几点吃饭，几点下楼，一切由钟表管着。老项很重视规律，他认为年轻时生活无规律，人老了生活就得有规律。好比一架机器，用得年头长了，各个部件都损耗得很厉害。老机器要继续运转下去，须保持均匀的速度，当行则行，当止则止。如果不服老，不尊重规律，把机器开得忽快忽慢，该行不行，该止不止，恐怕离整架机器的报销就不远了。

　　老项住的地方离地坛公园、柳荫公园、青年湖公园和元大都遗址公园都不太远，坐公交车一两站地就到了。他们乘车免费，去公园也不用买门票，只出示一下老年证就行了。然而他们很少去公园，每天多是在居民区内的小花园散步。小花园的面积是不大，内容还算丰富，草也有，树也有；花也有，藤也有；蜂也有，蝶也有，称得上应有尽有。前两天连着下雨，小花园的花儿都不怎么开。它们的花苞已鼓得不能再鼓，但好像都使劲绷着，不愿意在雨中把花苞打开。它们仿佛在说：我不开，我不开，等太阳出来了我才开呢。果真，当太阳的镜头打开，当阳光普照下来，那些高举脖颈的花苞，如同等待照相的人齐声喊了一声茄子，一下子都把花苞开成了花朵。月季、串儿红、木槿开了，合欢、金针、美人蕉也开了。老项认为空气质量不错，清新。郁金也说，下过雨后，空气就是好，她都闻见花儿的香味儿了。老项作了一个深呼吸，说他吸到的是草的香味儿，草的香味儿简直太浓郁了。

　　小花园的甬道是一个大圆圈，大圆圈由两个半圆组成，一个半圆是露天的，另一个半圆被藤萝架所笼罩。老项夫妇沿着甬道，慢慢转圈儿。他们不是并排走，是老项在前边走，郁金在后边跟。老两口儿不即也不离，保持着适当的距离。郁金说过，这两个半圆，一半像太阳，一半像月亮。按这样的说法，他们如同一会儿走在阳光下，一会儿又走在月光下。走在阳光下有点热，走到月光下就凉快了。郁金不是一直跟着老项转圈儿，藤萝架下两旁设有座位，转过几圈儿之后，她就坐在座位上休息。水泥做成的座位有些凉，不怕，她事先带下来的有一块自己缝制的棉垫子，把棉垫子垫在座位上，坐在上面挺舒适的。老项在继续转圈儿，每圈儿转到郁金面前，郁金便伸出一只手，像是要把老项拦下。其实她不是要阻拦老项，而是跟老项做游戏。老项做游戏的办法，是轻轻在郁金手上打一下，装作赶紧躲开，以免被郁金抓到。别看老项八十多岁了，郁金离八十也不远了，他们游戏起来还像两个孩子。

老项夫妇在楼下小花园里活动身体时，保姆王家慧在楼上收拾房间，打扫卫生。王家慧用带海绵擦子的拖把，把客厅、卧室，包括阳台、厨房、卫生间的地擦一遍，而后用一块洗得干干净净的毛巾，擦桌子、椅子、茶几、电视机、窗台等，无处不擦到。以毛巾代用的抹布是白的，她各处擦了一遍，抹布差不多还是白的。因为她天天擦，各种物件上就积不下灰尘。在农村老家，王家慧屋里的地从来不擦，顶多用笤帚扫一扫。地是土地，要是用浸了水的拖把擦，等于和泥，越擦泥就越多。她家的桌子、椅子也不常擦，什么时候来了客人，才临时擦一擦。她家仨月俩月都不来一个客人，没事擦桌子、椅子干什么呢！还有洗澡，项叔叔和郁阿姨天天都要洗澡，一天不洗澡，好像当天的事情就不算结束，就不能上床睡觉。叔叔和阿姨洗完了澡，每每让她也洗一洗。她才不洗呢，一个人关在卫生间里洗澡，费时费水不说，水龙头一开哗哗流，那得用多少清水啊！王家慧几乎总结出来了，城里人和乡下人之间的差别，并不在于城里人吃得好，穿得好，主要在于城里人费水，用水多。也可以说，用水多少是一个衡量的标准，哪个用水多，就是城里人；哪个人用水少，就是乡下人，像她一样的乡下人。

　　项叔叔家有两台电视机，一台放在客厅里，一台放在郁阿姨的卧室里。王家慧听郁阿姨说过，项叔叔爱看新闻和体育类节目，而郁阿姨爱看电视剧和生活类节目，为了照顾到不同的口味，互不耽误对节目的选择，干脆每人抱定一台电视机。属于郁阿姨的那台电视机，放在三开门的大衣柜中间的那个格子里，郁阿姨看电视很方便，她往床头的枕头上一靠，拿起放在枕边的遥控器，想看哪个台都可以。她甚至不用半坐半躺着看电视，侧身全躺下也照看不误。她有时看着看着睡着了，醒来后再接着看。王家慧为郁阿姨擦电视擦得很仔细，除了电视机本身，她伸着胳膊，把抹布探到电视机后面，把放电视机的台板，和大衣柜的后壁，都擦得干干净净。放电视机的台板下面，还有一个抽斗，抽斗有暗锁，还有小小的拉手。拉手是一个黄色的金属条，不拉抽斗时，金属条卧在拉手的槽子里，需要拉开抽斗时，用指头一抠，金属条便弹出来。王家慧抠出了抽斗上的拉手，试着把抽斗往外拉了一下。她以为抽斗是锁着的，谁知竟没有锁，一拉就拉开了。抽斗比较大，也比较深，跟一口箱子差不多。抽斗上既然有锁，为什么不锁上呢，这让王家慧有些意外。她很快想到，抽斗里大概没有什么值钱的东西，至少主人家的钱不会放在这里。既然无意间把抽斗拉开了，她难免把里面的东西看一看。抽斗一侧放着一大摞红皮硬壳的东西，像是获奖证书之类。证书上面压着一把带鞘的小攮子。王家慧把小攮子从鞘子里抽出来看了看，小攮子闪着寒光，看上去非常锋利。郁阿姨说话慢声细语，好像连大声说话都不会，她要这么吓人的东西干什么！王家慧赶紧把小攮子插进鞘子，放回原处。

抽斗的另一侧放着一只长方形的盒子，盒子用宝石蓝的锦缎做封皮，上面绣着一些淡雅的花。盒子没有锁，盒子的开合处只有一个用同样的宝石蓝锦缎做成的扣鼻，还有一枚扣子。扣子的颜色是象牙白，像是骨质。扣子一头粗一些，一头细一些，把细的一头穿进扣鼻里，盒子就算扣上了。这样好看的盒子是盛什么东西用的呢？王家慧没见过类似的盒子，她想象不出。出于好奇，她把盒子从抽斗里取出来了，想看看盒子里盛的是什么。盒子一打开，王家慧的眼睛大了一下，也亮了一下。如果说抽斗没锁让她感到意外的话，盒子里的东西就不只是意外，而是让她大为惊奇。她不认为这是一个梦，就是任她可劲把梦往大里做，就是把大梦做上一百遍，恐怕也梦不到这些让人眼花缭乱的好东西。原来盒子里放的是郁阿姨的金银珠宝，是郁阿姨的首饰。那些首饰有金项链、金戒指、金耳环，有银锁、银手镯，还有珍珠项链、白玉挂件等。这些都是王家慧认识的，还有一些是她不认识的，叫不出名堂的。比如那闪着紫光的，闪着红光的，王家慧从来没见过，也从来没听说过，就不知是何宝物。郁阿姨的这些首饰，不是一种有一件就完了，有的一种有好几件。拿金戒指来说，盒子里就放有三只。一只是光面的，一只戒面上有錾花，还有一只上面镶嵌一颗米粒大小、会闪八角光的东西。首饰盒里用包了海绵的锦缎做成一道道夹缝，金戒指被立着放在夹缝里。真是人比人，气死人，王家慧都四十多岁了，从来不曾拥有一只金戒指，也从来没戴过金戒指。看看人家郁阿姨，竟有三只金戒指，每一只都不重样。她注意到了，郁阿姨好像并不喜欢戴首饰，金戒指、金耳环、金项链不戴，什么首饰都不戴。也许像人们常说的，物以稀为贵，不管什么宝贵的东西，一多就不稀罕了。郁阿姨之所以不把抽斗锁起来，有可能是不把她的这些首饰当回事，也有可能是人老忘性大，把她的这些首饰给忘记了。

王家慧探头往门口看了看，知道项叔叔和郁阿姨得一会儿才能回来，便取出那只光面的戒指，拿在手上看。人们习惯把美好的东西比作金子，其实金子的黄是别的所有的黄都不能比，大豆的黄有些发白，玉米的黄有些发红，只有金子的黄才黄得这样厚实。她把金戒指放在手上托了托，手心里顿时感到沉甸甸的。小小的戒指这般沉手，看来金子的分量与别的东西的分量确实不一样。王家慧把戒指看过了，掂量过了，接下来应该把戒指放回首饰盒了吧，然而没有，鬼使神差，她竟然把戒指套到自己手指上去了。她先是套在左手的中指上，中指有些粗，没有套进去，改套无名指，才套进去了。金戒指一旦戴上手，她发现自己的指头大为改观，不但那根指头大为改观，整只手都大为改观，那只手仿佛一下子从泥手变成了金手。她心里跳得嗵嗵的，天爷地奶奶，怪不得有钱人往手上戴金戒指呢，戴不戴金戒指，手与手是不一样，人与人也不一样。她要是也有这样一只金戒指就好了。

　　她把金戒指戴在了手上，想摘下来就不那么容易了。她摘了一次，又摘了一次，都没摘下来。她想，金戒指生来就是让人戴的，老是不戴，金戒指可能也会着急。一旦把它戴上了，它就巴在人手上不愿下来。既然如此，就让可怜巴巴的金戒指在她手上多待一会儿吧。其结果是，她把首饰盒的盒盖扣好，放回抽斗，然后把抽斗也关上了。而那只戴在手上的金戒指，她却没有摘下来。待她把金戒指摘下来时，金戒指被转移了地方，到她的裤子口袋里去了。她的心比刚才跳得还厉害，接着擦柜子时，她的手也有些发抖。她在心里对自己说：没事儿，我不要人家的金戒指，我不过是看看，玩两天，还会把金戒指原样儿放回去。她还对自己发出了警告：出来当保姆，手脚子一定要干净，千万不敢拿人家的东西，拿了人家的东西，万一被主家发现就不好了。

　　到了上午十点多，项叔叔估计邮递员该把报纸送来了，就招呼老伴儿回家，自己到楼下的报箱去取报纸。项叔叔一共订了三份报，一份是《参考消息》，一份是《作家文摘》，还有一份是《健康时报》。北京的报纸很多，称得上是五花八门，五光十色。但项叔叔觉得有他所选订的三份报纸就够了，不管报纸再多，每天的信息就那么多，不过是互相重复罢了。项叔叔所选订的报纸中，谈健康的那份主要是为老伴儿订的。他跟老伴儿开玩笑：您的健康最重要，您的健康就是我的健康。项叔叔自己不怎么看健康类的报纸，不看，自己是健康的，看多了，这也是毛病，那也是毛病，就不健康了。健康不健康，自己最清楚，问别人不如问自己，求别人不如求自己。取回报纸，项叔叔沏上一杯绿茶，戴上老花镜，坐在客厅的沙发上，开始看《参考消息》。郁阿姨回到自己的卧室，躺在床上，用遥控器点开了电视机。电视机是点开了，荧屏上却呼呼地闪着雪花儿，不出图像。这种情况以前也出现过，那是因为保姆王家慧在擦拭放电视机的台板时碰到了电视天线的插头，把插头碰松动了。她起身把天线插头往插孔里摁了摁，果然清晰的图像立即显现。她曾对王家慧说过，打扫卫生时要小心一些，不要碰到不该碰的地方，看来王家慧没把她的话当回事。事情有再一再二，不可出现再三再四，她还要跟王家慧说一说。

　　插好了电视天线，郁阿姨无意中把电视机下面的抽斗拉了一下，这一拉不要紧，竟把抽斗拉开了。奇怪呀，她记得抽斗是锁着的，怎么没锁呢？她把抽斗合上又拉开，拉开又合上，见抽斗完好无损，没有任何被撬动的痕迹。抽斗不是别人撬开的，就有可能是自己忘记锁了。钥匙在她手上，她不开锁，就没人开，她不上锁，也没人锁。她不记得上次是何时开的锁，也不知道抽斗没上锁有多长时间了，亏得她今天把抽斗拉了一下，不然的话，她还不知道抽斗的锁是开放的状态呢。她把抽斗再次拉开，顺便检查了一下抽斗里面的东西。当她把首饰盒取出并打开时，一眼就发现，三枚金戒指少了一枚。别看郁阿姨的首饰不算少，她给所有首饰列了清单，每样首饰都心中有数。首饰盒是双层的，除了上面一层，下面还有一层。郁阿姨把两层都打开，把所有首饰都清点了一遍，没错，别的首饰都在，只有那件光面的金戒指不见了。最近家里没有别人来，除了她和老项，能够走进她卧室的，还有一个人，是保姆王家慧。老项从来不动她的东西，动她东西的人，很可能是王家慧。想到这一点，郁阿姨觉得这件事情不是小事情，得跟老项说一下。

郁金喊老项，让老项到她的卧室来一下。老项问她什么事。老项没摘花镜，也没从沙发上站起来。郁金说：叫你过来，你就过来嘛！老项这才站起身子，摘下花镜在手里拿着，慢慢走进老伴儿的卧室。郁金对老项说：我的金戒指少了一枚，就是你最早给我买的那一枚。老项说：不会吧，你确定吗？郁金口气肯定地说：确定。老项说：你的抽斗不是锁着嘛，只有你自己才能打开。郁金说：我记得是锁着的，谁知道一拉就拉开了。老项说：人的岁数越大，记忆的误差就越大，人上了岁数，对自己的记忆力就不要太自信。我劝你还是仔细想想，是不是把戒指放到别的地方去了。郁金摇头，说不可能，我还没有糊涂到把戒指乱放的地步，戒指只能放到首饰盒里，不会放到别的地方。我怀疑——，老项知道郁金是怀疑保姆王家慧拿走了戒指，他还没等郁金把怀疑对象说出来，就把郁金的话接了过去。尽管王家慧打扫完卫生就下楼买菜去了，这会儿并不在家，老项还是没让郁金把王家慧点出来，他说：在没有证据的情况下，千万不要怀疑别人，你一怀疑别人，就有可能对别人造成伤害。遇到问题，要先从自己身上找原因，自己把责任承担起来。郁金说：我自己有什么责任？老项说：不把抽斗锁好，这难道不是你的责任吗？郁金说：这是在我自己家里，在我自己的卧室，我的抽斗想锁就锁，不想锁就不锁，难道因为我一次不锁抽斗，就可以把我的东西拿走，据为己有吗？见老伴儿有些着急，急得脸都红了，老项笑了一下，说：冷静，不要着急。不以物喜，也不要以物悲。不就是一枚戒指嘛，反正你也不戴，有它不多，没它也不少，丢不丢的无所谓。郁金说：那不行，好好的一枚戒指，不能这样不明不白地就不见了，我一定要弄个水落石出。老项说：看看，又来劲了不是！这叫自己跟自己较劲，也是自己跟自己过不去，何苦呢？你以前说过，再也不会因身外之物寻烦恼。我以为你总算活明白了，终于成了达观之人。没想到一遇到具体事，你又不太明白。不过不要紧，俗话说当事者迷，等过了这段当事的时间，等你把这件事情放下了，还会重新明白过来。我郑重说给你两句话，希望你能记住。第一句，这件事你千万不要问王家慧，要继续保持对人家的信任。第二句，这件事你也不要对儿子和女儿说，他们都很忙，不能让他们再为咱们操心。凭咱们两个人的智慧，没有什么事情不可以化解。我让你记住这两句话，还有一层意思，遇事要把人往好里想，要留有余地，当戒指重新出现在你面前时，免得你因操之过急而后悔。郁金说：收起你的这套说教吧，我看你就是个唯心主义者，事实已经把你碰得头破血流了，你还不愿意承认。老项把脑袋摸了一下，突然问：你放的有胶布吗？郁金一时没回过味来，问老项要胶布干什么？老项说：我都头破血流了，你还不替我包扎一下。郁金说：你呀，你呀，你就和稀泥吧。

王家慧买菜回来了，她买了茄子、芹菜，还买了半块西瓜。见项叔叔正坐在沙发上看报纸，她说：叔叔，我买了半块西瓜，您和阿姨吃西瓜吧。项叔叔说：西瓜挺好，夏天吃西瓜祛火。王家慧说：我没买整个儿的，只买了半个。我不会挑西瓜，买整个儿的怕买到生的。项叔叔说：挺好，买半个就够吃了。王家慧把菜和西瓜提到厨房，又出来问项叔叔：西瓜是切成牙子吃，还是用小勺儿挖着吃？项叔叔说：你阿姨喜欢用小勺儿挖着吃。王家慧说：那好吧。她揭去蒙在西瓜切开处的一层透明塑料薄膜，取两把不锈钢小勺儿，贴皮插在西瓜瓤上，把西瓜端到项叔叔面前的茶几上，说吃西瓜得趁新鲜的时候吃，越新鲜就越好。项叔叔让王家慧一块儿吃。王家慧说：您和阿姨先吃吧。那么项叔叔就喊：老伴儿，出来吃西瓜！郁金没有应声。此时的王家慧，对郁阿姨的情绪是敏感的，她拿了郁阿姨的金戒指，是不是被郁阿姨发现了呢？她的心往下一沉，又一提，便把心提了起来。她问项叔叔，郁阿姨怎么了？项叔叔说：没事儿，她可能想休息一会儿。王家慧来到郁阿姨卧室门口，轻轻喊：阿姨，叔叔让你吃西瓜。郁阿姨在床上侧身脸朝里躺着，王家慧喊她，她并没有把脸侧过来，只是说：我这会儿不想吃，你们先吃吧。王家慧问：阿姨怎么了？您哪儿不舒服吗？说着朝抽斗那儿瞥了一下。抽斗是合着的，她没看出抽斗有什么变化。郁阿姨说：不怎么，我就是心里有点儿发虚，躺一会儿就好了。王家慧把郁阿姨的话转告给项叔叔：郁阿姨说，她心里有点儿发虚。什么发虚不发虚，老项一听就明白，这是妻子拿话敲打王家慧，在探听王家慧的虚实。他说：今天外面天气比较热，阿姨可能有点儿上火。心静自然凉，让她静静吧。

　　王家慧在厨房里择菜，做饭，心思还在金戒指的圈子里没有出来，她平生第一次看见金戒指，是他们村的一个从台湾回来的老兵带回来的。在此之前，村里很多人从来没见过金子，更不知金戒指是什么样。听说老兵带回了金戒指，村里很多人都跑去看，并要求把金戒指摸一摸。王家慧也把金戒指看到了，只是没好意思摸。还有人说，金子可以治病，如身上长了刺瘊，拿金戒指把刺瘊擦一擦，刺瘊便会消失。于是村里长有刺瘊的人，就去借用老兵的金戒指，摩擦身上的刺瘊。后来随着农村进城打工的人越来越多，村里戴金戒指、金耳环的妇女也逐渐多起来。有的妇女是自己挣钱，自己买。多数妇女是丈夫给买。那时王家慧还没有进城当保姆，她也曾要求丈夫给她买一只金戒指，丈夫的态度不积极，说金戒指不当吃，不当穿，戴那玩意儿没啥好处，只会招贼。王家慧赌气，说她也要进城打工，自己挣钱，自己买。等王家慧挣到了钱，可以买金戒指了，她又舍不得买了。她到商场卖金首饰的柜台前看过，也把金戒指戴在手上试过，但哪样戒指花掉她一个月的工钱都不够，还是等等再说吧。她想到在老家住校读书的女儿和儿子，他们每个人每月的伙食费才三百块钱，她要是买一只金戒指的话，等于花掉了女儿和儿子好几个月的伙食费啊！现在她的裤子口袋里有了一只金戒指，这只金戒指不是她花钱买来的，也不是她在路边捡来的。至于怎么来的，恐怕不大好说。有一个字眼儿她想到了，那个字眼儿很难听，她不想承认，不愿把那个字眼儿和自己联系起来。但是，金戒指在她裤子右侧的口袋里存在着，她觉得口袋有些沉。她的裤子口袋里装过豆子，装过青枣儿，也装过别的东西，可从来不觉得有这么沉。沉得她腿重脚重，好像整个身体也在向右侧倾斜。王家慧听人说过，过去的人有一种自杀方式，叫吞金。人把金子吞进肚子里，金子把人的肠子坠烂了，人就死了。金子既然能把人的肠子坠烂，会不会把她的裤子坠烂呢？若是金子把裤子坠烂，金戒指从她的裤子口袋里掉出来，那就不好了。

王家慧做的午饭，是米饭和四菜一汤。她把饭菜盛好，摆上饭桌，请项叔叔和郁阿姨上桌吃饭。郁阿姨没有吃西瓜，倒没有拒绝吃饭，王家慧一喊她，她就从自己的卧室出来了。项叔叔和郁阿姨在饭桌边坐定后，王家慧却在厨房里迟迟没有走出来。项叔叔一直主张让保姆跟他们夫妇一块儿吃饭，在保姆没上桌之前，他们夫妇都不动筷子。一开始，王家慧把自己说成是一个下人，说下人是不能和主人同桌吃饭的，等主人吃完了，下人才能吃。项叔叔纠正了王家慧的说法，说人与人是平等的，没有什么下人和上人之说。项叔叔口气严肃，把问题上升到原则的高度，坚持让王家慧跟他们同桌吃饭，一块儿吃饭。否则的话，他们家宁可不请保姆。说起来，儿子和女儿当初提出为他们请保姆时，项叔叔就不大同意。他参加革命那会儿，谁家若雇用保姆，就被称为剥削阶级，划成分时就要往高里划。现在他们却要使用保姆，这话怎么说呢！但当着大学教授的儿子和当着公务员的女儿，极力要给他们请保姆。他们的意见是，父母都这么大岁数了，跟前没人照顾可不行。而他们的工作都很忙，只好请一个保姆，替他们照顾父母。雇用保姆的工资由他们提供。儿子还把他的顾虑点了出来，儿子说：你不要以为使用保姆是对保姆的剥削，所谓剥削是革命时期的说法，现在的说法，是为农村剩余劳力提供就业机会。如果城里人都不使用保姆，农村那么多的剩余劳力怎么消化呢！从这个意义上说，你们使用保姆不但不是剥削，而且是为社会作贡献。不管贡献不贡献吧，保姆既然请来了，老项一再对郁金说，要对作为劳动者的保姆保持足够的尊重，不能对保姆有半点儿歧视。

郁阿姨见王家慧老也不进客厅吃饭，就问她：小王，你干什么呢？我们一直等着你呢！王家慧说：阿姨您和叔叔先吃吧，我把灶台擦一下。饭有点儿热，我不喜欢吃热饭，吃热饭光出汗。项叔叔说：小王还是先吃饭吧，灶台吃完饭再擦也不晚。郁阿姨说：你不过来，我们是不会吃的。这是你项叔叔的原则，谁都不敢违背这个原则。王家慧说好好，我来了。等王家慧在椅子上坐下，项叔叔才说：好了，吃吧。三个人把饭吃了一会儿，郁阿姨慢悠悠地说：小王，我感觉你今天有点不正常。这话让王家慧吃了一惊，难道她拿走郁阿姨的戒指被郁阿姨发现了！她脸上白了一下，说没有，她跟天天一样，没什么不正常。郁阿姨在饭桌上说出这样的话，让老项也有些出乎意料，他说：吃饭吃饭，在饭桌上不要说不正常的话。他给郁金推荐了素炒芹菜，说这个菜味道不错。郁金没有听从老项的引导，没有去夹芹菜，嘴里嚼的还是刚才的话头，她对王家慧说：你说你没什么不正常，你能抬起头来，让我看看你的眼睛吗？

这个郁金，看来非要把事情闹得不愉快不可！老项赶紧截住郁金的话头，对王家慧说：阿姨是个爱说笑话的人，她跟你说笑话呢！阿姨年轻的时候曾在话剧团当过演员，演戏演得好着呢，你看不出来吧！王家慧承认自己没看出来，又说她比较傻，让叔叔阿姨见笑了。她没有抬头，也没让郁阿姨看她的眼睛，把碗里的一点米饭吃完，就又到厨房去了。郁金说：这不是傻不傻的问题。老项皱起眉头，无声地盯了郁金一下，不让郁金再把话说下去。

当天夜里，王家慧一夜都睡得不踏实。她做了一个梦，又做了一个梦，每个梦都离不开金戒指。梦做到最吓人的地方，人家把金戒指吊在她脖子里，让她游街。她觉得吊在脖子里的东西很沉，低头一瞅，原来吊在脖子里的并不是金戒指，而是一个生了

124

锈的铁环。尽管如此，街上的人还是把她叫贼，都不拿好眼看她。

第二天上午，当项叔叔和郁阿姨按时下楼进行室外活动时，王家慧所做的第一件事情，就是去拉郁阿姨大衣柜里面的那个抽斗。她想好了，要把金戒指给郁阿姨放回去。她悄悄地把金戒指取出来了，再把金戒指悄悄地放回去。等于她由于一时冲动犯了一个错误，清醒之后她要把错误改正过来。抽斗没有拉开，她心里咯噔了一下，完了，郁阿姨把抽斗锁上了。不用说，一定是郁阿姨发现了抽斗没有上锁，并发现她的金戒指少了一只，才把抽斗锁上了。金戒指放不回去了，等于郁阿姨把她改正错误的门给关上了，这可如何是好！怪不得郁阿姨说她心里发虚，怪不得阿姨指出她有些不正常，并提出要看她的眼睛，这表明郁阿姨对她已经产生了怀疑。千不该，万不该，她不该动郁阿姨的戒指啊！她一时手凉脚凉，脊梁沟里出了一层冷汗，头也微微有些发晕。她以手捂脑休息了一会儿，才把身体支持住了。

在楼下小花园的藤萝架下，老项和郁金正为金戒指的问题进行讨论。他们说话的声音不大，比蜜蜂扇动翅膀发出的声音大不了多少。见有人走过来，他们的讨论就停止了。人一走过去，他们的讨论接着进行。老项批评了郁金，说郁金做得太过分了，那样会给人家小王造成严重的心理负担。郁金认为，如果小王有心理负担，那也是她自找的，不是别人给她造成的。她几乎可以断定，那枚戒指就是王家慧拿走的。第一，王家慧做贼心虚，不敢和她对视。第二，王家慧早上眼圈儿发黑，说明她内心纠结，夜里没有睡好。老项说：我看你的眼圈儿也有些发黑，你夜里是不是也没有睡好？郁金承认，她也没有睡好。老项说：这样就不好了，为一件物质性的东西影响到我老伴儿休息，太不划算了。亲爱的老伴儿，你听我一句劝，把这件事情放下吧，拿起来是件事，放下去什么事都没有了。郁金说：不行，我放不下，我不能容许一个贼在我屋里走来走去。老项说：你说话太难听了，你怎么能说人家是一个贼呢！现在的社会已经从宗法社会变成了法制社会，法制社会对公民的要求是说话要讲证据，没有证据就乱讲，也是要负法律责任的。郁金说，要找证据也不难，她可以向公安部门报案，让公安人员帮她把证据找出来。老项连连摆手，坚决不同意报案，不同意为这点儿鸡毛蒜皮的小事惊动公安机关。他说：老伴儿你想想看，你要是报了案，公安人员到咱们家又是拍照，又是询问，又是放大指纹，会打破我们平静的生活。我们都这么大岁数了，内心的平静是非常重要的，可以说是千金难买。平静一旦打破，恢复起来就难了。还有，公安人员在我们家出出进进，对整座楼上的居民影响也不好，人家还以为我们家犯了什么大事呢！我看这件事就交给我处理吧。郁金说：别的事情我可以交给你处理，这个事情不能交给你。我还不知道你，交给你处理，就是不处理。在别的事情上，你的原则性挺强，在这个事情上，我觉得你放弃了原则。放弃原则就等于包庇和纵容坏人坏事，到头来，等于自己也站到坏人的立场上去了。老项说：你这话我不爱听，你还是以阶级斗争为纲的观念，不斗争你就不舒服。反正我态度明确，你要报案我就走。郁金问：你要到哪里去？你是要出走吗？老项说：我的意见你一点儿都不听，夫妻情义你一点儿都

126

不讲，我到哪里去，你就不用管了。

在老项的干预下，郁金总算没有报警。但郁金也没有把金戒指的事放下来。有一天中午在饭桌上，郁金竟直接说出了金戒指。她问王家慧：小王，我问你一句话，你不要多心，你戴过金戒指吗？王家慧的脸顿时白了，她摇头说：没有，我没戴过金戒指。老项说：哎，我今天在报纸上看到一条消息，我讲给你们听听。郁金说：我不听，我在跟小王说话，没跟你说话，我希望你不要别有用心地打断我的话。老项说：嘿，连别有用心都出来了，看来我快成阶级敌人了。郁金继续向王家慧发问：那，你是不是特别渴望拥有一枚金戒指呢？王家慧说：阿姨的话我听不懂。郁金说：我不认为你听不懂，其实你听懂了，只是在装作听不懂，这说明你不诚实，很不诚实。王家慧不敢再说话。

又过了两天，这天下午，郁阿姨让王家慧到一家药房去给她买点儿药。趁王家慧去买药，郁金到王家慧住的小房间去了。停了一会儿，她在小房间里喊老项：老项，你过来一下。老项问：什么事？郁金说：让你过来，你就过来嘛！老项的样子有些不情愿，说：去人家保姆的房间干什么！郁金说：什么保姆的房间，这都是我的房间，只是让她临时住一下而已。她手里正拿着王家慧冷天时穿的棉袄，手指捏着棉袄前襟子的下摆说：你来摸摸，这是什么？老项问：什么？郁金说：什么我不说，你一摸就知道了。老项没有伸手摸，却说：人家小王不在房间，你乱翻人家的东西干什么！郁金说：什么叫乱翻，我不亲自侦察，能找到证据吗！老项伸手按郁金指定的地方捏了一下，果然觉出衣襟子下摆的棉花里面包藏着一件戒指形状的东西。老项说：小王真是个傻孩子，怎么能干这种事儿呢！郁金说：我说过，这不是傻不傻的问题，是品质问题，是触犯法律的问题。老项问郁金打算怎样处理这件事。郁金说：还是报警好一些。老项说：如果报警，就把小王毁掉了。不但把小王一个人毁掉了，还有可能把她的整个家庭都连累了。得饶人处且饶人，与人为善也是与己为善，我看还是先不要报警吧。郁金问：那你的意见呢？老项说：以我的意见，这个戒指咱不要了，权当送给了小王。我再给你买一枚新的，你想要什么样的，我就给你买什么样的。郁金说：那不行，不要忘了，这是我那年过生日时，你给我买的生日礼物，也是你给我买的第一枚戒指，它是有纪念意义的。老项当然不会忘，他当初给郁金买这枚戒指时，金子才五十元一克。金戒指的正面虽然是光面，但背面錾着一个京字。郁金不愿失去这枚戒指，心情可以理解。他跟郁金商量说：你看这样好不好，这个事情就交给我来处理。郁金问老项：打算怎样处理？老项说：处理过程你就不用管了，只等着看结果就行了，结果保证让你满意。第一，我保证让小王把你的有纪念意义的戒指还给你；第二，我保证让小王向你承认错误。别忘了，你老伴儿在部队做过几十年文化宣传工作，这点儿自信还是有的。郁金有些疑惑，说：你不会无限期地拖延下去吧？老项说：三天之内见结果。

　　这天上午又该下楼遛弯儿时，老项让郁金先下去，他等一会儿再下去，二人在小花园里见。郁金会意，自己到小花园里转圈儿去了。郁金转了几圈儿，正坐在藤萝架下面的阴影里休息，老

128

项就慢慢地向她走过来。老项刚在郁金面前站定，郁金就问：怎么样？老项说：小王很懊悔，哭得很伤心，好可怜的孩子。郁金又问：她把戒指还给你了吗？老项把戒指从口袋里掏出来了，递给郁金说：你看看，是不是你的那枚？郁金把戒指接过，翻转看了看，面露欣喜，说没错儿，失而复得，的确是老项给她买的第一枚戒指。郁金记起老项第一次为她戴戒指的情景，浪漫的情怀仿佛又回来了，她对老项说：你得给我戴上。老项说：这老太太，还挺浪漫。他坐在郁金身边，拉过郁金的左手，把戒指给郁金戴在无名指上了。郁金手指并拢，把戒指看了看，说：这次戴上，我就不取下来了。老项说：好，你先歇会儿，我去走几圈儿。郁金说：别着急走，你给我讲讲，你是怎样做通小王的工作的。老项说：不瞒你说，我是另外买了一枚金戒指，把你这枚金戒指给替换回来的。郁金把老项看了看，说：我还以为你有多高明的手段呢，原来不过如此嘛！郁金不赞同老项的做法，她认为老项这样做，只会增长王家慧的贪欲。

老项和郁金做完室外活动回到家，发现客厅里沙发前的茶几上放着一张字条，字条上压着一枚金戒指，旁边还放着一些零钱。因郁金先进屋，她先看到了字条。字条是王家慧留下的，上面写的是：

叔叔阿姨：

我错了，我恨我自己，恨得我连上吊的心都有。感谢你们对我的宽容，我一辈子都不会忘记你们对我的恩德。

我没脸再见你们，我走了。

你们送给我的金戒指，我万万不能收。放在这里，请收回。你们给我的买菜没花完的钱，也放在这里。另外，这个月的工资我也不要了，就算是自罚吧！

请相信我，这样的错误我再也不会犯了。

2012 年 7 月 1 日至 17 日于北京和平里

谁都不认识

你跟谁一块儿来的北京？

我自家。

没找一个伴儿吗？

没。

真的吗？

真的。

你要跟我说实话，这关系到我用你不用你的问题。

我说的都是实话。

你有男朋友吗？

冯春良摇头。

你要用嘴回答我的问题，不要用肢体语言回答。什么叫肢体语言，你懂吗？

不懂。

我看你也不懂。摇头就是肢体语言，你不要跟我摇头，我不喜欢摇头，不喜欢肢体语言。我再问你一遍，你有没有男朋友？

没。

你在北京有熟人吗？

我第一次来北京，谁都不认识。

这可是你说的，你要对自己的话负责。还有一个问题，你使用手机吗？

不使用。

为什么？

用不起。

那你出来了，怎么和你父母联系呢？

不联系。

不用手机很好，现在有的年轻人一天到晚手里抓着手机，好像离了手机就不能活，很让人看不惯。

桂阿姨在一家家政服务公司跟冯春良谈好了条件，办理了相关手续，便用小汽车把冯春良带走了。桂阿姨的小汽车又黑又亮，坐进小汽车的冯春良大气都不敢出。冯春良坐过架子车，坐过拖拉机，还坐过长途大轿车，坐小汽车可是头一回，她不知道戴上了黑眼镜的桂阿姨要把她拉到哪里去。桂阿姨可能在反光镜里看出了冯春良的拘束，一边系安全带，一边问冯春良：你以前坐过小汽车吗？

冯春良刚要摇头，记起桂阿姨说过不喜欢她摇头，就没敢摇，说：没。

你对第一次坐小汽车有什么感受？

冯春良还是说：没。

你老是说没没的，回答一点儿都不完整，应该说没有。小冯你身子往后坐，坐端正，不要只坐半个屁股。到了北京，你要尽快学会说普通话，不要一开口就带地方口音。

冯春良没敢再说话。她在上学时也学过撇普通话，但没能撇会，知道普通话并不普通，并不是哪个普通人都能撇会的。

桂阿姨家住在一座高楼的六层，桂阿姨一打开房门，便有一只小狗冲冯春良叫起来。别看小狗的身量不大，跟一只猫差不多，可小狗的声音却不小，样子也很厉害。冯春良怕小狗咬她，站在门外，脚没敢往门里迈。桂阿姨说：鹿鹿，别叫了，这是姐姐，你是弟弟。来，弟弟跟姐姐认识一下。听了桂阿姨的话，小狗果然不叫了，立起身子，顺着桂阿姨的腿往上蹿。桂阿姨蹲下身子，说：鹿鹿想妈妈了，妈妈抱抱。遂把小狗抱在怀里，叫着小宝贝儿，用自己的脸贴小狗的脸。桂阿姨抱着小狗走进客厅，回头对冯春良说：进来吧，还愣着干什么！

冯春良这才提着自己的行李进了屋。

桂阿姨说：鹿鹿的警惕性很高，对生人的气息非常敏感，如果不经我的允许，它不会放任何一个陌生人踏进我家半步。别看鹿鹿个子不高，它的牙齿非常锋利，咬断一个人的脚筋不成问题。

冯春良说：我们老家的狗都是笨狗，黑里白里在外面跑。

你不要跟我提你们老家的狗，那叫狗吗，只能叫猪。你知道北京的狗叫什么吗？北京的狗是人，是长了四条腿的人，它比有些人还要金贵。我暂时不告诉你鹿鹿的身价多少，说了我怕吓着你。我只告诉你，鹿鹿的一切事情都不用你管，我亲自料理。

我能喂它东西吃吗？

我说你这个小冯，你怎么这么笨呢！我说了鹿鹿的一切事情都不用你管，其中当然包括鹿鹿的饮食。我从超市专门给鹿鹿买的有配方套餐，鹿鹿何时用餐，每餐吃什么，都是有讲究的。你可不敢随便喂鹿鹿东西吃，吃坏了鹿鹿的肚子，你承担不起。

桂阿姨的房间很多，房里有房，门里有门，七拐八拐，像迷魂阵一样。冯春良在桂阿姨家住下后，桂阿姨让冯春良坐下，好好听着，遂给冯春良提出了几条要求：第一，你们老家是出保姆的地方，在北京当保姆的很多。你不要和别的当保姆的老乡拉拉扯扯，一拉扯难免传闲话，嚼舌头，招惹是非。第二，除了我让你去的买日常用品的地方，别的地方最好不要去。北京到处都是流动人口，你不知道哪一股是暗流，要时刻防备被暗流裹走。这不是限制你的自由，而是对你的人身安全负责。第三，在我家无论吃到什么，喝到什么，听到什么，看到什么，到外面不要跟任何人说。别人要问你什么，你就说你什么都不知道，就知道干活儿。怎么样，这三条你能做到吗？

冯春良眨眨眼皮，像是把桂阿姨说的三条回想了一下，点点头。

我说你这孩子，你的记性可是有点差呀！我说了不让你用肢体语言，你怎么转脸就忘了！人脸上长着嘴，不光是为了吃饭，还要用它说话。

冯春良说：我能做到。

冯春良在桂阿姨家干了几天，对桂阿姨家的情况有了一些了解。桂阿姨有两个孩子，一个姑娘，一个儿子，都在外国留学。姑娘在德国，儿子在美国。桂阿姨的丈夫刘叔叔是一家大型国有企业的老总，刘叔叔个子高大，脸和鼻子也大。刘叔叔每天早上去上班，直到晚上才回家，整天都不在家里吃饭。刘叔叔几乎每天都回家很晚，一进家就带进一股子酒气。好在刘叔叔每天回家时，都有他的秘书护送他。秘书并不进屋，只跟桂阿姨打个招呼就走了。桂阿姨曾向刘叔叔介绍过冯春良，说冯春良是她新请的保姆。刘叔叔似乎没拿正眼看她，一句话也没说，只嗯了一下就完了。冯春良以前没见过大官，只听说官大一级压死人。她不知道刘叔叔是哪一级的官，感觉刘叔叔像是一座山，对"山"有些害怕。桂阿姨问过冯春良：你是不是不敢跟叔叔说话？

　　是。

　　为什么？

　　我看刘叔叔像个大官。

　　什么叫像个大官，难道你认为叔叔是电视剧里演大官的演员吗？

　　冯春良的样子有些惊喜：叔叔是演员？真的？

　　木头，没法儿跟你说话。

　　冯春良下楼去买菜，桂阿姨对她也有交代，菜要挑最新鲜的，最好的，不要考虑价钱，更不要跟人家讲价钱。她走到居民小区的大门口，门口一根红白相间的栏杆放了下来。栏杆本来是竖着，一端指向天空的，现在一打横，拦在了冯春良面前。一般来说，栏杆是阻拦过往汽车的，这会儿里外都没有汽车通过，栏杆放下来干什么！难道门口的保安看错了，把冯春良当成了一辆汽车。冯春良一看，站在门口一侧的保安高进海两眼直勾勾地看着她，正连连向她招手，示意让她到值班室里说话。

冯春良回头看了看，见一个老头儿正从小区里往外走。她的手在大腿一侧连连摆动，意思是说不行不行，这会儿说话不方便。栏杆前端空着一块，冯春良向空着的地方走去。

栏杆拦不住冯春良，高进海从栏杆外面绕过去，拦在冯春良前头，说：春良，春良，你到值班室里去，我跟你说句话。

冯春良小声说：后面有人，别让人家看见。等我买菜回来再说。

好春良，我就说一句，还不行吗！你不答应我，我哭。

冯春良只好随高进海走进大门口一侧的值班室。一进值班室，高进海就把冯春良挤在墙上，伸着嘴欲亲冯春良的嘴。

冯春良的头左右摇摆，不让高进海亲到，说：你不是说只说一句话吗，有话快说。

我这不是正在说嘛！

不行，这会儿绝对不行！

没事儿，不会有人看见。

我跟桂阿姨说过，我是一个人到北京来的，在北京谁都不认识。桂阿姨要是知道了咱俩的事，就不让我在她家干了。

不让干就不干，她不让干，咱再换一家。

说得轻巧，你以为找个活儿是那么容易的。

那我光想你怎么办，我想你想得都瘦了。

别着急，你先忍忍，等咱们挣点钱再说。两个人好，不在乎一天两天，得往长远了看。

我忍不住。两个人捞不着见面，还不如在老家，不出来。

又说傻话，看你这点儿出息。

趁冯春良说着话，高进海的嘴又往冯春良的嘴上凑。在老家时，只要她一亲冯春良，冯春良就把他的舌头吸住了，一吸就是半天。到了北京，他的舌头好像没有了用武之地。冯春良说话时，嘴唇是开启的，高进海的嘴一凑上去，她的嘴很快闭合起来。

这时有一辆小汽车要进小区，在门口一迭声地鸣喇叭，催促保安扬起栏杆。高进海只得丢下冯春良，转出来摁动控制栏杆的电钮，把栏杆升起来。

司机从车窗里探出头来，呵斥高进海：你他妈的不好好值班，待在屋里干什么呢，狗东西！

你怎么能骂人呢！

我就骂你了，怎么着，臭丫挺的，不想干滚蛋！

冯春良趁机从值班室溜出来，赶快走掉了。

小汽车开进去了，高进海才说：你骂人，你不文明。他冲着小汽车的屁股，在肚子里骂了一句狠的。

冯春良买完菜回来，高进海又示意让她到值班室里去。冯春良知道了，高进海所谓跟她说话，不过是急着亲她的嘴。嘴一旦让高进海亲到，高进海就没够，还会提出进一步的要求。值班室门口人来人往，车来车往，那里可不是亲热的地方。她低下头，躲着高进海的目光，径直往小区里面走。

　　大概高进海想到了拦不住冯春良，他事先写了一个纸条，交给冯春良。冯春良不接纸条，他把纸条塞进盛黄瓜的塑料袋里去了。纸条不掏出来可不行，让桂阿姨看到就坏菜了。拐过一个弯儿，冯春良才把纸条掏了出来。纸条是折叠的，折成了燕尾形。把纸条折成燕尾，是高进海的惯用手法。在老家时，高进海一开始就是以给她递"燕尾"的方式，表示了对她的好感。高进海把燕尾形的纸条说成是燕子，说他的燕子是传书的，也是报春的。这样一传二报，二人就到了一起。冯春良没有马上打开纸条，把纸条装进自己裤子的口袋里去了。她也没有提着菜马上上楼，而是走到社区内一个小花园的藤萝架下面去了。见浓密如盖的藤萝架下无人，她才把纸条拆开看了。纸条上写的是：春儿，晚上我在小区小花园的小树林里等你，等不到你，我是不会离开的。你不知道我是多么多么的想你，你千万别让我失望啊！看完了纸条上的话，冯春良没有按原样把纸条折叠起来，窝巴窝巴重新装回口袋。走了两步，她觉得装在口袋里不太保险，就把纸条掏出来，撕碎，扔进旁边月季花丛的根部去了。

　　桂阿姨没给冯春良房门的钥匙，冯春良每次从外面回来，都是先摁门铃，桂阿姨通过门上的猫眼把她观察一下，才给她开门。这次桂阿姨一开门就问她：买完菜不直接回来，你干吗去了？

　　冯春良心上一惊，难道她去小花园里看纸条被桂阿姨发现了？须知桂阿姨家的一个阳台正对着小花园，站在封闭的玻璃窗后面居高临下，可以把走进小花园的人看得清清楚楚。她说：没有呀。

你再说！

噢，我看小花园里的花儿开得不错，我拐进去看了看。

还有呢？

我还到藤萝架下站了一会儿。

你在那儿看见什么了？

没看见。

那是城市流浪汉和失恋男青年常去的地方，他们在水泥凳子上抽烟，喝酒，说胡话，仰巴脚子睡觉，发泄对社会的不满，以后你不要到那里去。

听口气，桂阿姨并没有发现她在藤萝架下看纸条的事，她说：谢谢阿姨，我记住了。

桂阿姨家上没有老人需要伺候，下没有孩子需要照看，冯春良的活儿并不重。她每天只需打扫一遍卫生，给桂阿姨做做饭，再陪桂阿姨说说话就行了。因为活儿不重，桂阿姨又管吃管住，桂阿姨给冯春良的工资不高，一个月才两千块钱。桂阿姨说：能到我们家当保姆，算你这孩子有福，你承认不承认？

承认。

你如果懂事，干得好，适当时候我会给你加工资。

我是农村人，没见过多少世面，有干得不够的地方，阿姨指点我。

这天吃过晚饭，有人摁门铃。桂阿姨对冯春良说：有人来了，你到房间里去吧，关上门。我不喊你，你不要出来。

冯春良赶紧回到自己住的房间去了。她不明白，桂阿姨为什么不愿让她见客人，是不是因为她穿得太土、说话太土呢？

冯春良隔着房门听见，来人报了自己的姓名和所在单位，桂阿姨才开门让人家进来。来人大概带了礼品，桂阿姨批评了人家，说来了就来了，还带东西干什么！来人解释说，没什么可带的，只给阿姨带了一点土特产。冯春良想起高进海给她写的纸条，想起高进海约她到小花园的小树林里去。不用说，高进海这会儿正在小树林里等她。她仿佛看见，高进海正站在一棵树下的阴影里，目光烁烁，一遍又一遍朝花园的小路上张望。高进海老也等不到她，会从阴影里走出来，假装锻炼身体，在小花园里走两圈，然后再回到阴影里去。高进海肯定急坏了，说得不好听一点，高进海急得恐怕像狗不得过河一样。说实话，冯春良也想赴约，也想到小树林里投入高进海的怀抱。可是，桂阿姨让她自己把自己关在屋里，跟关了禁闭差不多，她怎么能到楼下去呢，怎么能满足高进海的愿望呢！她只能在心里对高进海说对不起，请高进海能够原谅她。

冯春良听见客人走了，听见桂阿姨跟客人说了再见，桂阿姨仍没有发话让她从房间里出来。不出去就不出去，一夜不出去也没什么。她干脆躺在床上，把眼眯了。她听见桂阿姨从客厅里走回自己的房间去了，还听见桂阿姨在房间里折腾了一会儿，然后才回到客厅，抱起鹿鹿。

小冯，你在屋里干什么呢？

冯春良答应着，从房间里出来了，一只手揉着眼睛说：我都快睡着了。

哪有这么早睡觉的！你以为你还是在农村吗，天一黑就睡。去，给我倒一杯不热不凉的开水，里面对一点蜂蜜。蜂蜜不要对多，不要太甜。你刚才听见我和客人说什么了吗？

没听见。

其实你听见也没关系，我们说的都是工作上的事。

冯春良在客厅里看了看，没看见客人带来的土特产放在哪里。她去厨房为桂阿姨倒水时，在厨房里看了一遍，也没看见什么土特产。也许桂阿姨不想让她看见客人带来的土特产，把土特产提到自己住的卧室藏起来了。因土特产多是农村出产的，冯春良对土特产比较感兴趣。按她的理解，所谓土特产，不过是核桃、大枣、花生之类。这些东西冯春良并不稀罕，桂阿姨何必东掖西藏呢！冯春良由此得出了一个看法，桂阿姨是一个把家的人，也是一个小气的雇主。

这天吃过早饭，刘叔叔去上班，桂阿姨到楼下遛狗，冯春良在家里打扫各个房间的卫生。刘叔叔和桂阿姨各有各的卧室，两个人不在一个卧室里住。他们的卧室都很大，床都很宽，很软。可是，不管床再宽再软，两口子不在一个床上睡，还叫什么两口子呢！

为了把各个房间都打扫到，冯春良有条件进入桂阿姨家的各个房间。桂阿姨家除了房间多，还有一样东西多，那就是保险柜。桂阿姨家的保险柜一共有四个，三个大的，一个小的。那些大铁块子一样的保险柜，分别在刘叔叔和桂阿姨卧室的墙角里放着，个个都铁青着脸皮，凛然不可侵犯的样子。桂阿姨家又不是银行，冯春良不明白桂阿姨家弄这么多保险柜干什么！难道别人送来的土特产桂阿姨都锁在保险柜里了？那些土特产里有烘柿才好呢，等桂阿姨打开保险柜的门一看，柿子已经烂得稀里糊涂，桂阿姨用手抓都抓不起来。这样想着，冯春良似乎看见桂阿姨沾了两手稀柿泥的样子，差点笑了。

冯春良为桂阿姨整理床铺时，双手把床铺按了按。她一按，床铺软下去。她一松手，床铺立即弹起来。桂阿姨的床铺为什么这样软呢？她掀起褥子一看，原来下面垫着一方厚厚的床垫子。她听说有一种床垫叫席梦思，这个床垫大概就是席梦思吧。她把床垫推开一点，发现床垫下面是两扇白色的木头盖板。盖板下面还有什么呢？出于好奇，冯春良把盖板掀开了一扇。原来盖板下面是一个又一个方格，方格一共有八个，每个方格都像小箱子一样。"箱子"里不是空的，每口"箱子"里都放有东西。有的"箱子"里放的是带有密码锁的手提箱，有的"箱子"里放的是一些纸箱，纸箱用塑料绳简单捆扎着。看到这些纸箱子，冯春良又联想起客人送来的土特产，是了，怪不得桂阿姨在房间里折腾了一会儿，原来土特产放进了大床的肚子里。你别说，把土特产放在这里是够保险的，要不是她偶尔掀开盖板看一下，谁会想到床肚子里还有这么多名堂呢。那么，纸箱子里到底盛的是什么土特产呢？干脆打开看一眼吧。这一看不要紧，把冯春良吓着了，她吓得张着嘴，巴叉着眼，差点叫出声来。她赶紧用手捂住了嘴巴，才算没有叫出来。接着，她心跳加快，脸色发白，手梢儿也有些发抖。怎么，难道纸箱里藏的是一窝老鼠？不是，要是老鼠，冯春良不会惊成这样。你猜怎么着，纸箱子里哪里是什么土特产，竟然是满满一箱子钱。有生以来，冯春良从来没见过这么多钱，她估不透这一箱子钱有多少。钱一沓一沓，都是崭新的粉红色百元大钞。这些钱肯定还没在市场上流通过，没买过菜，也没买过肉，好像从银行里提出来直接就转移到桂阿姨家里来了。盖板下的方格子里纸箱还有好几个，那些纸箱子里装的是不是都是钱呢？冯春良不敢再看，她赶紧把打开的纸箱子按原样捆扎好，用盖板、床垫、褥子等盖上了。

桂阿姨开门进屋，把冯春良吓了一跳。尽管她已经从桂阿姨的卧室里出来，这会儿正在打扫卫生间的卫生，她还是觉得桂阿姨回来得有些突然。让冯春良感到紧张的还有那只小狗，小狗一从桂阿姨怀里下来，就跑到卫生间，用鼻子闻冯春良的脚。据说狗的鼻子是很厉害的，人发现不了的事情，狗的鼻子一闻就能闻出来。难道她看到桂阿姨床肚子里秘密的事被小狗知道了？

桂阿姨喊：鹿鹿，过来，不许犯贱！

鹿鹿又跑回桂阿姨身边去了。

小冯，出来，我问你一句话。

冯春良心里怦怦乱跳。

门口有一个保安，我听他说话的口音跟你一样，你们是老乡吗？

老乡？不知道。

你看见过那个保安吗？就是长得瘦瘦的、脸白白的那一个。

没见过，我不知道什么保安不保安。

不知道就算了。他要是跟你说话，你千万不要搭理他。说是保安，谁能保证他们是好人呢。我听说保安是一个危险的族群，好多坏事都是他们干的。

冯春良的头部痉挛了一下，像撒过尿的人打的一个哆嗦。

你怎么了？

不怎么，没事儿。

去吧。

既然看到成纸箱的钱那么害怕，冯春良别看人家的钱就是了。可是，第二天冯春良又为桂阿姨整理床铺时，像是有鬼拉着她的手似的，她又打开一个纸箱看了看。这一看她更加惊诧，更加傻眼，老天爷呀，这一箱竟然是金子。她有些不敢相信自己的眼睛，揉揉眼再看，这些东西黄澄澄的，跟她看到的有的老太太戴的金耳环的颜色一样，不是金子是什么呢！纸箱里的金子不是一整块，而是分成许多长方形的小块，形状如缩小的砖头。对了，人们传说中的金砖，或许就是这样的。这些金砖是钱的压缩版，取出一块金砖，恐怕就能换一箱子钞票。要是拿一箱子金砖换钞票呢，所换的钞票恐怕一架子车都拉不完。过去冯春良只听说城里人有钱，她想象不出城里人的钱有多少，这一回，她算是把北京城里有钱的人家看到了。她家的地里打的玉米棒子再多，也比不上北京人床底下的一小块金子啊！

当天晚上，冯春良不大睡得着觉，睁眼闭眼都是那些钱和黄

146

金。她现在才明白了，桂阿姨家为什么有那么多保险柜，原来保险柜是盛金子和钱用的。金子和钱保险柜里都装不下了，桂阿姨只好把金子和钱放在床肚子里。怪不得桂阿姨一再问她是不是一个人来的北京，不让她与别的人认识和接触，看来桂阿姨心存戒备，怕她把桂阿姨家钱多的消息透露出去。看来人怕穷，也怕富，各有各的怕头。穷人和富人比起来，恐怕富人的怕头更多一些。老也睡不着觉，冯春良骂自己：没见过钱的东西，那些钱和金子都是人家的，跟你有什么关系呢！

半夜里，冯春良听见桂阿姨去卫生间撒尿。桂阿姨撒完了尿，没回自己卧室，却向她住的房间走来，并轻轻推开了她的门。三更半夜的，桂阿姨要干什么？冯春良赶紧闭上眼，尽量屏住呼吸，装作早已睡着。刘叔叔出国考察去了，现在家里剩下她和桂阿姨两个人，难道桂阿姨怕她半夜里跑掉。冯春良能感到门口立着一个黑影，但她不敢看黑影的面目，那一定很可怕。黑影在门口站了一会儿，大概看到她的确在床上躺着，才悄悄掩上门，遁去了。冯春良想到，桂阿姨是不是每天夜里都这样观察她呢？这个桂阿姨，真是一个古怪的人。在古怪的桂阿姨手下当保姆，可不是一件省心的事。

一天下午，桂阿姨带着小狗刚出去一小会儿，就有人摁门铃。按桂阿姨给冯春良下达的规定，在桂阿姨不在家的情况下，无论任何人摁门铃，冯春良都不许应声，更不要给陌生人开门。门铃一个劲儿地响，冯春良学桂阿姨的样子，从门后的猫眼里往门外看了看。在她一只眼往外看的同时，门外的人也用一只眼对着猫眼往里看。据说门里的人可以看见门外的人，门外的人却看不见门里的人。冯春良一眼就把门外的人看对了，来人不是别人，是她的恋人高进海。怎么办，开门不开门？高进海在门外轻声呼唤：春良，春良，是我，开门。

冯春良犹豫了一下，还是把门给高进海打开了。

高进海一进门，就把冯春良抱住了，下面枪管儿一样的东西顶住了冯春良。

冯春良推高进海，说：不敢！不敢！

咋不敢，都快想死我了！

桂阿姨回来怎么办！

不会的，我看见老太太开着车出去了，还带着她的狗。我估计她一时半会儿不会回来，来，抓紧时间。哪个是你住的房间？

冯春良还是说不敢。

高进海把冯春良抱了起来，抱得脚不沾地，往一个房间里抱。

眼看高进海要把她抱进桂阿姨的卧室，冯春良才慌乱地指着自己住的房间说：这屋，这屋。

处于被动地位的冯春良手僵脚僵，身上直哆嗦。

你哆嗦什么，放松点儿，不要紧张。

你快点儿，桂阿姨该回来了。

完了，完了。太快了，真没劲！

冯春良赶紧把裤子提起来，对高进海说：好了，你走吧！

你老催我走干什么，我还要再干一次！

胡说！你再胡说我就生气了，就不跟你好了。冯春良突然冒了一句：桂阿姨家是很有钱的，连床底下都是金子。

高进海的眼睛亮了一下：真的，让我看看！

冯春良不让他看，说：我跟你说着玩呢。说着，使劲往门口推高进海，要高进海以后千万不要再来。又说：等出去买菜的时候我去找你。

冯春良再去买菜时，见前后无人注意她，她身子一拐，进了门口一侧的值班室。高进海会意，把栏杆高扬起来，扬成通行无阻的状态，自己也钻进值班室去了。高进海一进去，就从门后把值班室的门插上了。别看值班室在小区大门口，来往的人一般不往值班室里瞅，等于值班室在暗处。加上值班室墙宽，窗子小，还等于是一个闹中取静的地方。高进海嘴巴伸着，欲对冯春良动手。

冯春良说：别动！你是狗呀，成天价就想着那一条子事。站好，我跟你说点儿事。

高进海见冯春良表情严肃，暂时收了手脚，让冯春良说吧。

冯春良说，她那天说的桂阿姨家床底下有金子的事是真的。她把所看到的一纸箱子新钱和一纸箱子金砖都对高进海说了。她还说，桂阿姨家床底下还有好几个纸箱子和手提箱，她只看了两个纸箱子。她敢肯定，那些纸箱子和手提箱里装的也是钱和金子。这样说着，她似乎又有些害怕，手梢不知不觉又抖起来。

高进海很快得出判断，桂阿姨家的钱来路不正，不是桂阿姨的丈夫贪污贪来的，就是受贿受来的。高进海说：你想想看，她家那么多钱，她为什么不存进银行呢？因为现在去银行存钱是实名制，人家一看她存那么多钱，她就露馅了。所以她只能把钱和金子藏在家里的床底下。

冯春良点点头，认为高进海说得有道理。

高进海说：她家那么多钱，你悄悄拿走一捆儿，她也不知道。

我不敢。

你要是不敢拿，就想办法让她给你增加工资。

桂阿姨抠门儿着呢！

她要是不给你增加工资，咱再想别的办法。

冯春良不敢直接说出让桂阿姨给她增加工资，有一次从菜市场买菜回来，冯春良试探着说：我听说有的当保姆的一个月能挣三千块钱，最少也能挣两千五。

桂阿姨问：你听谁说的？

我听一个买菜的老太太说的。

我说过不让你搭理他们，你为什么违反纪律？

我没有违反纪律，她们在那里说，我只听了一耳朵。

你跟我说这个是啥意思，是不是嫌我给你开的工资低？是不是想让我给你长工资？

冯春良没说话。

我跟你说过，不要听别人瞎说。听别人的话，只会干扰你的工作。长不长工资，是我考虑的事。你暗示我，只会引起我的反感。实话告诉你，我在单位还是一个副处长呢，提前退休后，我的工资满打满算才三千多块钱。我把工资的一多半都给了你，你还有什么不满足的！我们家亏得叔叔还上着班，日常生活还能维持。等叔叔退了休，我们家可请不起保姆。话既然说到这儿了，我向你表明我的态度，你如果找到了愿意给你开高工资的人家，我不会拦着你。有鹿鹿天天陪着我，我也不寂寞。说来说去，还是鹿鹿对我最忠诚。鹿鹿从来不跟我提待遇上的事。

情况不好，冯春良觉出桂阿姨有可能会辞掉她。你看这事闹的，工资没捞着长，工作反而要失去。她瞅空子找到高进海，把自己不好的预感对高进海讲了。高进海让她确认，是否真在桂阿姨家的床底下看到了钱和金砖？冯春良说：钱都是新的，金砖也都是新的，我看得清清亮亮，这个不会有错。高进海说：那就好。

高进海一见桂阿姨开着车带着狗出了小区，立即到楼上找冯春良去了。他胳膊下夹着一只折叠在一起的蛇皮塑料袋子。冯春良开门把高进海放进屋，这一次高进海没有搂抱冯春良，没有和冯春良亲热，而是奔桂阿姨卧室里的钱和金子而去。

冯春良害怕极了，手脚冰凉，浑身哆嗦不止，她说：别，别，咱是好人。

高进海说：这些钱都是国家的，兴他们花，也兴咱们花。你不要害怕，这些钱都是他们贪污贪来的，咱们拿走一点，他们肯定不敢报案。一报案，他们会因小失大，官也当不成。再说，这点钱对他们来说也不算什么，连一头猪的一根猪尾巴都不到。高进海一边说着，一边往蛇皮塑料袋子里装钱和金砖。他装得不算太多，只装了一纸箱子钱和四块金砖。他对冯春良说：这些钱和金砖就够咱们花一辈子了。

身上带着这么多的钱和金子，他们不敢坐火车，也不敢坐地铁，打了一辆出租车向城外的郊区走去。他们不打算回老家，也不打算投靠任何亲戚，准备到偏远的山窝子里躲避一段时间再说。

2012 年 9 月 21 日至 10 月 7 日于北京

骗骗她就得了

这家的保姆叫陈香书，雇主叫曹德海，曹德海是陈香书的表姑父。先有表姑，而后才会有表姑父，陈香书的表姑叫强秀文。一个地方，方圆几十里，庄子里的人互有嫁娶，你中有我，我中有你，久而久之，差不多都扯上了亲戚。东秧不连西秧连，亲戚有近有远，有亲有表。一旦带上了表，亲戚就远了，就表面化了。他们那地方的人说，一辈亲，两辈表，三辈过去风吹了，说的就是这个意思。

然而，表亲在近处显得远，在远处就有些近。比如陈香书千里迢迢北上到了北京，在没有别的亲人的情况下，就把表姑和表姑父当成了近亲。在喊表姑和表姑父时，她把表字抹去了，把表姑喊姑，把表姑父喊姑父。

下了一夜雨，又刮了半天风，发黄的杨树叶子落了一地，看来秋天真的来到了。这天晚上，曹德海刚从外面回到家，陈香书就对他说：姑父，你去看看我姑吧，我姑想跟你说几句话。

曹德海坐在客厅的沙发上，双腿伸着，头靠在沙发背上，样子像是有些疲倦。他只看了陈香书一眼，没有说话。

陈香书站在原地，看着姑父脚前的地板，等候姑父的答复。地板仿实木，柚黄色，表面像是涂了一层玻璃质的东西。在头顶六瓣头吸顶花灯的照耀下，地板反射着点点白光。

姑父拿起遥控器，把电视机点开了。电视里正播送一档劝架的节目，干架的人是两个，劝架的人是四个。只有干架的人干起架来，劝架的人才能派上用场。干架的人是两口子，他们与节目制作方配合得很好，一上来就把嘴唇变成了弓，把舌头当成了箭，干得不可开交。姑父把节目换掉了，问陈香书：你姑怎么样？

陈香书把话重复了一遍：我姑想跟你说句话。

说什么？

我也不知道。

不知道怎么回事，今天我的头有点儿晕，我想休息一会儿。

陈香书不敢再说什么，只得回到姑所住的房间。姑的病越来越重，眼能动，嘴能动，腿已经不能动。姑的眼珠子陷在深眼坑里，人几乎瘦成一盏人灯。如同一盏油灯里的油快要熬干，陈香书估计，姑的日子不会太多，说不定连今年都熬不过去。

姑问陈香书：你姑父呢？他不是回来了吗？

陈香书说：姑父说他的头有点儿晕，想休息一会儿。

姑叹了一口气，说：他一回来就头晕。姑伸着手，欲把胳膊抬起来。她的胳膊刚抬起一点，很快就掉落在床上。她喊：德海，德海。她的声音是颤抖的，有气没有力，跟呻吟差不多。听不见回音，喘了几口气，她又喊：德海，德海！看样子，如果姑父不答应，姑会一直喊下去。

姑父这才来到姑的病床前，他说：你老喊我干什么？我的魂又没丢。

你回来了，也不来看看我。

我这不是来了嘛！

德海，我想回老家看看，你把我送回老家去吧。

我不是跟你说过嘛，等你病好了。可以下床走路了，我就送你回老家。你现在这么瘦，眼睛像被老鸹掏过一样，老家的人看见你，会影响你的形象。眼下秋风一阵紧似一阵，天气已经凉了。老家没有暖气，我担心你冷得受不了，病情会加重。再说了，现在的老家有什么可看的，人都走了，房都空了，庄子里冷冷清清，看了还不够让人伤心的呢！不信你问问香书，现在的老家是不是这样。

陈香书塌下眼皮，把姑露在被子外面的一只手盖在被子下面。姑的手痉挛着，跟风中的树枝差不多。

姑挣扎着，把被盖上的手又露了出来。她说：德海，我不想死在北京。

看看，又来了，又来了！我说你别老拿死说事儿好不好，你且活着呢！说不定我死了你还不死呢！死不算个事儿，不管多么了不起的人物，到头来都是一个字，死！姑父说罢，转身离开了姑的房间。不知姑父和姑是什么时候分居的，反正自从陈香书来到这里当保姆，就发现姑父和姑不在一个房间住，两口子各住各的房间。

姑闭上眼，两颗泪珠儿种子一样慢慢顶开眼皮，分别从两侧的眼角滚下来。

陈香书不能明白，姑瘦成了这样，泪珠儿怎么还这样饱满呢，是不是人咽不下最后一口气，泪水子就不会干呢！陈香书没有给姑擦眼泪，她觉得自己的眼角也快要湿了。

陈香书对姑父说：姑哭了。

姑父说：你跟我说这个干什么！她哭，是因为你对她伺候得不好，这是你的责任。你知道不知道，她提出回老家，是怕死在北京火化。难道死在老家就不火化了吗？现在全国哪个地方都一样，谁最后都逃不过一把火烧掉。你跟她说说，让她死了回老家的心。另外，我回来你也不要告诉她，我很忙，也很累。要是我也躺倒，这个家就完了。

陈香书解释说，姑父什么时候回来的，她并没有告诉姑，是姑自己听见的。

姑父有些不耐烦，挑挑手让陈香书退走了。

姑父家的房子是两居室，姑父一个人住大房间，陈香书和姑住小房间。姑睡的床是一张单人席梦思，陈香书睡的是一张临时性的钢丝折叠床。陈香书就睡在姑的脚头，她的脚对着姑的脚。这样，她一抬头就能看见姑，夜里姑一有动静她就能听见，伺候姑很方便。听姑说，姑和姑父名下的房子在北京有好几套，有三居室一套的，还有四居室一套的，都被姑父租出去了，每个月光租金就能进账两万多块。姑父只留下这么一套两居室的，还是东西朝向，他们两口子住。陈香书搞不懂，姑父对自己为何这样狠。看来人的钱多了还想多，钱攒到啥时候都没个头儿。

夜里风很大，吹得窗外的防盗护栏呜呜响。只听风声，好像已经到了冬天一样。闭了灯，陈香书睡不着，她知道姑也睡不着。她不知道姑在想什么，只知道姑心里很苦。人说黄连苦，恐怕姑心里的苦比黄连还要苦三分。苦就苦在姑心里老想事儿，姑的脑子一点儿都不糊涂。在老家时，陈香书并不知道什么叫苦。通过到北京伺候姑，通过姑跟她说心里话，她才懂得了，人的苦不是吃不饱，穿不暖，也不是干的活儿有多重，而是在于人有心思，心思里的苦，才是真正的苦。牛犁地耙地，鞭子抽在牛身上，牛不知道苦。猪长肥了，到过年时，一刀就把猪捅死了，猪也不知道苦。这是因为牛和猪都没有长脑子。人长了身子，还长了脑子，人的脑子是不是就是为了受苦呢！

姑喊陈香书：香，香。

姑有事儿吗？

没事儿。你也没睡着吗？

还没有，快了。

天一凉，夜就长了。

姑，你别想那么多，夜就不长了。

我也不想想，我管不住自己咋办呢！我觉着我过不去这个冬天。

哪能呢！姑父不是说了吗，等你能走路了，姑父还要送你回老家呢！

你姑父也不容易，等我死了，你姑父心里就干净了。好了，不说了，睡吧。

说了不说，停了一会儿，姑又说：我跟你说的你姐跟你哥的事儿，到外边不要跟人家说，以后回家也不要跟老家的人说。说了让人家笑话。

姑放心，我知道。

姑说的姐和哥，指的是姑的女儿和儿子。姑的女儿学的是中医，精通人体经络和针灸术。姑的女儿在国内大学毕业后，到美国创业，开了一个小诊所。据说小诊所的生意很不错，姑父和姑很是为女儿骄傲。两口子打算，等女儿在美国站住脚，他们就以探亲的名义，到美国看望女儿。让人万万想不到的是，在美国给人看病的女儿，自己竟得了病，病死了。女儿病死后，有人从美国给姑家寄了一张华文报纸，报纸上有一篇文章，说姑的女儿给人治病是骗钱的，根本治不了什么病。女儿的事情，姑一直在心里藏着，没有对外人说。有人问起来，姑和姑父口径一致，还是说女儿在美国当医生，已经在美国买了房子。儿子的事，对姑和姑父的打击更大。儿子先是吸毒，后是贩毒，结果被判了无期，正在南方的监狱里服刑。关于儿子的事，两口子也是严格保密，对外称儿子在南方做进出口贸易，并说儿子嫌北京的空气质量不好，愿意在南方的城市生活。像他们的女儿和儿子出现这样的情况，要是在老家农村，恐怕早就传得满地冒泡儿，家喻户晓，连鸡狗都知道。在北京就不一样了，别看北京的人多得脚指头碰脚后跟，但人碰面跟没碰面一样，谁跟谁都不说实话。家里的人出点事儿，只有自家人知道，连住在同一单元的对门邻居都得不到消息。怪不得全国的人都愿意到北京来，北京的确有北京的好。

姑父每天早上出门，一出门就是一天，三顿饭都不在家里吃。有时候，姑父说是到外地出差，四五天都不回来。姑父跟陈香书不怎么说话，陈香书不知道姑父忙的是什么。也是听姑说的，姑父原来是国家某工业部门的一个处长，姑父嫌当处长受限太多，挣钱有限，就辞了公职，做起了生意。姑父心眼儿活，会赶潮流，目光也看得远。姑父赚了钱，不存死钱，把钱买成了房产。随着北京的房价翻着跟斗往上翻，姑父的固定资产也跟着翻番。按姑父原来的计算，姑父这一辈子挣下的资产，到他的孙子辈和重孙子辈都花不完。只可惜，女儿一死，儿子一判，隔辈人恐怕没指望了。姑父一出门，家里只留下姑和陈香书。陈香书每天都为姑吃饭的事儿发愁。到了该做饭时，她问姑想吃什么？想吃什么呢？姑想了想，说什么都不想吃。人的命靠饭养着，多一口饭，就多一口气，不吃饭可不行。好不容易跟姑商量好了做什么，等陈香书做好了饭，递到姑的嘴边，姑只吃一两口就不吃了。姑不吃，陈香书舍不得浪费，只好自己吃。这样吃下来，陈香书的胃口也不如以前的好，对吃饭也提不起兴趣。

这天上午，姑说：香，你给我讲讲老家的事儿吧。

老家说小也小，说大也大。再说，陈香书和姑不在一个庄，两个庄子相距十多里，陈香书认识的人，姑不一定认识，姑认识的人，陈香书也不一定认识。有人才有事儿，没有人就没有事儿，陈香书不知道讲什么。陈香书说：现在的老家跟你在老家时的老家不一样了。

咋着个不一样呢？你就给我讲讲哪些地方不一样吧！

我不知道从哪儿讲。

你给我讲讲老家的庄稼吧，眼下正是割豆子的季节，你给我讲讲豆子吧。

陈香书说：现在老家的人都不种豆子了，嫌豆子产量低。

那，想吃豆芽儿怎么办呢？

到集上买。

那，集上的豆芽儿是从哪里来的呢？

我也不知道。

姑回忆说：她在老家种地的时候，老家的豆子品种很多，有黄豆、绿豆、黑豆，还有红小豆、花豇豆、扁豆。特别是黄豆，生产队里一种就是一大块。到豆子成熟的时候，满地的蛐子也长大了，晌午头你到地里听，蛐子的叫声差不多能把豆子地抬起来。

陈香书说：现在没有蛐子了，蛐子绝种了，打农药把蛐子都打死了。

姑的样子有些惋惜，她问：高粱呢，高粱还种吗？

高粱早就不种了，都说高粱不好吃，也不值钱。

姑回忆说，她小时候，老家种高粱很多，到了秋天，大片的红高粱红得像天边的云霞一样。为什么种高粱呢？那是因为老家那地方差不多每年都发大水，高粱秆子高，不怕淹。

陈香书说：现在老家的河沟常年都是干的，下大雨发大水也不怕，有点儿水很快就流走了。

姑说：红薯总得种吧，红薯可是咱们那里的主要粮食啊！

红薯现在种得也很少，都说吃了红薯光放屁。

那，地里种什么呢？

种玉米，收了小麦就种玉米，满地清一色的玉米。收的小麦都吃不完，玉米也没人吃，都卖掉了。玉米的收购价比小麦还贵。

姑轻轻叹了一口气。

姑父晚上再回家，陈香书没有告诉姑，姑也没有再喊姑父。姑父问陈香书：你姑怎么样？

姑不想吃饭，吃东西很少。

她想吃什么，你给她做什么。只要她说出来，就要尽量满足她的要求。家里没有的，你告诉我，我给她买。

你不带姑再去医院看看吗？

姑父往姑住的房间看了一眼，小声说：医生说了，你姑胃里的肿瘤已经大面积转移，顶多还能活两个月，看也是白看。

陈香书心里咯噔了一下，姑说她过不去这个冬天，如果按姑父的说法，姑恐怕连这个秋天都过不去。也就是说，姑现在还会说话，到了秋后，姑就不会说话了。姑现在还存在着，到了秋后，姑就没有了，永远没有了。陈香书说：姑让我给她讲老家的事儿。

姑父说：她想听什么，你就给她讲什么。我以前给她请过两个保姆，她都不满意，跟人家没话说，非要从老家找一个保姆。你来了，她心里才踏实了。

她还让我给她讲庄稼。我没怎么种过庄稼，讲也讲不好。

没关系，你顺着她的心思讲就行了。不知道的，你就编一个，哄哄她。我听说写电视剧的人都是编瞎话，看电视剧的人也是看瞎话，你也编点瞎话给她听，以占住她的耳朵为目的。

我可不会编瞎话。

这孩子，连个瞎话也不会编，我看你不傻呀！

陈香书不知道自己是傻还是不傻。

这天有一只喜鹊在窗外叫。按老家的话说，喜鹊是报喜鸟，谁家有了喜事，喜鹊才会到谁家去叫。陈香书把喜鹊的叫声报告给姑，姑说她也听见了。姑让陈香书到楼下小区的花园里看看，有没有狗尾巴草，要是有的话，采一把上来。姑特别交代，不要摘公园里的花，也别采人家种下的草，只采狗尾巴草。狗尾巴草是野草，采一点没关系。陈香书问姑：采狗尾巴草干什么呢？姑说：等你采上来，我再告诉你。

狗尾巴草，陈香书是认识的，就是长长的茎上举着小毛穗儿的那种。楼下的居民小区里有两个小花园，陈香书到两个小花园的草坪上都看过，没看见狗尾巴草。草坪上的草盖满了地皮，陈香书不认识那些草。在小花园遛狗的人倒是不少，那些狗有大狗、小狗、黄狗、白狗，哪种狗都有尾巴，每种狗的尾巴都摇得像风中的狗尾巴草一样。但狗尾巴不是狗尾巴草，陈香书没法采。

陈香书没采到狗尾巴草，只捡回了几片落在地上的杨树叶子。那些杨树叶子黄中带绿，厚墩墩的，都很干净。果子到了秋天会成熟，原来树叶到了秋天也是成熟的样子。成熟的杨树叶子不但脉络更清晰，色彩更艳丽，树叶表面好像还覆盖了一层蝉翼一样的薄膜，在秋阳的照耀下闪着金色的光辉。

姑原来打算用狗尾巴草教陈香书编花喜鹊，编小黄狗，因陈香书没采回狗尾巴草，这两样东西是编不成了。姑看见陈香书捡回了杨树叶子，眼睛亮了一下，说杨树叶子也不错，也可以叠小玩意儿。姑让陈香书把她扶坐起来，在被子上放了一个硬纸板，开始教陈香书叠玩意儿。姑让陈香书看好了，她把一片杨树叶子几叠几捏，一只小勺就叠成了，叶柄是弯弯的勺把，叶片叠成了勺斗，真是好玩！陈香书说姑的手真巧。姑说，叠勺子是最简单的，她会叠好几样玩意儿呢！

　　姑教陈香书叠小燕子时，手有些发抖，喘气也有些费劲。她只好指点着陈香书，让陈香书自己动手叠。在姑一点一点指点下，陈香书终于把一只小燕子叠成了。当陈香书把一只翘着两叉尾巴、振翅欲飞的小燕子举在手上时，姑才露出了难得的笑容。

　　陈香书看出来了，姑虽然还在北京，姑的心思已随着"小燕子"回到了南方的老家。

　　阴历十月的一天晚上，老家来了一个人，是姑父的表侄。外面正下雨，雨还不小，是中雨。表侄的头发和上衣都淋湿了，一进屋带进一股子雨气。刚好姑父在家，是姑父为其表侄开的门。姑父一看是他的表侄，脸子顿时拉了下来，问：你怎么来了？

　　我来了。

　　你怎么知道我家的地址？

　　我是跟别人打听到的。

　　你来前应该先给我打一个电话。

　　我没有你的电话。

找我有事儿吗？

有点事儿。

姑父堵在门口，没容表侄说有什么事儿，又问：你吃饭了吗？

没有。

那我带你吃饭去。

我大娘呢？

你大娘没在家，到美国看她女儿去了。走吧，走吧，家里没人做饭，到外面我请你喝酒。

因表侄说话声音比较大，姑听见了，姑在房间里喊：德海，德海，是谁来了？

表侄往屋里看了一下，说：有人叫你，是我大娘吗？

此时陈香书正守在姑的房间里，她有些紧张，不但不敢出面，连大气都不敢出。

姑父说：不可能，她去了美国的西雅图，已经去了两个多月。他连推带搡，把表侄弄到门外去了。

表侄说：哎，哎，我从老家带来点红薯，我把红薯留下。

姑父说：我们家没人吃红薯，你怎么带来的，你怎么带回去！

姑还在喊：德海，德海……

姑父断然把门锁上，把表侄带走了。

当晚，姑父没有回来，提了一袋子的红薯的表侄也没有再回到姑父家。不知姑父把他的表侄安置到什么地方去了。

秋雨一直在下，滴滴答答的雨声使喧嚣了一天的城市逐渐安静下来。偶尔传来一声被刹住的胶皮车轮在水泥地上的摩擦声，让人知道城市大了什么人都有，有些人的夜生活还在继续。

也是在这个晚上，姑的一口气没能继续呼吸下去，断掉了。

天将明时，陈香书听见姑床上有微微的动静，她问：姑，你解手吗？我给你拿尿盆。

姑没有答话。

陈香书未及把那种扁形的尿盆放在姑的身子底下，姑的一泡尿就下来了。这一泡尿似乎憋得分量比较足，把床都打湿了。尿过之后，姑就合上了眼睛。

姑，姑，你怎么了？你醒醒！姑，姑，你真的走了吗？都怨我，我没把你伺候好。陈香书哭了。

陈香书给姑父打了电话，说姑不行了。陈香书有些泣不成声。

姑父说：你不要害怕，我马上回去。趁你姑的身体还没有僵硬，你把她事先预备下的一套新衣服给她换上。

按老家的规矩，陈香书把姑身上的衣服全都脱下，换上了新衣服。换好衣服，姑父还没有回来。还是按老家的规矩，姑的房间里应该点上一盏长明灯。没有长明灯，陈香书只能让房间里的吊灯持续亮着，在房间里守着姑。陈香书听人说过，人在活着时，人的魂和人的身体不能分开，一旦分开，人就成了无用之人。所以，当人的魂因意外情况丢掉了，得赶快想办法把人的魂找回来，放回人的身体。人死后就不一样了，人一死，人的魂和人的身体两相分离，魂就自由了，魂如烟如云，想去哪里就去哪里。陈香书相信，姑的身体虽然还在北京，但姑的魂已经飞走了，说不定已经飞回了老家。

在老家，表姑强秀文被说成是有福的人，表姑的幸福生活被十里八乡的人们广泛传说。陈香书还是一个小学生时，就听庄子里好多人说到强秀文。强秀文只上过四年小学，因嫁了一个好丈夫曹德海，就跟着曹德海一步步往高处走。曹德海在省会当了干部后，就把强秀文从农村接到了城市，户口也从农业户口转成城市户口。曹德海调到北京的国家机关呢，强秀文也跟着丈夫调到了北京。北京是什么地方？北京是有天安门的地方。全国的城市很多，哪里有天安门呢？只有北京有天安门。有天安门的地方就是天堂啊！老家的女人说，作为一个女人，如果能像强秀文一样，一辈子才算不亏。到了北京强秀文表姑身边，陈香书才知道，强秀文的生活并不像老家的人传说的那样幸福。调到北京后，强秀文被安排到街道一家国营粮店卖面。煤矿工人每天是一身黑，强秀文每天是一身白。后来粮食一多，国营粮店就取消了。强秀文随之下岗，失去了工作，成了一个家庭妇女。如果两个孩子好好的，强秀文当一个家庭妇女也没什么不好。让强秀文痛心不已的是，两个孩子的命运一个比一个背。

姑父刚到家，就向殡仪馆打电话要了一辆车，把姑拉到殡仪馆火化去了。姑父没有让陈香书跟车去殡仪馆。

之后姑父回家空着两手。陈香书不知道，姑父留没留姑的骨灰，装没装骨灰盒。要是把姑的骨灰装进了骨灰盒的话，也不知姑父把姑的骨灰放在了哪里。

既然姑已经死了，陈香书没有必要继续留在北京。她向姑父提出，她该回老家去了。姑父要她不要急着回去，趁眼下有了空闲，正好可以到天安门广场、故宫、颐和园、动物园等地方转转。

姑父问她：你在老家有对象吗？

陈香书说：还没有。

别人给你介绍过对象吗？你谈过恋爱吗？

也没有。

这么说，你还是一个处女喽。

你是当姑父的，跟我说这些干什么！

我没有别的意思，没事瞎聊天儿呗。现在处女是很宝贵的，一百个所谓处女里面能挑出一个真正的处女就不错，你一定要把握好自己。

你再说我就生气了！

这孩子，真像你姑强秀文年轻时候的脾气。你把你姑伺候得不错，我应该感谢你。过一段时间，我再给你介绍一户人家，你可以继续留在北京当保姆。你得认清当前的潮流，潮流是农村人往城市流，而不是城市人往农村流。你既然已经流进了城市，哪能再往回流呢！

时间不长，姑父果然把陈香书领进了一户人家。这户人家的房子是三居室，其中两间向阳。女主人姓乔，看样子不到三十岁，陈香书喊她乔阿姨。乔阿姨的肚子鼓得高高的，大约再过一两个月就要生产。陈香书的任务就是伺候乔阿姨。在乔阿姨的孩子没生下来之前，伺候乔阿姨的起居。等乔阿姨生了孩子，伺候乔阿姨坐月子。

姑父把陈香书领进乔阿姨家之后，姑父没有走，留在乔阿姨家吃晚饭。吃过晚饭，姑父还不走，竟跟乔阿姨到乔阿姨住的房间去了，并关上了房门。陈香书没有想到，原来姑父跟乔阿姨这么熟。

让陈香书更没有想到而且感到吃惊的是，乔阿姨一开始把姑父喊老曹，喊着喊着就喊成了老公。陈香书在电视剧里看过，一个女人若把一个男人喊老公，这个男人就是那个女人的丈夫。她恍然明白过来，怪不得曹德海整天不着家，还不断出差，原来曹德海早就起了外心，在外面找了小老婆。乔阿姨就是曹德海的小老婆。不用说，乔阿姨肚子里的孩子也是曹德海的孩子。

陈香书打定主意，她明天就走，回老家去。她不能伺候曹德海的小老婆。不然的话，她会觉得对不起表姑强秀文。

2012 年 10 月 21 日至 11 月 4 日于北京和平里

习惯

一年多来，孙海棠家先后雇了九个保姆。从地域上分，这些保姆来自不同的省份，有的来自安徽、山东、河南，还有的来自青海、甘肃、四川等，说话操着不一样的口音。从年龄上分，这些保姆大小不一，大一些的，四十多岁，小一些的，才二十多岁。从长相上分呢，世上没有两朵完全相同的花，保姆们长得自然参差不齐，有人长得耐看一些，有人长得只看一眼就够了。按孙海棠的想法，不管保姆怎样，雇一个用下去就得了，老是换来换去，怪麻烦的。可是，事情并不以孙海棠的想法为转移，她所雇的九个保姆一个一个都走马灯似的走掉了。

　　据说全国各地到北京当保姆的有二三十万人，已经形成了一个不小的、特殊的生态群体。相比北京坐地的雇主而言，保姆群体通常被说成是弱势群体。也就是说，主动权掌握在雇主手里，保姆处于被支配的被动地位，雇主说留，你才可以留下来；雇主说走，你立马就得走人。说白了，支配保姆去留的是货币，货币牛气哄哄，对保姆可以说招之即来，挥之即去。然而，孙海棠家的情况与别的雇主家有所区别，体现在孙海棠与保姆的关系上，主动地位和被动地位几乎掉了个儿。凡是在孙海棠家干过的保姆，没有一个是孙海棠辞退的，都是人家主动提出要走，留都留不住。时间最长的，在孙海棠家干过三个月，时间最短的呢，只干了两天半就走了，弄得孙海棠很是被动。孙海棠也想利用货币的力量调节一下，也许因她的货币储备有限，调节的力度不够大，反正没有收到留住保姆的效果。

这怪不得孙海棠。在地位上，孙海棠对保姆一点儿都不歧视；在待遇上，对保姆一点儿都不苛刻。孙海棠善眉善眼，对每一个请来的保姆都是笑脸相迎，平等相待，姐妹相称。除了每个月给保姆按时足额发工资，逢年过节，还要额外赠给保姆一些礼金或礼品。每个保姆都承认孙海棠是一个好人，临走时都对孙海棠有些不舍。有一个保姆跟孙海棠告别时还有些眼湿，叫着孙姐孙姐，一再向孙姐道对不起。

那么，毛病出在哪儿呢？留不住保姆怪谁呢？毛病出在孙海棠的父亲孙德岳身上，要怪只能怪孙德岳。孙德岳得了脑血栓，睡了一觉醒来，手脚就不听使唤了。到医院住了一段时间，命虽然保住了，但半边的身体几近僵化，已不能恢复原来的状态。孙德岳从京西的一家印刷厂退休，退休前他的妻子就去世了。孙德岳有一个儿子，两个女儿。退休后，他仗着自己身体好，又想图个无拘无束，没有到哪个儿女家去住，一个人住着一套两居室。白天，他脖子里挂着老年证，听说哪儿有热闹就往哪里凑。若哪天无热闹可凑，他就在家门口的街边跟人家玩"斗地主"。每天晚上，他都自斟自饮，喝上二两二锅头。如果哪天喝得稍多一点，浑身发热起燥，无可抓挠，他到外面做个足疗或保健按摩也是有的。他娘的小脚巴丫儿，人人都说神仙好，他的日子比神仙也不差吧。无奈突如其来的脑血栓像门闩一样，一下子把他挡在神仙日子的大门外，生活质量遂一落千丈。在生活不能自理的情况下，孙德岳只得投奔他的儿女。三个儿女当中，数大女儿孙海棠家的条件好一些。孙海棠的丈夫去世了，女儿嫁人了，家里两居室，只有孙海棠带着一条狗在家里住。孙海棠的家在二环以外，三环以里，靠近市中心，离几家大医院和大型超市近，父亲看病方便，买东西也方便。还有一个更重要的条件是，孙海棠脾气温和，待人善良，愿意接纳和照顾父亲。另一个儿子和女儿，且不说他们的家庭条件如何，儿媳和女婿都看不起孙德岳，对孙德岳相当排斥，别说让生病后的孙德岳在他们两家住了，就在孙德岳能跑能跳时，他们就把孙德岳视为不受欢迎的人，反对孙德岳到他们的家里去。

孙海棠一把父亲接到家，就为父亲雇了一个保姆。父亲像是重新回到了儿童时代，吃饭离不开人，去厕所离不开人，只要做动作就要有人辅助。按照医生的嘱咐，在上午和下午，父亲每天都要下楼活动两次。孙海棠曾给父亲一根拐杖，试试父亲拄着拐杖能不能自己行走。父亲的手倒是可以握住杖柄，但木制的拐杖帮不上父亲的忙，拐杖的脚可以移动，父亲的两脚却移动艰难。父亲需要借助保姆的人体，把人体当作自行活动的拐杖，才能移动脚步，慢慢行走。在北京雇一个保姆一个月要花两三千块钱，而孙海棠的退休工资每个月满打满算才两千四百多一点，全部给保姆都不够。好在父亲每个月有三千多块钱的退休工资，把父亲原来住的房子租出去，又可以收回三千多块钱的租金，加起来六千多块钱，雇保姆绰绰有余。保姆雇来了，父亲跟保姆好好配合，乖乖活着就是了。毛病在于父亲好像根焦叶烂心不死的洋葱，对女性的兴趣还保持着，见着一个保姆，"洋葱"老想发芽儿。父亲想"发芽儿"的一个惯用动作，是在保姆的手心做小动作。做小动作，是一个给父亲留面子的说法，说得不好听一点，就是父亲老是抠人家保姆的手心。父亲要借助保姆的力量练习走步，就得拉住保姆的手。趁自己的手跟保姆的手互相衔接的机会，说不定什么时候，父亲就勾起指头，在保姆的手心来那么几下。谁都知道，不管是男人抠女人的手心，还是女人抠男人的手心，都是两性关系中的一种试探性或暗示性动作，表示一方对另一方有好感，或有要求。他们嘴上不便说出，或不好意思说出，就使用这种小小的肢体语言表达自己的意思。一般来说，男人作为一种具有较强攻击力的雄性动物，使用这种肢体语言多一些。在有的年代，这种肢体语言被说成是下流动作，流氓行为，为大多数人所不耻。反正孙海棠家先后所雇用的九个保姆，都是因为受不了孙德岳在人家手心里做小动作而离去的。

既然父亲老也改不掉这种毛病，孙海棠不想再给他雇保姆了。雇保姆的主要目的，是让保姆牵着父亲的手走路。走，也走不出什么好来；不走，病情也不一定会加重，就让父亲在楼上的房间里待着得了。该吃，她给父亲吃；该喝，她给父亲喝；该洗，她给父亲洗；该涮，她给父亲涮，自己把伺候父亲的事承担下来。这样她可能会辛苦一些，但每月还可以节省两三千块钱呢！

　　孙海棠养的小狗是一只普通的北京哈巴儿，名字叫郎郎。丈夫去世不久，女儿就从同学家把郎郎给她抱回来了。郎郎与她朝夕相伴，已经陪伴她七八年。按照人们所说的狗活一年等于人活八年计算，郎郎早就不是一个少年郎了，差不多是一个老郎了。郎郎除了身体胖得臃肿一些，肚皮几乎贴着地皮，走路也慢悠悠的，还看不出有什么老态。郎郎的主色调是白色，间或长了几团黄毛，如同老地主衣服上的金色团花。郎郎很乖，在屋里或卧或坐，或跟着孙海棠走来走去，整天都不说一句话。但是，每天一早一晚，郎郎下楼遛弯儿是必须的。冬天过去了，天气一天比一天暖。郎郎嗅到了春天的气息，遛弯儿的积极性似乎更高。每天早上五点多一点，郎郎就在孙海棠床边立起身子，把孙海棠喊醒，催促孙海棠带它出去遛弯儿。郎郎喊孙海棠虽是用嘴，但它并不发出声来，而是伸长舌头舔孙海棠的脸。要是孙海棠还不起床，它就扩大舔的范围，舔孙海棠的眼睛，舔孙海棠的嘴。孙海棠说了一句郎郎讨厌，才不得不起床。孙海棠家住在该楼的第十八层，她抱着郎郎出门时，听见父亲也醒了，因为父亲在他住的卧室里咳嗽了两声。父亲白天睡觉多，早上总是醒得很早，恐怕比郎郎醒得还早。若是家里有保姆，保姆听见父亲咳嗽，就会走进父亲的房间，帮父亲穿上衣服，扶父亲去厕所。现在家里没有保姆了，孙海棠认为父亲应该多睡会儿，醒这么早没有必要。

郎郎急着外出，除了雷打不动的遛弯儿习惯使然，还急着到外面排便。不管是大便还是小便，郎郎都不在家里排，它有耐心和能力把大小便都憋着，一直憋到趁早上到楼下遛弯儿时再排。不知为什么，郎郎喜欢对着小汽车的轮子撒尿，看到汽车轮子，它颠颠地跑过去，撩起一只后腿，很快就撒了一泡。它不像人，早起只撒一泡尿，它有本事连续撒尿。跑到下一个汽车轮子跟前，它还要撒尿。到小花园路过五辆汽车，它一连撒了五泡尿。它似乎要把每辆小汽车都做上记号，以此举把每辆小汽车都据为己有。孙海棠觉得郎郎已过了拴绳子的年龄，她不再给郎郎拴绳子，郎郎想怎么玩都可以。在郎郎自由玩耍的同时，孙海棠也在小花园的圆形甬道上走几圈，活动活动身体。据说父母的基因与儿女是交叉遗传，按这种说法，父亲的基因就要传给她。她可不愿意接受父亲的遗传，倘是父亲把脑血栓传给她，那她就完蛋了。她在心里抵抗着父亲的遗传，也在行动上尽量做出抵抗，想法保护自己的身体。她之所以接受了郎郎，让郎郎跟她做伴儿只是一个方面，更重要的方面，郎郎每天都要遛两遍，遛郎郎也是遛她自己，等于在郎郎的带动下强制性地锻炼身体。

　　遛完郎郎回到家，孙海棠见父亲已经穿戴整齐，正坐在客厅的沙发上，眼巴巴地看着她。父亲被人说成是鹰鼻鹰眼，是说他的嗅觉和目光都很锐利。父亲年轻时，嘴巴也很好使，据说车间里的不少女工都喜欢听他说话。父亲的嘴现在是不行了，舌头如同从拐棍上砍下的一截木头，又硬又木，伸缩已不灵活，吐字也不清楚。但父亲的眼睛好像没受到血栓的影响，看东西仍不失专

178

注，不失力度。也许因为他不怎么用嘴说话了，变成了用眼睛代替嘴巴，他的目光似乎比以前还厉害。给人的感觉，他像是从一个嘴巴变成了两个嘴巴，而每个"嘴巴"里都有牙齿。孙海棠从父亲的"嘴巴"里看出了父亲的意思，父亲仿佛在说：你就知道遛你的狗，还有我呢，我也要下去。我难道还不如你的狗吗！孙海棠在肚子里回应：谁不让你下去，有本事你自己下去呀！你不要跟郎郎比，郎郎自己会跑，你会跑吗！孙海棠说出来的是：有牛奶，有麦片儿，你想吃什么？想喝牛奶我给你热，想喝麦片儿粥我给你煮。父亲的嘴动了动，没有说想吃什么。

到了晚上，孙海棠到楼下遛完郎郎回到家里，父亲把郎郎给打了。父亲很可能用拐杖打中了郎郎的头部，而且打得还不轻，郎郎尖叫着，连滚带爬逃进了孙海棠的卧室。孙海棠冲出来质问父亲：干吗呢？干吗呢！郎郎招你了？惹你了？你为啥打它？

这时郎郎也回到客厅，仗着孙海棠的势力，对孙海棠的父亲叫了几声。以证实老头子确实打了它。

父亲眼睛翻了翻，嘴也撇了一下，表示不屑于回答。

孙海棠说：你就作吧你，我看你还能作出什么蛆来！我又不是没给你请过保姆，你自己算算，我给你请过多少个保姆了？请一个，请一个，都被你欺负跑了，你让我还怎么给你请。人家问我保姆为什么用不住，我都不好意思跟人家说，我嫌丢人！

父亲看着孙海棠，不但毫无愧色，还好像是一脸无辜的样子。

孙海棠问：你今后还欺负人家不欺负了？还在人家手心里使坏不使了？

父亲先是点点头，大概意识到回答不正确，又摇摇头。

孙海棠说：我再给你找一个保姆也可以，这可是我给你找的最后一个保姆。预防针打在前头，你要是再把人家欺负走，我永远都不会再给你找保姆了。我的话你听懂了吗？

父亲点点头，表示听懂了。

又过了好几天，孙海棠到家政服务公司去了好几趟，才给父亲又找到了一个保姆，也是她家所雇用的第十个保姆。她对这第十个保姆比较挑剔：不要年轻的，要岁数稍大的；不要长得漂亮的，要长得比较丑的。除了年龄和长相，她还注意看人家的手，如果哪个女的手又小又细又软，她是不会要的，看到哪个女的手又大又粗又硬，她才会考虑雇人家。在没把保姆领进家之前，她先捉住父亲的手，用指甲剪把父亲的指甲剪了剪。父亲跟孙海棠配合得很好，没有拒绝孙海棠为他剪指甲。父亲的指甲很硬，也很脆，一点韧性都没有，剪刀刚剪到指甲，指甲嘣地一下就飞了。孙海棠问父亲：知道我为啥给你剪指甲吗？

父亲像是想了想，含混不清地说：缺钙。

什么缺钙，我看你是缺记性。我给你剪指甲，是为了让你长记性。

新挑来的保姆姓蒋，叫蒋桂玲。蒋桂玲人瘦，面黑，塌鼻，两个嘴角向下耷拉着。蒋桂玲的两只手又大又粗，手指头跟柴火棍子差不多。孙海棠心想，蒋桂玲这样的形象适合当门神，照蒋桂玲的样子制成门神画，往门上一贴，小鬼一见肯定会退避三舍。孙海棠几乎想笑，找一个这样的保姆，父亲该满意了吧，不会再产生别的想法了吧！孙海棠把笑意按下，严肃地跟蒋桂玲谈了话。孙海棠说她父亲曾经当过车间主任，素质很不错。只是生病之后，脑子才出了点小毛病。小毛病的表现是，当保姆拉着父亲的手协助父亲走步时，父亲的手有时会在保姆手里动一动。如果遇到这种情况，希望蒋桂玲能够担待一些。孙海棠还说：他都那么大岁数了，腿都动不了，手动动也是瞎动。我的意思你明白吧？你要是不想让他的手指头动，就攥紧他的手。我看你的手挺有劲的。

蒋桂玲说：人家说我的手大，没福。

孙海棠说：不要听别人瞎说，我看你挺有福的。劳动人民嘛，手都是这样。我也当过工人，对劳动人民历来很尊重。我父亲要是有什么不好的表现，你只管跟我说，我批评他。

蒋桂玲说：没事儿，我不是多事儿的人。

孙海棠说：那我就放心了。

孙海棠把蒋桂玲领回家，并把蒋桂玲介绍给父亲。蒋桂玲说：大爷，今后我来伺候你，我就跟你的孩子一样。

打蒋桂玲进门的那一刻，孙德岳就盯着蒋桂玲看，对蒋桂玲的相貌不但不反感，好像还挺欣赏。什么样的女人都希望得到别人的欣赏，蒋桂玲不怕大爷看她，她说：大爷，我一会儿带你到外面活动。有一段时间没出门，孙德岳大概有些着急，一听蒋桂玲要带他出去，他把一只手抬起来，向蒋桂玲伸去。他的样子像一个刚学走路的孩子，非常渴望拉住大人的手臂。

孙海棠对父亲着急的样子颇有些看不惯，说：你急什么，人家小蒋刚进屋，你让人家歇一会儿呀！

蒋桂玲定是为了表现自己，以赢得雇主的好感，她说：没事儿，我不累，我现在就带大爷出去。她把自己的行李往屋角一放，连手都没有洗一下，就拉住大爷的手，把大爷从沙发上拉起来，领大爷乘电梯下楼去了。

　　一圈都是高楼，圈子中央总算留了一块空地。空地上种了草，栽了花木，还建了雕塑，开成了一个小花园。小花园里的土地开始发潮，小草钻出了鹅黄色的芽芽，玉兰花的花苞越鼓越大，眼看就要像小鸟儿一样展开翅膀。当蒋桂玲牵着孙德岳的手走进小花园时，在小花园里锻炼身体的那帮老太太不约而同地朝他俩看去。老太太有七八个，大都在七八十岁左右，也有的超过了九十岁。在每天上午和下午固定的时间，她们到小花园里集合，锻炼身体。她们锻炼身体的办法很简单，就是沿着小花园的甬道慢走。走累了，她们坐在藤萝架下长条的水泥凳子上，歇一会儿，聊聊天儿，再走。水泥凳子有些凉，她们不是直接坐在水泥凳子上。她们每人带一块自己缝制的棉垫子，把棉垫子垫在水泥凳子上，才落座。需要指出的是，这个锻炼身体的集体是清一色的老太太，没有一个老爷子。也许因为女人总是比男人活得时间长，老爷子都走了，剩下了这帮老太太。老太太们对孙德岳的故事知道一些，她们背地里把孙德岳叫成骚老头子，都对骚老头子嗤之以鼻。见骚老头子手里又抓到了新的保姆，她们不免有些惊奇。骚老头子骚在手指头上，爱用骚手指头抠保姆的手心。不知骚老头子的女儿给骚老头子雇过多少保姆了，雇一个，骚老头子抠一个，把人家一个一个都抠走了。有一个保姆还是一个小姑娘，骚老头子一抠就把人家抠哭了。小姑娘在孙家只干了不到三天就走了。还有一个保姆岁数大一些，经过的事情也多一些，有办法治骚老头子。骚老头子一抠她的手心，她就打骚老头子的手，边打边说：我叫你犯贱，我叫你不老实！把骚老头子打得愣怔着，无话可说。打完了骚老头子不算完，大夏天的，她还丢下骚老头子走了，到树荫底下坐着去了，让骚老头子一个人在太阳底下暴晒。直到把骚老头子晒得满脸通红，眼看要晕倒，保姆才过去把他扶住。这些情况老太太们都看见过，经过讨论，她们一致的意见是，人既然老了，血都不好好流动了，就该老实点儿，不能再像年轻时候那么犯骚。哪怕是一只公狗，上了岁数，也不再往母狗身上跳。像孙德岳这样前腿已经跨进八宝山的糟老头子，如果仍在女人身上动心思，确实是在找抽。老太太们暂时停止了锻炼，都把目光像摄像镜头一样对准了骚老头子和新来的保姆，要看看这对宝贝儿有什么好戏上演。

蒋桂玲注意到了那些老太太的目光，她认为老太太们在看她的笑话。是的，她是农村人，因为家里穷，才来到北京伺候城里人。她父亲的岁数也不小了，自从她成人之后，再也没碰过父亲的手。到了北京，她不得不像拉着一个小孩子一样拉着一个老头子走路。城里的老太太当然很有福，她们人人都存有一把子钱，住高楼，喂洋狗，吃不清，穿不完，剩下的事就是活着，就是看别人的笑话。蒋桂玲才不让老太太们看到她的笑话呢！她的办法是，老太太们看她，她不看老太太。当她领着孙德岳走到老太太们跟前时，她能觉出老太太们看她的目光更直接。这时她要是抬起眼皮，一定会与老太太们的目光发生对接，说不定，有的老太太还要和她说话，问她是哪里来的呢！她塌着眼皮，只看地皮，给人的是坚决拒绝的态度。好比她的眼皮是两扇门，她把两扇门都关得紧紧的，谁都别想把门敲开。

如果领着一个小孩子走路，大人并不费劲，因为小孩子的腿有弹性。小孩子走起路来，一弹一跳，对大人都是一个带动。而蒋桂玲拉着孙德岳走路就有些费劲。孙德岳把蒋桂玲的一只手抓得紧紧的，仿佛蒋桂玲是一头拉套碾场的牛，孙德岳是被拉的石碌，只要蒋桂玲稍一松套，孙德岳这个石碌就会停下来。又好比蒋桂玲是一棵树，孙德岳是攀着树枝爬树的人，蒋桂玲要是一松手，孙德岳就会从树上掉下来。蒋桂玲拉着孙德岳走了两圈就体会到了，给孙家当保姆不容易，当保姆的钱不是好挣的。

走累了，蒋桂玲也会停下来歇一歇，仰起脸把天看一看。天很高，有一只鸟在天空飞，小得像一个小黑点。在蒋桂玲停下来时，孙德岳当然也会停下来，但孙德岳并没有松开蒋桂玲的手。蒋桂玲觉得自己的手心有些痒痒，怎么回事？她再一感觉，原来是孙德岳的一根手指头趁休息时钻进她手心里去了，正在挠她的手心。蒋桂玲想起孙海棠跟她交代过的话，说孙德岳的手有时会在保姆手里动一动，孙德岳果然动起来了，原来是这样的动法儿。对于这个动作的含义，蒋桂玲是懂得的，这表示老头子喜欢她，在跟她调情。如果她不反对，说不定老头子还会在她手心里画圈儿，然后在圈儿的中心继续挠。这老头子，真是一个老骚胡！蒋桂玲原以为北京人都是周吴郑王的正经人，不料想北京人一骚到老，腿都走不成路了还在骚，看来比外地人骚多了。蒋桂玲不会大惊小怪，她若是惊起来，怪出来，就正好让那些等着看笑话的老太太看到了笑话。有笑话自己看，她才舍不得让别人看呢！这样想着，蒋桂玲从眼角那里把孙德岳瞥了一眼。她瞥见孙德岳正在看她，目不转睛，满怀深情的样子。可笑，可笑死了。姑奶奶手上又没有窟窿，就算姑奶奶把整只手都交给你，你还能在姑奶奶手上抠出个窟窿不成！蒋桂玲按孙海棠教给她的办法，她把孙德岳的手一松，又一握，把孙德岳一只手的五根手指头都握住了。一根太少，她把五根都要着。蒋桂玲在慢慢加力，把在老家拔棉花柴的劲都用上了。她要把老家伙的手指头握得粘连起来，非把鸡爪子握成鸭爪子不可！然而，老家伙像是误会了她的意思，像是欢迎她用力握，她握得越紧，老家伙似乎越觉得舒服，因为老家伙发呆的脸上露出了难得一见的笑容。蒋桂玲心说：笑个屁，走！她把孙德岳的手猛地一拽，拉着孙德岳继续走步。

老太太们站起来排成一排，也在走。她们像是一群同类的鱼，喜欢集体游动。她们走得快，蒋桂玲和孙德岳走得慢。如果蒋桂玲二人也是两条鱼的话，他们游得有些别扭，不够流利。当老太太们超越蒋孙二人时，走在前面的一位老太太说：春天来了，越来越好看了！老太太们都笑了。又一位老太太说：好看的在后头呢！老太太们又笑了一阵。有的老太太边笑边回头看。

蒋桂玲领孙德岳回到楼上，孙海棠对蒋桂玲说：累了吧，赶快歇歇。

蒋桂玲说：累倒不太累，就是花园里那些老太太，老是直眉瞪眼地看着我，光想跟我说话。

孙海棠说：我忘了跟你说，那些老太太可讨厌了。她们整天没事儿，又耐不住寂寞，老想跟人说话。你千万不要搭理她们。你跟她们说一个，她们添点儿油，加点儿醋，转脸就变成了一百个。她们最爱挑拨保姆和主家的关系。你跟她们说话了吗？

蒋桂玲说：我才不跟她们说话呢，她们一看我，我一闭眼，跟没看见她们一样。

孙海棠说：小蒋你做得太对了，我一看你就是个聪明人，看来我没看错你。

蒋桂玲没有对孙海棠提孙德岳挠她手心的事儿。有些事情就是这样，你把它当事儿，它就是个事儿；你不把它当事儿，它就不算个事儿。再说了，孙海棠提前跟她打过招呼，让她对老人的有些动作多担待些。如果把手心之事对孙海棠当个事儿提起来，就显得自己心眼太小，不够担待。

事情的发展有些超乎蒋桂玲的想象。有一次，孙德岳让蒋桂玲扶他去厕所解小手。蒋桂玲把孙德岳扶进了厕所，孙德岳都开始解小手了，仍拉住蒋桂玲的手不放松。不放松就不放松吧，小手在便池里响着，孙德岳不看便池，却回头看着蒋桂玲，似乎蒋桂玲才是便池。恶心人不能这样恶心法儿！蒋桂玲说了一句不要脸，甩开孙德岳的手，从厕所里脱离出来。

还有一件事儿，更让蒋桂玲不能接受。有一天半夜里，孙德岳以手扶墙，摸黑从自己的卧室里挪出来，竟挪到蒋桂玲的床前去了。孙海棠不让蒋桂玲与她同居一室，也不让蒋桂玲与她父亲同居一室，每天抻开一张折叠起来的钢丝床，让蒋桂玲睡在客厅里的钢丝床上。睡在别人家开放的客厅里，蒋桂玲是警惕的。孙德岳一从卧室里挪出来，蒋桂玲就听见了，她以为老头子是自己去厕所。但老头子没有去厕所，伸着手向她的床摸过来。咦，这三更半夜的，别人都在睡觉，老头子不好好睡觉，到她这里干什么！蒋桂玲顿时清醒过来，还有那么一点紧张。蒋桂玲还算沉得住气，她没有动弹，没有出声，甚至连眼皮也没睁，就那么装作继续睡觉，要试试糟老头子究竟要干什么。蒋桂玲相信，孙德岳已经是一个废人，而她是一个手脚都很灵活的正常人，要是孙德岳敢对她做什么下流动作，她只需一个推掌，便可以把孙德岳推翻在地。孙德岳摸摸索索摸到她了，没摸她的奶子，也没摸她的下身，只是顺着她的胳膊，摸到了她的手。蒋桂玲把胳膊软着，把手也软着，软成熟睡如泥的样子。孙德岳摸到她的手后，没有像往常那样挠她的手心，而是像在数她的手指头缝子，孙德岳掰着她的手指，把每个手指头缝子都轻轻摸了一遍。摸到中指和无名指之间的缝子时，蒋桂玲的手禁不住痉挛了一下。孙德岳大概以为她醒了，停止了动作。过了一会儿，大概觉得蒋桂玲并没有醒，才继续摸下去。

北京的白天是喧闹的，前半夜也不清静，到了后半夜，才算彻底沉静下来。后半夜的沉静如同掉进了枯井，又黑又深。看来城市跟人一样，不管城市有多大，也会有活有死，有闹有静。在寂静中，蒋桂玲能感到身边立着一个巨大的黑影，如在电视里所看到的黑熊。亏得孙德岳不是黑熊，要是黑熊的话，蒋桂玲今晚无论如何难逃活命。摸完了蒋桂玲的手指头缝子，孙德岳把蒋桂玲的手拿起来，借蒋桂玲的手，向自己的裤裆摸去。蒋桂玲觉出来了，孙德岳没有穿裤子，连裤衩都没穿，她的手一下子就触到了孙德岳腿裆里的那嘟噜老东西。老东西没有任何起色，如同一截去掉肠瓢子的猪肠子，还有猪毛。这算什么，蒋桂玲也结婚二十多年了，可从来没经过这样的事情。她听说过，有的男人急了，都是用自己的手给自己解决问题，没有拿别人的手当圈儿使的。老家伙这么干，怎么说也是一种下流行为吧！老家伙不是把蒋桂玲的手放在老东西上就完了，还拿着蒋桂玲的手在老东西上搓来搓去。蒋桂玲觉出来，自己手上已经粘上一些黏黏的东西。不行，蒋桂玲不能任其摆弄下去，必须制止孙德岳的下流行为。她突然大声喊起来，喊的是孙海棠：孙姐，孙姐，你来看看，大爷干什么呢！

孙海棠被喊醒了，问：喊什么呢？

你过来看看就知道了。

孙海棠来到客厅，啪地把灯打开。孙海棠看见了，暴露在灯泡下的父亲上身只穿了一件衬衣，敞着怀，下身一点东西都没穿。孙德岳虽然把蒋桂玲的手放下了，但仍站在蒋桂玲床头没有离开。孙海棠训斥父亲：干吗呢，干吗呢，我看你是作死啊！去吧，死去吧，死去吧！

郎郎也从孙海棠的卧室来到客厅，冲着孙德岳叫。

孙德岳不作任何辩解，也没有任何害臊的意思，仍是一副无辜的样子。

蒋桂玲害羞难当似的，拉被子蒙上了脸，好像还哭了两声。

孙海棠揪住父亲的一点衣袖，把丑陋的父亲送进卧室去了。

第二天，蒋桂玲没有提出辞职。她的神情虽然有些不悦，但该干什么还干什么。再干四天，蒋桂玲就在孙家干满了一个月。等干满一个月，孙海棠才会给她发工资。没领到工资，蒋桂玲当然不会走。孙海棠给她发工资时，她要听听孙海棠对她有什么说法。孙海棠亲眼看见了，她受到了老头子的欺辱。按城里人的说法，她的心灵受到了伤害，精神受到了损失。她的精神既然受到了损失，孙海棠应给她一些补偿才是。如果孙海棠不给她补偿，她再提出辞职也不迟。

让蒋桂玲不满的是，蒋桂玲干满一个月时，孙海棠发给她的是原来商定的工资，连一分钱都没多给。孙海棠让她把钱数一数。蒋桂玲说：数啥数，没啥可数的！

当天上午，蒋桂玲洗的胸罩和袜子还没干，她把湿的胸罩和袜子收起来，装进一个塑料口袋里，提上自己的行李就走了。孙海棠说：小蒋，我们有什么对不起你的地方，请你多包涵。蒋桂玲一句话都没说。

孙海棠说到做到，再也不给父亲雇保姆。

不给父亲雇保姆，父亲就闹事。父亲除了继续拿郎郎撒气，还装作手没端稳，把饭碗扔在地上。父亲还向孙海棠提出，要到孙海棠的弟弟和妹妹家去住。孙海棠说：太好了，太好了，你赶快让他们把你接走吧！父亲不当自己舌头的家，孙海棠只好自己分别给弟弟妹妹打电话。她摁下电话的免提键，把弟弟和妹妹的话放给父亲听。弟弟说：他又出什么幺蛾子，到我们家住，甭想！他要到我们家住，我老婆就不在家里住了。妹妹的态度好一些，妹妹说：爸想到我们家住不是不可以，只是我们家房子太小，住不下。这样吧，等我们家苗苗上了大学，开始住校，再让爸到我们家来吧。孙海棠问：苗苗上大学还得几年？妹妹说：也就四五年吧。孙海棠打完电话，对父亲说：怎么样，你都听见了吧！不要以为别人都不了解你。

母亲还在世时，孙海棠就听母亲说过父亲的毛病，父亲的毛病可以说由来已久。父亲确实当过印刷厂的车间主任，还差一点提拔成副厂长。因为父亲跟车间里一个女工好上了，不但副厂长没当成，车间主任还降成了副主任。过了一段时间，眼看副主任要恢复成正主任，父亲又跟另一个女工打到一块儿去了，结果被一撸到底，由副主任变成了工人。变成工人的父亲该消停了吧，没有，他在公共汽车上都敢拉女人的手，拉得人家大呼小叫，骂他是流氓。孙海棠对父亲的手像是有了某种成见，或某种禁忌，反正她不愿碰父亲的手，更不愿意拉着父亲的手到外面走步。

一天早上，孙海棠遛完郎郎回到家里，见父亲在厕所门口的地上躺着。父亲上身只穿一件衬衣，下身什么都没穿。孙海棠以为父亲又在玩新的花样向她抗议，想来个置之不理。又一看，父亲的眼睛虽然睁着，但眼珠已经不亮，黯淡得像蒙上了一层灰色的东西。不好，父亲死了。医生说过，父亲这样的病最怕摔跟头，一摔跟头就有可能造成不治。估计父亲是自己去厕所时摔倒在地上了。

过了春天，又过了夏天，孙海棠照样每天两次到楼下的小花园遛郎郎。有一天早上，一位老太太问孙海棠：这段时间没看见你爸下来呀？

孙海棠说：我爸走了，都走了三个多月了。

老太太说：你爸也是个苦命的人哪！该走就走吧，活着也是受罪，一走罪就受到头了。

2012 年 11 月 6 日至 21 日于北京和平里

我有好多朋友

这年中秋节和国庆节连在了一起，头天是中秋节，第二天就是国庆节。这不算稀罕，两个节日赶在同一天的情况也是有的。只是这两个节日有所不同，前者的日期是看阴历，后者的日期是看阳历；中秋节是传统节日，恐怕流传了两千年都不止，国庆节是当代节日，满打满算才过了六十多个。好就好在有所不同，阴和阳相叠加，阴中有阳，阳中有阴，过起来才有味。传统和当代搅拌在一块儿，分不清哪是传统，哪是当代，不知今夕何夕，玩起来才会忘乎所以。加上秋天是北京最爽的季节，天高云淡，红叶烂漫。再加上节日长假期间，所有高速路免收过路费。离两个节日还有十多天，节日的气氛便开始弥漫，人们兴奋得有些跃跃欲试，这家那庭，这驴那友，都在谋划怎样消费这两个连在一起的节日。

　　这家的女主人问她家保姆申小雪：过节有什么打算？

　　申小雪说：没什么打算，还没想好。

你是打算在北京过呢，还是回老家呢？

申小雪的老家在甘肃，她说：我才不回老家呢，我要是回老家，我妈又该张罗着给我介绍对象了，好像我成了没人要的老黄瓜似的。去年春节我回老家，我妈托人给我介绍了一个对象，非要我跟人家见面。我一看，什么对象，不就是一头牦牛嘛，一点儿气质都没有，可笑死了！

女主人说：你要是没地方去，跟我们一块儿过节也可以。我们打算在城里玩几天，错过外出的高峰期，再到郊区住几天。

申小雪把女主人叫姐，说姐，你不用管我，我在北京有好多朋友，过节这几天，不是没地方去的问题，而是去不过来的问题。上个星期天，我跟朋友们一块儿喝酒。喝了酒，去歌厅唱歌。唱了歌，又去喝酒。他们喝白酒，我喝红酒。他们都特别能闹，不好好叫我的名字，老是喊我美女，快把我烦死了。上次也说到了怎么过节的事，有人说去天津吃狗不理，有人说去上海吃大闸蟹，意见没有最后统一下来。

姐说嗬，没想到你在北京有这么多朋友，看来你的业余生活比我们还丰富。

听到姐的夸奖，申小雪是一切都很平常的样子，说嗨，在家靠父母，出门靠朋友，没事瞎玩儿呗！

姐说：朋友多了好是好，有句话我也许不该说，北京流动人口很多，三教九流啥人都有，你交朋友时还是多留一个心眼儿为好。

申小雪说：没事儿。

姐的儿子阳阳刚学会走路不久，正在客厅里自我显摆似的走来走去，摸东拿西。申小雪伸着一只手说：阳阳过来，让姨摸摸，有嘘嘘没有。

阳阳躲着小身子不让申小雪摸，说不有不有。

申小雪从沙发上起身，捉住阳阳，还是把阳阳的小鸡鸡摸到了，说：还说没有，小鸡鸡都饱了，走，嘘嘘去。她抱起阳阳，边走边分开阳阳的双腿，把小家伙抱进卫生间里去了。她把阳阳的鸡鸡对准卫生间里的洗脸池，噘起嘴，开始吹嘘嘘。申小雪吹嘘嘘吹得很熟练，嘴里发出连续的嘘，有时还带出好听的哨音。阳阳似乎不愿意就范，打着挺，有些挣扎。申小雪抱得紧紧的，不放松他。在申小雪的坚持下，阳阳果然嘘了一泡。申小雪表扬阳阳，说阳阳真乖，表现真好！

申小雪把阳阳抱回客厅，姐问：阳阳嘘出来了吗？

申小雪说：还说没有，一嘘嘘得那么长，都从北京嘘到了广州。

姐说：看来还是阿姨最了解阳阳。

按照姐事先跟申小雪达成的口头协议，申小雪每周都可以休息一天。如果申小雪不想休息也可以，她每多干一天，姐就多发给她一天一百元的加班费。申小雪似乎不太在乎钱，她还是要休息。好像只有休息，才能维护自己的权益，才能和城里人的生活接轨。还有，她如果不休息，就无法和朋友们见面，老也见不着朋友的面，冷落了朋友怎么办呢！

申小雪一般是每个周六的晚上离开姐家，在外面住一夜，休息一天，到周日晚上再回到姐家。

在中秋节和国庆节即将到来的前一个周六晚饭之后，申小雪把厨房收拾停当，穿上一件玉红的皮衣，背起挎包，拿好手机，照例又要出门。

姐抱着阳阳送申小雪到门口，问她这次又去哪里。据申小雪讲，她每次所去的地方并不固定，有时去海淀，有时去通州，有时去门头沟。申小雪说，她这次去天通苑的一个朋友那里。

姐说：你去天通苑可以从城铁5号线，终点站就是天通苑。

申小雪说：不用，我朋友说开车来接我，我在贵州大厦门口等他就行了。她晃着手对阳阳说：拜拜！阳阳不说拜拜，她说：阳阳不想跟姨拜拜是吧，来，亲姨一下。她把脸凑到阳阳嘴前，阳阳努起小嘴，果然亲了她一下。她说：看来姨没有白疼你，姨幸福死了！

出了门，申小雪回头看了看，遂走出居民小区，向街面上走去。不经意间，她看见了月亮。月亮还缺着一小块，再过几天才会长圆。别看月亮还没长圆，它的亮度好像一点都不比圆满的时候差。等到真正月满的时候，它的亮度反而不如未满的时候亮。申小雪相信月亮是认识她的，并从她的老家一路跟踪她来到这里。不知为何，申小雪不大敢和月亮对视，她躲着月光，走到街边树下的阴影去了。她没有去贵州大厦，也没有等她的朋友开车来接她，而是独自上了一辆公交车，奔望京方向而去。

人说北京城的建设好比在鏊子上摊煎饼，越摊越大。望京小区就是北京开始摊煎饼后所延展出的一块。说望京是小区，其实并不小。这么说吧，如果把一个人，比作秋天的一片落叶，那么望京就像一方烟波浩渺的湖泊，叶子落在湖水里，被湖水打过几波之后，就会沉入湖底，不可寻觅。望京有一个热力厂，厂旁边有一个利用人防工程地下室改成的招待所，申小雪到招待所住下了。在这个招待所住宿比较便宜，住一宿才六十块钱。到全北京城打听打听，这个招待所的价位恐怕是全城最便宜的价位之一。申小雪对这个招待所比较熟悉，她几乎每个周末都到这里住。申小雪办完住宿登记手续后，只到房间里看了一眼，连挎包都没放下，就出来了。招待所里的空气很不好，除了尿臊味、臭脚丫子味，还有一种黏稠的食用菌在疯狂生长的味道。而她在姐家住的房间是向阳的，房间宽敞明亮不说，姐还不时地洒些花露水，房间里一天到晚都香喷喷的。招待所里的空气和姐家的空气相比可说是天壤之别。她跑到这样的招待所里住宿，是不是有点儿太委屈自己了。

离招待所不远处，有一家超大型的综合商场。商场一共有七层，商品无所不包。这种商场里的商品，早已不是百货所能概括，恐怕千货万货都不止，称全货才合适。商场再有几十分钟就要关门，申小雪还可以去逛一会儿。她没有到别的层次去逛，乘着滚梯，直接到了第三层卖服装的地方。她不像有的女顾客，逛商场没什么目标，逛到哪里算哪里，等于是一场游乐。申小雪心里是有目标的，她今天要买一件裤衩。按通常的意义上的理解，裤衩是贴皮贴肉，穿在长裤里边的。现在变了，这裤衩不是那裤衩，这裤衩不是内裤，是外裤，是穿在长裤外边的。带有弹力的束腿长裤，外罩一件齐腿根的短裤，它有潜在语是：裤衩想脱就脱，脱掉裤衩也没什么！这是近年来北京女青年的时髦装束。北京女孩儿一大怪，裤衩穿在长裤外，指的就是这种装束。申小雪的身材也不错，两条腿也称得上修长，她也要利用自己的天然条件，把时髦赶一赶。时髦是一片云，不赶白不赶，你一赶，它兴许就跟你走。申小雪走了几个摊位，看了几件裤衩，不是款式不合适，就是价钱不合适，没能买成。她有心再转几个摊位，商场催促下班的铃声已经响了。没关系，今晚买不成，明天还有一天时间可以利用，明天再买也不迟。

　　回到招待所，申小雪见她住的房间里又安排进了一个人，是一个年轻妇女，还带着一个小孩子。申小雪有些不悦，顿时拉下了脸子。年轻妇女看着申小雪，问她：你也在这屋住？申小雪装作没听懂妇女的话，没有吭声。其实年轻妇女一张口申小雪就听出来了，是甘肃口音。申小雪也一眼就看出来了，年轻妇女是甘肃农村人。有一次，申小雪乘坐地铁，见一年轻妇女抱着孩子，在车厢里乞讨。小孩子的头担在妇女的胳膊上，仰着脸，睡着了。妇女的一只手里拿着一些一块钱一张的纸票。妇女乞讨到哪个乘客面前，就在人家脚前屈膝跪下，伸手要钱。妇女并不说话，只是可怜巴巴地看着人家，像磕头一样一下一下冲人家点头。当妇女乞讨到申小雪面前时，申小雪一下子给了那妇女十块钱。因给的钱比较多，申小雪像是取得了问话的权力，问了妇女几句话。她问：你老家是哪里的？妇女答：甘肃。申小雪又问：你怎么不找一份活儿干呢？妇女指了指孩子，好像是说，孩子太小，离不开手脚。申小雪判断，眼前这个跟她同住一个房间的妇女，很可能是来北京乞讨的。因为一个地方的人，干什么会互相传染，在北京当保姆的，安徽人多；修鞋的，浙江人多；拾破烂的，河南人多，都是互相传染的结果。申小雪好像怕老乡传染她似的，旋即从房间里出来了。她自认为是一个自尊的人，也是一个有着良好气质的人，必须和这个妇女拉开距离。她找到招待所柜台的服务人员，要求给她调换一个房间。她说出的理由是，她有失眠症，而那个妇女带的孩子夜里有可能哭闹，会影响她睡觉。因申小雪是这个招待所的常客，服务人员差不多都认识她，没有拒绝给她调换房间。

第二天，申小雪到商场转了一上午，一共买了四样东西：一件裤袜；一件和裤袜配套的束腿裤；一双靴子；还有一本儿童看图识瓜果的画书。买东西时，有兴致顶着，她不觉得饿。买完了东西，她才觉得有点饿，一看手机上显示的时间，已经下午一点多，呀，这么晚了！她对肚子说：对不起，对不起，忘了给你买点吃的。她马上又说：没关系，饿一点吃饭才香，我带你去吃好吃的。她就近来到一家叫相逢酒家的餐馆，找了一个空位坐下，点了一盘酱牛肉，一盘凉拌海带丝，还要了一瓶啤酒，开始和陪了她一上午的肚子搞关系。她把半杯啤酒喝下肚，仿佛听见肚子在说：这才像个朋友的样子。

在餐馆里吃饭的人还不少，多是酒至半酣的样子。申小雪抬头环顾了一下，别人都是六人一桌，四人一伙，最少也是一男一女二人同饮，只有她一个人在和自己的肚子对话。她想起一个词，叫形影什么，对了，叫形影相吊。没错，她目前的境遇就是形影相吊。她的朋友呢，她的朋友都到哪里去了呢？她几乎想叹息。

这时，她的手机响了。她的手机彩铃是快节奏，似乎在催促她快接电话。电话是谁打来的呢？她一看来电显示，原来是她妈从老家打来的。妈问她这会儿干吗呢？她口气冷冷的，反问妈：你说我干吗？我还能干吗！妈问她过节回不回家？她说：不回，回家干什么？家里有什么！妈说：你的岁数不算小了，跟你一样大的，人家连孩子都有了。你是打算在北京找男朋友吗？申小雪说：又来了，又来了，烦不烦哪！我一辈子不结婚，行了吧！你还有没有别的事，没事我挂了。妈说：别挂，你爸想念你，想跟你说句话。爸对申小雪说：小雪，我想买几只羊养着，你能不能给家里寄点钱。申小雪说：我哪里有钱，我没钱。爸说：你不是一个月能挣好几千块嘛，就算我借你的，等把羊养大了，赚了钱，再还给你。申小雪说：对不起，北京花销大，我挣的钱都被自己花掉了。

相逢酒家有一个特色，在此除了可以享受大喝大嚼的物质生活，还可以搞点儿精神生活。精神生活的体现是，谁有话要说，谁有感情需要表达，可以随时写在粉笺上，并贴在餐馆的墙壁上。带不干胶的粉笺由餐馆服务台免费提供。申小雪之所以愿意到相逢酒家用餐，是因为她爱看写在粉笺上的那些留言，觉得有些留言挺好玩的。好玩在于，那些留言不是单边的，是双边的，甚至是多边的，有唱还有和。比如申小雪身旁的墙壁上，就鳞片似的贴了许多粉笺。一张粉笺上写道：胖子龙，你他妈的都胖成猪了，的确该减肥了！下面的粉笺上答复说：不吃好吃饱，哪有力气减肥！又有一张粉笺写的是：世上本没有路，走的人多了更没有路。挨着的粉笺上和的是：只管走自己的路，让别人无路可走！有的粉笺上的话比较低调，比如有人赞叹：烤羊腿太棒了！那么就有人接话：要羊腿没有，要人腿，有一条！还有人写在粉笺上的话比较悲情，比如：影儿，你真的不理我了吗，我想你想得好苦！不信你过来看看，我满眼都是泪水。答话的人没有另外找粉笺，把回应的话，以不同的笔迹，直接写在同一张粉笺上：花脸小丑，你不要再演戏了，你拙劣的表演我早就看够了！申小雪边看贴在墙上的对话，边禁不住想乐，她思忖，自己来相逢酒家吃过多次饭了，竟连一点儿痕迹都没留，这次是不是也留下几句话呢？不然的话，就显得她只会过物质生活，精神生活是一片空白。至于留什么话，让她颇费脑筋。想来想去，一瓶啤酒喝完，她终于想好了留什么话。她到服务台要了粉笺，借了彩笔，一笔一画在粉笺上写道：找呀找呀找朋友，谁是我的好朋友？挤挤眼，点点头，你是我的好朋友。写完了，她还在粉笺下方写上了自己的手机号码。之后，她就把粉笺贴到了墙上。

她要的主食是，茄丁打卤刀削面。吃着刀削面，她不时往属于自己的粉笺上看一眼。她未免有些脸热，也有些得意，像初学写作的人看到自己的处女作发表一样。申小雪吃完刀削面，已是下午两点多。此时，忙了一上午的餐馆服务员和厨师们也开始吃饭。服务员穿的是紫红的衣服，厨师穿的是白上衣。他们的午饭是大锅饭，半桶米饭和半桶烩菜。有人拿饭盒，有人拿饭盆，盛一份米饭，再盛一份烩菜，各自在餐厅里找座位吃起来。申小雪觉出有服务员和厨师在看她，她有些不好意思，意识到自己吃饭吃得太晚了，在餐馆里待的时间也太长了。她提上自己的购物袋，匆匆离开了餐馆。

申小雪没有再吃晚饭，等过了吃晚饭的时间，她才回到姐家。姐问她吃晚饭了吗？她说吃过了，吃的是刀削面。申小雪兴致勃勃，开始从一个大号的白色塑料袋里往外掏东西。她先掏出来的是那本画书，说是特意给阳阳买的。画书是硬纸板做成的，只有几页。画书上是彩印的苹果、香蕉、草莓、橘子、石榴、西瓜等多种瓜果。她把画书递给阳阳，问阳阳喜欢吗？阳阳点点头。阳阳的妈妈教阳阳说：你说谢谢阿姨。阳阳还不会把谢谢和阿姨组合起来说，只说谢谢。申小雪说：不客气，明天阿姨教阳阳认果果。申小雪接着掏出来的是裤衩和束腿裤，她没说是自己买的，说是她的一个女同学给她买的。女同学有一套这样的衣服，非要给她也买一套。她把裤衩套在束腿裤上，拿在手上提起来给姐展示，笑着说：我的天哪，这太时髦了，我怎么穿得出去！姐说：挺好的，现在流行这个。这样的衣服我以前也穿过，生了孩子就不穿了。申小雪说：我说不让我的同学给我买，她都跟我急了，说我的身材最适合穿这样的衣服，要是不让她买，她就不跟我好了。姐说：你的同学跟你真够铁的。我怎么没有一个这样的同学呢！申小雪最后掏出来的一双皮靴，皮靴像是用麂皮制成的，靴口翻卷着一圈儿蓬松的人造毛。申小雪说，这双靴子是三姨送给她的。三姨是申小雪在上一家当保姆时的雇主，申小雪叫人家三姨。她说，三姨对她特别好，见秋天来了，天气凉了，就给她买了这双靴子。申小雪把靴子穿在脚上试了试，两只脚如踩着两只鸟窝。申小雪问姐：怎么样？姐说：挺好看的。申小雪说：你要是觉得好看，让哥也给你买一双呗。姐说：他才不给我买呢，都是我给他买鞋，他从来没给我买过。

　　正跟姐说着话，有人给申小雪打来了电话。申小雪的习惯是，只要手机一响，她就到阳台上或卫生间里去接听。来到卫生间，随手带上门，申小雪才摁了接听键，喂了一声。电话那头传来一个男子的声音：朋友，你好呀！申小雪未免有些惊奇，朋友，什么朋友？她问：你找谁？就找你呀！你是谁？我是你的朋友呀，你过来吧，我请你喝酒，吃羊肉。你怎么知道我的电话号码？挤挤眼，点点头，我当然知道你的电话了。申小雪突然想起来了，是她自己在相逢酒家的墙上留下电话号码，有人把她的号码抄下来了，并给她打了电话。她心里顿时有些跳跳的，不由得整理了一下自己的头发。她找朋友的留言这么快就得到了回应，是她没有想到的。看来她留下电话号码真是留对了，这样就不仅是写在纸笺上的回应，还有电话上的回应。与纸笺上的回应比起来，电话里的回应更方便，更直接，更自由，也更广阔。申小雪的口气变得柔和起来，说不好意思，我还不认识你。对方说：相逢何必相识，不认识没关系，一见面不就认识了嘛！申小雪说：实在对不起，我刚从外面回来，有点儿累，今晚不想出去了，等以后有机会再说吧。

　　回到客厅，申小雪对姐说：一个朋友又要拉出去喝酒，吃羊肉，被我拒绝了。晚上我才不吃肉呢，我觉得我都胖了。

如果说刚才接的电话让申小雪觉得还值得回味的话，紧接着又接到一个电话，就让申小雪觉得味同嚼蜡，有些受不了。电话里乱糟糟的，有人大声喧哗，有人在敲老虎、杠子、鸡，气氛像是在一个餐馆里，或许就是在相逢酒家。打电话的人一上来就让申小雪报个价吧。申小雪问：报什么价？当然不是报白菜价，放一炮多少钱？放什么炮，你的话我听不懂。不要装丫了，再装你也不可能是丫了。什么鸡呀鸭的，你再不好好说话，我就挂了。好好，记下我的电话号码，你过来吧，咱俩面谈。谈什么？你不是小姐吗？这一次申小雪听懂了，说：你才是小姐呢！你妹子才是小姐呢！电话那头的人开始骂人，好像事情已经到了短兵相接的地步，那人一句一个你，骂得非常粗俗和下流。骂人者还说：你不卖肉，公开自己的手机号码干什么！申小雪气得有些哆嗦，赶快把手机关掉了。

申小雪从卫生间里出来，姐见申小雪脸色不太好，问她：怎么了，谁惹你生气了？

申小雪说：一个人喝多了酒，满嘴里跑狗舌头，猪舌头。

也是你的朋友吗？

什么朋友，我才不理他呢！申小雪从姐的手里接过阳阳，一下子把阳阳紧紧抱在怀里，说：阳阳才是姨的好朋友呢！这样说着，她眼里突然涌满了泪水。

晚上睡觉前，申小雪没敢再打开手机。她要是打开手机，说不定又有什么不三不四的人打进电话来。睡觉时，她把手机看了看，仍没有打开，压在了枕头下面。她有些后悔，不应该把自己的手机号码贴在墙上。她以为干了一件聪明事，谁知却干了一件傻事。她原来想通过这种方式找朋友，朋友还没找到，却被坏家伙误会了，受到了一场羞辱。北京人很多，按北京人的说法，到哪里人都乌央乌央的，可要找到一个朋友却不容易。

第二天早上，她在手机上设定的起床铃声响起，才把手机打开。铃声响过后，她并不马上起床，还要习惯性地在床上沤一会儿。这期间，手机响了一下，她收到了一条短信。她看了看时间，短信是昨晚十一点多钟发来的，因她的手机关闭，短信这会儿才送达。电话不一定接，短信还是可以看看的。短信写的是：朋友您好，这么晚了，没打扰您吧？一个能够理解您的朋友。申小雪有心不回，她犹豫了一下，还是作了简单回复：没有，谢谢你！停了一会儿，申小雪又收到了一条短信：收到您的回信真让人高兴！我见过您，我认为您是一个孤独而善良的人。善良的人，这话申小雪爱听。发短信的人说见过她，这个人是谁呢？申小雪打开脑子里搜索引擎，把她所认识的人搜索了一遍，也想不起这个人是谁。她只好回信：你真的见过我吗？对方很快答复：当然见过，而且不止一次见过，您每次都是一个人吃饭，看来这个人真是见过她。申小雪通过短信问：那，你是谁呢？答：我姓徐，双人徐，您叫我点点头也可以。申小雪禁不住想乐，不用说，她的电话号码也是这位姓徐的人从她贴在墙上的纸笺上抄下来的，不然的话，对方不会引用点点头这个她从一支儿歌里改造过来的说法。她把这个人的手机号码存下来了，并把人家命名为徐点头。

周一吃过早点，阳阳的爸爸妈妈都去上班，阳阳就由申小雪一个人带。申小雪用奶瓶给阳阳喂奶，哄阳阳玩，有时候晚上还带阳阳睡觉。她老是产生错觉，好像这个孩子就是她自己的，与她有着血肉般的联系。阳阳大大的眼睛，高高的鼻梁，棱角分明的小嘴儿，一笑还有两个米兰花朵一样的小小酒窝，着实招人心疼。申小雪以前不知道什么叫完美，及至见到阳阳，她觉得小家伙长得真美，美得像白玉无瑕，无可挑剔，完全可以用完美二字来形容。对完美的孩子要有完美的呵护，申小雪带孩子带得很尽心。当然了，阳阳的奶奶也会时常驾车来看孙子，奶奶会以自己的经验，指导申小雪如何把孩子带得更好。比如奶奶要求，申小雪每天必须带阳阳到室外去晒太阳，因为孩子要补钙，光靠喝钙水是不行的，只有晒了太阳，钙才能为孩子的身体所吸收。

太阳升起来了，秋天的阳光黄黄的，有着图画一样的色彩。申小雪让阳阳坐在童车上，推着阳阳到室外晒太阳。离姐家门口不远处，就有一个小花园。以前申小雪多是就近带阳阳到那个小花园里玩。时间长了，那些在花园里锻炼身体和聊天的老太太都知道了，申小雪带的不是自己的孩子，是别人的孩子，她不过是人家雇用的一个保姆而已。不知为什么，申小雪不想让别人知道她是一个保姆，也不想让别人指出阳阳不是她的孩子。趁着天气好，她决定这天走得远一些，到一个大些的公园里去玩。那个公园是一个开放型的遗址类公园，不收门票。

公园里的人很多，有打羽毛球的，有踢毽子的，有聚在亭子里手持歌页唱歌的，也有不少带着小孩子来玩的。申小雪推着童车来到一处小孩子比较多的开阔地方，把阳阳从车里抱出来，让阳阳在地上跑着玩。她刚把阳阳放在地上，就过来一个老太太盯着阳阳看，并夸奖说：这个小朋友长得真好看。老太太问申小雪：是女孩儿还是男孩儿？申小雪听到这样的问话多了，她不直接回答，却反问：您看呢？老太太说：我看像女孩儿。哪儿像女孩儿？眉眼、鼻子、嘴口都像女孩儿，长得很秀气。我没看错吧？申小雪笑了一下，说错，他是个彻头彻尾的男孩儿。老太太说：这个小帅哥，长得真像个小美女！老太太又问：这是你的孩子吧？申小雪来到这个比较陌生的公园，要的就是这个效果，她还是反问：您看他长得像我吗？老太太把申小雪又看了一眼，说：我看挺像的。申小雪说：您说像我，我也不反对。她弯腰从童车下面的车斗里拿出一个小皮球，喊阳阳过来踢球。像阳阳这么大的小孩子，踢球一般都踢不好，往往把脚踩在皮球上，球没踢走，自己先摔倒了。但阳阳会踢，他用脚尖一踢，就把球踢远了。申小雪为阳阳鼓掌加油，说球进了，太棒了！

看着阳阳，申小雪有时会走神儿，会想入非非：自己要有一个这样的孩子该有多好。油菜要开花，麦子要结穗，作为一个来到世上走一遭的女人，生一个这样的孩子才算不亏，才算对得起自己。回过神来，申小雪觉得实现自己想法的可能性也不是一点儿都没有。据她所知，姐的老家也是外地的，姐原来也是农村人。姐在北京上大学毕业之后，虽然找到了一份工作，并没真正成为北京人。姐嫁给了有北京户口的哥，姐生的孩子就落上了北京户口。不久的将来，姐的户口也会转成北京户口，成为名副其实的首都居民。姐是一个有福的人。

申小雪一边看着孩子，一边还不忘记不时看一下手机。她要看看徐点头又给她发短信没有。其实当短信到达时，她的手机会嘟儿地提醒一下。但她只顾照看孩子了，手机提醒的声音有时会听不见。她看了一次又一次，没有发现徐点头的短信。整整一个上午，她都没有收到短信。除了没收到短信，她也没接到电话。自从昨天晚上接到两个电话后，她再也没接到任何人的电话。

晚上姐下班回到家，申小雪对姐说，她上午带阳阳到元大都遗址公园玩去了，那边的人也说阳阳长得像女孩儿。姐说：阳阳明明是男孩儿，干吗说我们像女孩儿。谁要这样说，你应该立即纠正他。你纠正了吗？申小雪说：纠正了。人家的意思是说阳阳长得秀气。还说男人女相是有福的相貌。姐说：那也不行，是什么就是什么！申小雪又说：还有个老太太以为阳阳是我的孩子呢。姐问：那你是怎么说的？申小雪说：我说我是阳阳的姨。姐纠正说：你应该说你是阳阳的阿姨，你说你是阳阳的姨，别人还以为你是我的妹妹呢！申小雪说：我叫你姐，难道不是你的妹妹吗！姐说：那要看怎么说了，亲妹妹我是有的。申小雪塌下眼皮，不说话了。

姐见申小雪不高兴，就抱起阳阳教阳阳确认自己的性别。她问：阳阳，你是男孩儿还是女孩儿？阳阳张着眼睛看着妈妈，好像还不懂什么是男孩儿，什么是女孩儿。那么妈妈就教他：你说，我是男孩儿。教了几遍之后，妈妈又问阳阳：你是男孩儿还是女孩儿？阳阳说：男。妈妈高兴坏了，说对对，太对了，阳阳会说自己是男孩儿了，阳阳真聪明！

大概是为了安慰一下申小雪，扭转一下申小雪不高兴的情绪，姐对申小雪说：你不用着急，等你找好了对象，结了婚，孩子自然会有的。

申小雪说：我今年都二十五了，谁会要我呢！

姐说：你有那么多朋友，可以让你的朋友给你介绍一个嘛。

早上梦醒时分，徐点头又给申小雪发来了短信：早上好，善良的朋友！申小雪有些欣喜，断定徐点头是个勤快的人。她马上给徐点头回了短信：谢谢你，勤快的人。这天早上，他们通过短信交谈得多一些，一来一往互发了好几条。来信：祝您每天都有好心情。回信：你也是，祝你的心情像太阳一样明亮。来信：希望再一次见到您，这个周日到相逢酒家用餐吗？回信：该过节了，不一定，我也不知道。来信：来吧，您再来时，我再也不会让您一个人喝酒了，我要请您喝酒。回信：难道你是相逢酒家的人吗？来信：您真灵透，一猜就让您猜准了。申小雪明白了，怪不得徐点头在短信里说，不止一次见过她，原来徐点头是相逢酒家的坐地树呀。徐点头多次见过她，她对徐点头却一点儿印象都没有，徐点头会是谁呢？徐点头不会是穿着紫红衣服的女服务员，应该是穿白上衣的厨师吧。这样想着，申小雪几乎认定，徐点头就是一个厨师。厨师是干什么的，厨师一手掂锅，一手掌勺，什么红的绿的黑的白的都放在油锅里炒。炒着炒着，烘地一下子起了一团火。厨师不闪不躲，镇定自若，继续翻炒。就那么在火头上翻过几遍，菜就熟了。要说炒作的话，恐怕厨师最会炒作了，不然厨字后面怎么还会跟一个师呢！申小雪想发一个短信，试着证实一下徐点头是不是厨师，她问：你会炒菜吗？徐点头回答：本人除了没炒过龙肉，天下的菜没有我不会炒的，到时候您只管点就是了。申小雪一试就试出来了，徐点头果真是一个厨师。好多人不愿意承认自己是厨师，而徐点头没有隐瞒自己的职业，说明他是一个比较实诚的人。以见过的厨师为范本，申小雪把徐点头想象了一下，在她的想象里，徐点头应该是一个胖子，身上都是油烟子气。点菜还不到时候，申小雪没有接着给徐点头回短信。但徐点头的短信又来了：能透露一下您的芳名吗？我叫徐子成。既然徐点头把自己的名字说出来了，她的名字也没什么好保密的，遂回复说：我叫申小雪。徐子成在短信里以近乎欢呼的口气说：小雪，太好了，一年四季，我最喜欢的就是雪。

　　随后几天，申小雪和徐子成天天互通短信。他们通短信的时间几乎形成了规律，都是在早上刚醒来的时候开始通。申小雪想到了，这是徐子成的工作时间所决定的。相逢酒家不卖早点，徐子成早上不上班。而到了上午、下午和晚上，徐子成的手就挂在了勺子上，没有时间再摸手机，发短信。别看徐子成是耍勺子的，不是耍笔杆子的，他的短信写得却挺好。他在短信里没有放辣椒，放盐也很少，主要放的是糖和蜂蜜。因此，他的短信内容就越来越甜蜜。甜蜜的短信让申小雪觉得味道不错，她读徐子成的短信读得几乎有些上瘾。早上起来，她本来应该去卫生间方便一下，因沉浸在短信的蜜罐子里，她连小手都忘了解。互发短信犹不尽意，有一天早上，徐子成还给申小雪打来了电话。接到电话，申小雪一时有些紧张，竟按手机上原来保存下来的名字，把徐子成叫成了徐点头。叫过之后，连她自己都觉得可笑，手捂手机笑个不止。以致隔着两道房门的姐都听到了她的笑声。姐把阳阳抱给申小雪时问她：你一大早乐什么呢？高兴得跟吃了蜂蜜一样，八成是找到男朋友了吧？申小雪没有否认找到了男朋友，说：好玩儿死了！

中秋节的前一天晚上，姐送给申小雪一盒稻香村的月饼，让她带给她的朋友吃。申小雪说：谢谢姐！给姐家做好了晚饭，她一口都没吃，说了一句祝哥哥姐姐节日快乐，提上月饼就要走。姐说：还有阳阳呢！申小雪说：也祝阳阳小帅哥节日快乐！她对小帅哥提出了要求：来，亲我一下。你要是不亲我，我就不走了，让你爸你妈给我发三倍的工资。阳阳跑过来了欲亲申小雪的脸。申小雪说：不行，得亲这儿。她指着自己的嘴。阳阳在她嘴上亲了一下。申小雪说：哎呀，我真幸福！好了，拜拜，节后见！

月亮就要圆了，申小雪没顾上看。这次乘车来到望京，她没有先到招待所办住宿登记手续，也没有去逛商场，提着月饼盒，直奔相逢酒家而去。她和徐子成通过短信约好了，徐子成在酒家里等她。她刚走到酒家门口，一个穿白上衣的男子就从酒家里走出来迎接她，说：小雪，您好！不用问，这个男子就是徐子成。徐子成看见她像见到老朋友一样，脸上微笑着，热情而不失自重。倒是申小雪有些不好意思，脸上红了一阵。申小雪说：明天就过中秋节了，送给你一盒月饼。徐子成接过月饼盒，说谢谢您，明天咱们一块儿分享。遂把申小雪领进了酒家。

这会儿还不到上客高峰，酒家里不少座位还空着。徐子成把申小雪领到她上次坐的地方，让申小雪坐下来。徐子成问申小雪先用点儿什么，是喝茶，喝可乐，喝果汁，还是喝啤酒。申小雪说她这会儿不饿也不渴，什么都不想喝。让徐子成也坐吧。在申小雪的想象中，徐子成是个大胖子，原来徐子成并不胖，身材适中。徐子成明鼻子明眼，长得很干净。徐子成身上也没有油烟子味，有的倒是一股子香水味。申小雪说：人家说当厨师的都是胖子，我看你并不胖。徐子成说：我比较注意节食，地上跑的，天上飞的，我一般不吃，只吃水里游的。您呢，在饮食上有什么讲究？申小雪说：我不挑食，啥都吃。我倒是想吃胖一点儿呢，老也吃不胖。徐子成说：我看咱俩还是先喝点啤酒吧。先说好，是我请您。徐子成起身到操作间去了。

　　徐子成一离开，申小雪就侧身仰脸往墙上瞅，瞅瞅她上次留下的粉笺还在不在。墙上贴着的粉笺倒是不少，她留下的那张粉笺却不见了。粉笺又不是蝴蝶，又不会展翅飞走，怎么就不见了呢？难道有人把她的粉笺揭走了不成？

　　徐子成很快转回来了，他拿来两瓶啤酒，紧跟而来的服务员端来了四个凉菜，除了一盘酱牛肉，一盘海带丝，还有一盘油炸小黄鱼，一盘醋椒黑木耳。申小雪说：菜太多了。徐子成说：不多，您一个人要两盘菜，咱两个就得乘以二。徐子成先给申小雪倒了一杯啤酒，而后才给自己倒。他端起酒杯对申小雪说：来，祝您节日快乐！申小雪说：节日还没到呢！徐子成说：您到了，等于节日就到了。他一口气把一杯啤酒喝干了。申小雪只喝了一点点。徐子成说：您慢慢喝，我不勉强您。把啤酒喝了一会儿，徐子成说：小雪，我知道你在想什么。申小雪说：我什么都没想，我是个没心的人。又说：你说说看，我在想什么。徐子成说：您说什么都没想，我就不说了。申小雪说：你说嘛！徐子成说：我猜您在想，您贴在墙上的留言到哪里去了。申小雪说：那是瞎玩儿呢！徐子成说：玩儿可以，但我觉得您太善良了，太不懂得设防了。来这里吃饭的啥鸟儿都有，有那心怀不轨的人，得到您的电话号码，说不定会打电话骚扰您，给您带来不快。为了您不受骚扰，也是为了保护您的信息安全，未经您的允许，我把您的留言取下来了。

申小雪当然不会忘记，她的确受到过电话骚扰，而且是严重的骚扰。她现在才明白了，怪不得她接到两个陌生电话后，再也没接到电话，原来是徐子成在保护她，把她写有电话号码的留言纸笺收了起来。倘若不是徐子成保护她，不知她会接到多少不堪入耳的电话呢！出门在外，总算有一个保护她的人了。她有些感动，不知不觉把徐子成叫成了徐哥，说徐哥，谢谢你的保护，我敬你一杯。这一次她一口气把一杯啤酒喝干了。徐子成及时把她的杯子斟满。申小雪把杯子拿在手里，说：徐哥，你把我写的留言还给我吧。徐子成摇摇头，说不，我已经保存起来了，要留作纪念，永远的纪念。徐子成说到了永远，这是什么意思呢？这个词够申小雪咂摸一阵子的。她看徐子成，见徐子成也正在看她，她把眉低下了。

从操作间出来一个胖子厨师，胖子对徐子成说：徐哥，有人点了一份糖醋鱼，还得您亲自上手操作。徐子成说：知道了，我马上就来。胖子看了一眼申小雪，说：徐哥艳福不浅哪！徐子成说：不要瞎说。

胖子走进操作间后，申小雪对徐子成说：你看人家吃得多胖。徐子成说：你看似吃便宜，实际上吃的是亏。两个人都笑了。

食客陆续上来了，餐馆里变得热闹起来。徐子成去操作间忙活，又变成申小雪一个人在外面独斟独饮。申小雪现在的独斟独饮跟以前的感觉不大一样，以前是一独到底，没有一个人陪伴她。现在是徐子成一会儿就出来关照她一下。她以前的朋友都是虚构的，现在的朋友是实打实的。徐子成的关照不是空口说空话，有两次出来，还给申小雪端来了他亲自炒的好吃的热菜。申小雪有些过意不去，她说：徐哥，你只管忙你的，不用管我。你要是这样客气的话，下次我就不敢来了。

申小雪没有等到徐子成下班，九点多时，她向徐子成告辞。徐子成问她准备去哪里，她没有说去招待所，说是去找她的一个女同学，并说已经和女同学约好了，明天一块儿去北戴河看海。

节日期间，申小雪没有去天津，没有去上海，也没有去北戴河，连北京的大门口都没出。趁着过节期间北京所有的公园都免票，她把天坛、地坛、日坛、月坛四个方面的公园都转了转。看到公园里花儿也多，人也多，申小雪难免会想，要是徐子成跟她在一块儿转公园就好了。但她能够理解徐子成的工作性质，不能耽误徐子成干活儿。饭馆就是这样，越是过节，去饭馆吃饭的人就越多，饭馆里的人就越忙。过节也是饭馆哗哗进银子的时候，每天的进项要比平日多好几倍。当然的，饭馆收入多了，在饭馆里打工的人工资也会相应提高。在这个节口上，饭馆老板不会放徐子成出来，她也不能让徐子成错过挣钱的机会。徐子成跟她说了，他是河北沧州人，老家也在农村。在公园里小憩时，申小雪会给徐子成打一个电话：徐哥，又在烧糖醋鱼呢！徐子成说：我都快把自己也烧成糖醋鱼了。小雪您在哪里？申小雪说：我在海边，海太大了，太宽阔了，简直是一望无际。

直到双节长假的最后一天，二人才又聚在一起。当晚，申小雪在相逢酒家喝了酒，吃了糖醋鱼，一直坐到了徐子成下班。下班后，徐子成换了服装，和申小雪一起到天安门广场观灯。天安门广场的花灯当然很多，说是灯的海洋一点儿都不为过。在"海洋"里观灯的人也不少，如涌动的沙丁鱼群。大概是为了避免走失，徐子成和申小雪的手拉在了一起。二人手拉手，观灯又观花坛，从广场走出来时，已到了夜间一点多。地铁和公交车都停运了，徐子成说：咱们找个地方休息一下吧。他们没有找大宾馆，找了一家门面比较小的小旅馆。假日期间，小旅馆的价钱也比平时涨了许多，平时一个房间二百多块钱，现在一下子涨到四百多块。申小雪说：算了，咱不住了，咱还回到广场去，明天早上看升国旗。徐子成说：过节嘛，贵点儿就贵点儿，无所谓。

月亮圆了又缺，总的来说，是圆的时候少，缺的时候多。在月缺的时候，申小雪与徐子成电话交流频繁些，相聚也多一些，差不多有了太阳的热度。申小雪不再满足于周六晚上和周日与徐子成见面，在周三或周四的晚上，忙完姐家的家务后，她还要到相逢酒家去找徐子成。有一个周三的晚上，她外出不回不说，周四早上还回来晚了，耽误了姐按时上班。姐有些生气，说：小雪，你是怎么回事？要是不想干就说一声，这样下去可不行！申小雪没说不想干，低着头抹开了眼泪。姐说：怎么，我说错了吗？我让你受委屈了吗？申小雪说：姐，不是。姐说：什么不是，是不是恋爱中遇到什么问题了？你愿意跟我说说吗？我帮你分析分析。你在我们家干活儿，我有责任帮助你。申小雪像是犹豫了一下，还是简单把她和徐子成的交往对姐说了。原来徐子成以前交过一个女朋友，女朋友还给他生了一个孩子，孩子归徐子成抚养，现在老家跟着奶奶。姐问：这些情况你是怎么知道的，是徐子成跟你说的吗？申小雪说：不是，是徐子成的一个胖子同事告诉她的，后来她问徐子成，徐子成也确实承认他有一个孩子。姐说：这样的人，事前连实话都不跟你说，你怎么能跟他谈呢！听你一说我就知道，姓徐的肯定是情场上的老江湖，他把你哄得团团转，你还以为他带你跳舞呢！我建议，你马上跟他拉闸断电。申小雪说：我觉得他人挺好的。姐说：好什么好，你想过没有，你要是跟他结了婚，他的孩子怎么办，他的前女友找上门来怎么办，你的日子怎么过！你有那么多朋友，怎么就没人帮你出出主意呢！

　　阳阳看见申小雪在落泪，走过去，挤在申小雪怀里，轻轻叫了一声阿姨。

　　申小雪一下子把阳阳抱住了，说：我看天底下的男人，就数阳阳好！

2012 年 12 月 24 日至 2013 年 1 月 4 日于北京小黄庄

升级版

晚饭用过了，天还明亮着。季节到了初夏，北京的气候摆脱了风沙侵扰，逐渐稳定下来。树叶浓密了，花儿开大了，人也换上了多姿多彩的夏装。这时的天气还说不上热，只能说是清爽。有人只说一个字，爽！爽的一个主要原因，是各种树木和花花草草都在释放氧气。在漫长的冬季，它们收了花，落了叶，处于冬眠状态，几乎全部停止了制造氧气的工作。须知长有两条腿的人类在冬天也不适闲，还得靠氧气活着。北京的冬天像到了高寒山区一样，氧气是稀薄的，还动不动起了雾霾，实在让人觉得沉闷，难耐。好在春天终于来了，夏天终于来了，所有的植物像是憋足了劲一样，纷纷开足马力，生产氧气。特别是到了初夏的傍晚，氧气的产量更是达到一种峰值状态。人们看不见氧气是什么样子，它应该是涌动的，弥漫的，无孔不入，无处不在。谁都不必刻意张开嘴巴呼吸，氧气通过鼻孔、汗毛孔，就进入人们的肺腑里去了，进入人们的身体里去了，并源源不断地输向人们的大脑。人们舒展腰身，伸胳膊踢腿，有些兴奋，有些跃跃欲试，觉得应该干点儿什么才好。

窗外的音乐适时响起，北京的人们收拾打扮一番，纷纷走出家门，到室外去跳舞。大致的时间是上个世纪的八十年代中期和九十年代初期，在这个时间段，不知北京人要找回什么，还是要补偿什么，反正跳舞一下子就形成了潮流，形成了风气。在公园、停车场、楼前的空地、食堂的餐厅、办公室的楼道等，凡是能容纳三五对人旋转的地方，几乎都成了舞场。他们跳交谊舞、大秧歌、健身操，也跳迪斯科，走太空步。青年人跳，中年人跳，老头儿老太太跳，连学生和小孩子们也跟着跳，颇有些全民参与的意思。别说人了，路边的蚂蚁，听见音乐声起，也触角交接，仿佛舞动起来。舞场好比是一个大海，在大海未出现之前，人们只知道双腿用来走路，双手用来干活。大海出现以后呢，他们对自己的身体也有了新的发现，原来双腿可以变成灵活摆动的鱼尾，双手可以变成自由划水的鱼鳍，完全可以换一个活法，到大海里尽情游动。

杨春明把长发盘在头顶，对镜画了淡妆，邀丈夫司马晋来一块儿去跳舞。司马晋来说：今天我不去了，你自己去吧。杨春明问为什么？司马晋来说：我跳舞是个二把刀，跳不好。杨春明说：如果说你是二把刀，我顶多也就是个三把刀，没事儿的，咱们正好可以把刀磨一磨。司马晋来认为磨刀的说法倒是不错，是刀都要磨，磨了，钝刀才能变成快刀，二把刀才会变成头把刀。但他又说，他若老是跟着杨春明一块儿去跳舞，好像在看管着自己的

220

老婆似的，别人就不好意思请杨春明跳舞了。如果杨春明不能和舞场高手过招儿，舞术的水平什么时候才能提高呢！杨春明说：我又不打算参加跳舞比赛，水平提那么高干什么！我的目的就是陪老公活动腿脚，锻炼身体。你在办公室里已经坐了一天，回到家里再坐着怎么行呢！司马晋来还是没答应去，他说：你先去吧，过一会儿我去找你，看你跳。杨春明说：那不行，要去，咱俩一块儿去；要不去，咱俩都不去！说着，退回到卧室的大床边坐下了。司马晋来只好表示妥协，说好好好，老婆说去哪儿，咱就去哪儿；老婆说干什么，咱就干什么，行了吧！他走到杨春明身边，把杨春明的头抱了一下，又说：撒娇，我老婆可会撒娇呢！

司马家住的楼房离国际展览中心不远，展览中心对面有一个挺大的停车场。那时停车场里空空旷旷，没什么车在那里停放，于是停车场就变成了人们的跳舞场。有热心人从家里提来了双喇叭、立体声、大块头的录放机，并从附近的居民楼里扯出电源线，把插头插进录放机，按下播放键，舞曲就洋洋洒洒地响起来。除了舞曲，还有伴唱，唱词是：赶上了好时代，真是个好时代，大家一起来跳舞，乐呀么乐开怀！唱词等于是一个号召，挺有号召力的号召，听到号召，附近的居民便纷纷向舞场聚拢。这是一个完全开放的舞场，不收门票，也不设资格准入门槛，谁都可以来。除了附近的居民，还有一些人见这个舞场的环境和气氛不错，骑着自行车或摩托车，从别的地方赶到这里跳舞。像摸鱼一样，有下水摸鱼的，就有站在岸边看摸鱼的。这样一来，围观的人们自然而然就给舞场围成了一个圈子。随着"下水摸鱼"的人不断增多，伸缩性很强的圈子在不断扩大。

司马晋来和杨春明来到舞场时，一支慢四拍的舞曲正在播放，二人走进圈子，男左女右两手一搭，便踩着节拍跳起来。这两口子在舞场中比较显眼，他们一来，马上引起了人们的注意。说他们比较显眼，至少有两个特点。一是杨春明身材高挑，两口子面对面一比，杨春明比司马晋来还要高一些。二是司马晋来已经五十多岁，杨春明才三十出头，两口子相差二十多岁，年龄悬殊。不少跳舞的人都知道，小杨原是司马家的一个保姆，司马的妻子病逝后，小杨没有再回农村老家，留下来嫁给了司马，成了司马的续弦。私下里，人们对他们夫妻有了一个代指，叫老夫少妻。应当说这个代指是客观的，并不带什么贬意。一说老夫少妻，大家都知道，老夫指的是司马，少妻指的是小杨，脑子里立即就会显现出这一对与众不同的舞场组合。司马晋来和杨春明能觉出不少人的目光像追光灯一样在他们身上追来追去，但他们一点儿都不慌乱，仍跳得从从容容，坦坦然然。二人虽说是夫妻，但没有任何亲昵的表示，距离保持得很适当，舞姿和表情都称得上大方、端庄。山不转水转，转到一些比较熟悉的舞者跟前，人家会对他们点点头，微笑一下。他们也报以点头和微笑。

太阳落下去了，跳舞的人越来越多。风吹得场地旁边的杨树叶子哗啦一响，像是无数个手掌一样的杨树叶子在为跳舞的人鼓掌，加油。大概是受到了"鼓掌"的鼓励，一些本来前来观舞的男性，也勇敢地向同样不会跳舞的女性伸出了邀请的手。按舞场约定俗成的规矩，当一个男性向一个女性伸手发出邀请时，女性是不能拒绝的。被邀请的女性小小吃了一惊，脸也红了一阵，但她总算没有退缩，迟疑着把自己的手交到男性手里去了。女性低了一下头，轻声说：我不会跳呀。男性没说自己也不会，只说：一开始谁都不会，跳着跳着就会了，试试吧。于是，这对素昧平生的男女，开始了人生的第一次跳舞。接踵而来的还有好多个第一次：第一次，他们面对面站得这么近；第一次，他们互相拉了手；第一次，他们互相搂了腰；跳起来时，他们还有可能发生第一次胸部接触。在以前，这是连想都不敢想的事啊！那时候，一个男的哪怕多看哪个女的一眼，都有可能被说成作风不正，甚至被说成有流氓意识。那是多么自危，多么压抑，多么可怕！现在好了，有了街头露天舞会这个宽阔的平台，你想拉谁的手都可以，想搂谁的腰都可以。只要你兴致大，不怕累，一晚上找十个舞伴都没人拦你。自从盘古开天地，三皇五帝到如今，人们从来没这样跳过舞啊！

　　舞曲的节奏是变化的，有慢就有快，一般来说先用慢节奏热热身，而后节奏逐步加快。快四步的舞曲响起来了，如同往鱼池里投进了一把鱼饵，喜欢跳快四的舞者立即兴奋起来，活跃起来，箭一般向舞伴射去。快四步花样繁多，前跳后跳，左跳右跳，正面跳，侧面跳，单手跳，双手跳，还转着圈儿地跳，让人眼花缭乱，目不暇接。据说这么多花样是北京的编花高手编出来的，带有一定的独创性，所以快四步也叫北京快四。北京快四很快传向全国，并在全国各地流行起来。跳快四是舞场高手们一展身手的好机会，得此机会，他们都会选择以往配合娴熟的老搭档来跳，以取得带有表演性质的最佳效果，赢得观众的喝彩。此时，舞曲像一根根小鞭子，而跳舞的人像一只只陀螺，小鞭子抽得陀螺满场旋转。由于旋转速度快，两个人好像变成了一个人，变成了一个长有四条腿四只胳膊的人。腿多胳膊多，肢体语言就多。他们的肢体语言一多，使观众觉得只有两只眼好像都不够用了。观众更感快乐的，是会看到一些小插曲。比如女舞伴绊了男舞伴的腿，为防止女舞伴摔倒在地，男舞伴赶快把女舞伴抱住了。比如两对舞者撞了车，发生了剐蹭，他们并不停"车"，友好地一笑了之。再比如一对舞伴互相绕胳膊时，由于男的个子高，女的个子低，女子的胳膊刚到了男子的头，竟把男子头上戴的假发套刮了下来。落在地上的假发套，像一只死去的乌鸦。跳舞的人怕踩到了"乌鸦"，都把"乌鸦"躲开了。男子一下子露出了假发套伪装下的光头，难免有些尴尬。他丢下舞伴，赶紧把"乌鸦"捡了起来，重新戴在头上。瘪了的"乌鸦"被充实，死去的"乌鸦"似乎又复活了。人们的目光往该男子的头上集中得多一些，尽管他复以假发盖顶，人们"看见"的还是他的光头，还是一个逗乐儿的丑角。可乐的镜头还在后头，当男子戴好假发套，再去找那个女子跳舞时，女子笑着连连摆手，不再跟他跳了。男子怎么办？大概是为了自我解嘲，他扎好架势，自己在场地里手舞足蹈起来。

　　司马晋来的头发没怎么掉，只是有了不少白发。别人看不出他有白发，因为他用染发剂把头发染过了。染过的头发乌黑乌黑，似乎比原来的头发还要黑。其实杨春明从来没指出过他头上的白头发，更没有敦促他染发，是他自己要染的。有人染发不是很及时，白色的发根都发出来了，还不染，弄得半白半黑，黑白分明。司马晋来染发很及时，也很认真，白发刚有冒出的苗头，他就抹上染发剂，把它们染黑了。有人夸他的头发真黑，他没说是染的，没作任何解释，笑笑就过去了。跳快四步时，他和杨春明一块儿跳。他要让别人知道，慢节奏的他可以跳，快节奏的他照样可以跳，他完全跟得上杨春明的步伐，跟妻子配合得天衣无缝。那个人的假发套落地时，司马晋来和杨春明都看见了，他们相视会心一笑，绕过假发套，踏浪一样继续跳下去。司马晋来像是受到了某种鼓励，他踮起脚尖，脚下一弹一弹的，跳得更加来劲，更加欢快，花样也比往日多一些。杨春明对司马晋来的良好表现当然是鼓励有加。她的鼓励并不说出来，只是脸色更加红润，眼神儿更加热烈，腰肢更加柔软。杨春明没有忘记用眼角的余光，瞥一下周围的舞者和观众对他俩的反应。她得到的反应是赞赏，还有一些羡慕。通过嫁给司马晋来，通过参加跳舞，她觉得自己已经由一个农村人变成城里人，并融入了北京人的行列，这让她甚感满足，深感幸运。司马晋来出汗了，他头上热气腾腾，脖子里冒出了汗珠。他觉出脊梁沟里的汗水在往下流，裤裆里也有些发黏。但有舞曲的节奏在那里规定着，他不能慢下来。他在心里对自己说：人出汗是必要的，出汗是新陈代谢，是疏通毛孔，权当锻炼身体。杨春明对司马晋来有些心疼，她小声说：慢点儿。司马晋来说：没事儿。刚好舞曲结束了，他们才退到场边休息。杨春明掏出手绢，递给司马晋来，让司马晋来擦汗。司马晋来说：我有。他从裤子口袋里掏出的不是手绢，是一沓面巾纸。他用面巾纸擦汗，汗湿纸破，有一片纸粘在他脑门上了，像是一片梨花的花瓣。杨春明伸手帮他把"花瓣"捏了下来。

跳完了舞，夫妻二人回家洗了澡，又看了一会儿电视，就拉上窗帘，上床休息。司马晋来前妻生的一个儿子已经参加工作，并成家另过，现在家里只有他们夫妻二人。杨春明本来可以生一个孩子，她也曾怀过孕，但他们婚前商定不再要孩子，杨春明只得忍痛舍弃。孩子不要，爱还是要的，爱的表达方法就是做。越是没孩子干扰，他们做爱就越方便。他们相拥着，把跳舞的事说了一会儿，司马晋来下面的东西就壮大起来。它不是壮大起来就完了，还在两人之间一跳一跳的，敲碰杨春明的身子。在舞场上跳舞时，有的男人控制不住自己，下面的东西成长壮大的情况也是有的。一壮大不要紧，别来别去的，难免会碰到女舞伴的腿，跳舞就有些碍事。男人舍不得丢下女舞伴不跳，就对女舞伴解释说，没事的，他裤子口袋里装的是一只手电筒。杨春明觉得司马晋来下面的东西在动，但她装作并不理会。他们共同制定的有一个时间表，时间表上规定，那件事情一周只能做一次，具体时间是每周的周六晚上。今天刚到周三，离到周六还差着一半的时间，哪能提前接他的招儿呢！杨春明想到"手电筒"的说法，不由得笑了一下。司马晋来问她笑什么？她说不笑什么。司马晋来让她说一说，说一说嘛！她这才说，她想起了关于"手电筒"的笑话。不提"手电筒"还好些，一提"手电筒"，司马晋来的"手电筒"仿佛已将电门打开，不仅"手电筒"本身够铁够硬，前面的光柱也已经延伸出来，亮闪闪的，还有些发热。他对杨春明说：你这个小坏蛋，原来你在笑话我，今天我就要用"手电筒"照照你，让你看看老公的电量足不足。说着，就往杨春明身上翻。杨春明否认她是笑话老公，一边推着老公，不让老公上她的身，一边提醒说：时间，时间！老公明知故问：什么时间？杨春明说：咱们规定的时间，今天刚星期三。老公说：一周一次太少了，今天我想加个班。你要是不同意我加班，我就不让你睡觉。说着，继续往杨春明身上翻，一条腿已经压在杨春明腿上。杨春明说：那不行，我得爱护我的老公。她还是往下推老公。老公说：你放我进去，就是对我最大的爱护。不让我进去，你想憋死我呀！就这样，杨春明越是推老公，老公越是来劲，其结果，老公还是上去了，而且进去了。当老公进去时，杨春明吃了一惊，差点叫出声来。但她没有叫，没有表现出任何吃惊。下面像膨胀螺栓一样膨胀得厉害，这使她脑子里产生了一个问题。这个问题她也没有对老公说出来。杨春明的口气严肃起来，她把司马晋来叫成来哥，说：我既然是你的人，我想让你用得时间长一些。咱们的日子还长着呢，还是细水长流好一些。司马晋来叫杨春明为春儿，说春儿，你不要考虑那么多，我没问题，我相信自己的能力。我既然娶了你，就一定让我的老婆幸福。像跳舞一样，他把节奏掌控得很好。他不是一上来就加快速度，觉得过渡得差不多了，感觉小伴儿有了加快节奏的要求，他才开始提速，并开始编花儿，献花儿。也是如同在舞场上一样，杨春明对司马晋来的表现鼓励有加，在舞场她没有说出来，在床上她说了出来，她说：来哥真棒，来哥太棒了，棒，棒，棒，来哥是天下第一棒！她让来哥下来歇一会儿，说她该给来哥献花儿了。她给来哥献的花儿花朵更大，开得更鲜艳。

　　白天，司马晋来去上班，只有杨春明一个人在家。司马晋来在国家某工业部计划司任职，是一个处的副处长。他一上班就是一整天，直到下班之后才能回家。司马晋来说过，等有了机会，他给杨春明找一份活儿干，免得杨春明一个人在家里寂寞。只是目前还没有找到合适的活儿。杨春明说不着急，没事时她就在家里绣花儿，钩花儿。昨晚有一个问题杨春明虽然没有说出来，但她也没有放下来。司马晋来上班走后，她拿过司马晋来的洗漱包，看看能不能在包里找到答案。司马晋来有一个精致的带拉锁的洗漱包，每到外地出差，他就带上洗漱包。洗漱包里除了有牙刷、牙膏、剃须刀、润肤霜等用品，还有降血压的药片和西洋参胶囊。杨春明一拉开洗漱包就发现了，里面多出了一只乳白色的小塑料瓶子。她拧下瓶盖，见里面有几粒药片。药片呈湖蓝色，不是圆的，是长的，每粒药片上都压有洋文字母。药瓶上的洋文字母更多，可惜她不懂那些字母是啥意思。她捏起一粒药片，放在鼻子前闻了闻，什么气味都没有。杨春明按原样把药瓶放回原处，认为自己已经把答案找到了。怪不得老公昨天晚上那么厉害，原来是借用了这种蓝色药片的力量。她听人说过，有一种外国出产的壮阳的药片叫伟哥，说不定来哥背着她悄悄服下的这种药片就是伟哥，谁不承认都不行，伟哥的作用确实够强够大，够威够猛，不是一个伟字所能形容。杨春明心里明白，来哥都是为她好，为她年轻的欲望能够得到满足。其实来哥像以前那样就挺好，不必特意借用外来的力量。她得想个办法跟来哥委婉地提出来，劝来哥以后不要再用伟哥了。

在老公的洗漱包里发现伟哥之后，杨春明心里有些放不下，睁眼闭眼都是那种湖蓝色药片。到菜市场去买菜，看见新上市的黄瓜又粗又长，顶花带刺，她想，这些黄瓜是不是服用了伟哥？在他们老家，这个季节土豆还没有长成，到了秋天才能吃到新土豆。可是，在北京的市场上，她看到了新鲜的土豆，而且土豆长得格外的大。她又想，这些土豆能够提前长大，是不是也是伟哥催起来的？这样联想着，她觉得有些可笑，禁不住笑了一下。

　　那位在舞场上认识的戴假发套的男人也在菜市场买菜，他看见了杨春明的笑，问小杨笑什么？杨春明说：我笑了吗？没有呀！戴假发套的男人说：连自己笑了都不知道，这说明你的笑是从心底发出来的。凡是在不知不觉中发笑的女人，都是幸福的女人。杨春明没想到，一个头上不长毛的人，嘴里还有这么多说头儿。她难免想起这个男人满地找发套的可笑一幕，捂嘴未及，一下子笑出了声。男人指着她说：看看，刚说到你幸福，你就幸福得乐开了花。杨春明说：你不也很幸福嘛！男人承认，他也很幸福，得幸福时且幸福。男人提出：下次跳舞，我请你跳一曲怎么样？杨春明还没表态，男人又说：你不要只跟你老公一个人跳，我知道不少人都想跟你跳，就是捞不到机会。站在男人的角度，我实话告诉你，你老公也很想跟别的女人跳一跳，因为你老是占着你老公，你老公就没法跟别的女人跳了。杨春明说：看来你对跳舞很有研究。男人说：研究谈不上，爱好而已。他说着，把一只手遮在嘴边，往杨春明身边凑。杨春明不知他要干什么，往旁边躲了一下。男人又说：我又不是请你跳舞，你躲什么？杨春明不好意思再躲。男人这才凑过去小声说：你长得很美，是个真正的美人坏子。杨春明说：瞎说。男人把声音放大：我绝不瞎说，这是大家公认的。

　　司马晋来下班回到家，杨春明做得跟没看见伟哥一样，脸上平平静静，嘴上严严实实，不提半个伟字。吃过晚饭，窗外音乐响起，他们像往常一样去跳舞。二人跳过两曲，第三支舞曲奏响时，杨春明对司马晋来说：你请别人跳一个吧。司马晋来还没说话，杨春明就近跟一个穿着红呢裙、堪称舞场舞星的女士说：大姐，请您跟我老公跳一个吧，我老公想让您带带他，他不好意思说。"红呢裙"说无所谓，她跟谁跳都可以。见司马晋来跟"红呢裙"跳上了，有好几位男士同时向杨春明走来，其中包括"假发套"。"假发套"迟了一步，没能抢上槽，一位捷足先登的男士拉住了杨春明的手。"假发套"只得和另一个女士跳，却转来转去，不离杨春明左右，还频频用眼睛给杨春明递话。在舞场上，像"假发套"这种表现，叫吃着碗里的，看着锅里的，锅里的总是肉多，总是比碗里的香一些。这支曲子刚结尾，他就走到杨春明身边去了，像老熟人一样跟杨春明搭话，夸杨春明跳得好，是春风杨柳第一条。他这种办法叫占窝，用搭话套近乎把杨春明这个窝占住，一直占到下一个舞曲响起，他就可以近水楼台先得月地和杨春明跳舞。刚才和杨春明跳舞的那位男士，站在杨春明旁边，并未离开。他本来打算和杨春明再跳一曲，但见"假发套"占窝占得那么露骨，和杨春明跳舞的心情那么迫切，明白再跳没戏了，对"假发套"有些鄙夷。"假发套"占窝得逞，舞曲一响，他迫不及待地拉住了杨春明的手，原地就跳了起来。脚上跳着舞，"假发套"还在和杨春明说话，他问：你知道人家背后叫你什么吗？杨春明说：

不知道。叫我什么？"假发套"说：赵飞燕。杨春明问：赵飞燕是谁？她跳舞跳得好吗？"假发套"说：赵飞燕当然跳得好，你真的不知道赵飞燕是谁吗？杨春明说：没听说过。"假发套"说：我觉得你应该知道。你想听吗？想听，我给你讲讲。杨春明没说想听不想听，她转过脸，在找她的老公。这一曲，她的老公没有跳，一个人在场边站着。杨春明歉疚顿生，觉得不应该把老公一个人晾在场边。她有心丢下"假发套"，回到老公身边，想到那样做不够礼貌，就坚持着跟"假发套"把一曲跳完。

回到老公身边，杨春明把老公的手握在自己手里，意思是把老公安慰一下。老公说：你只管跳你的，不用管我。我在旁边看看挺好的，看也是一种学习。杨春明说：你只管请别人跳呗，男的总是要主动一些。老公说：大家都喜欢跟年轻人跳。杨春明说：你也不老呀！你不但不显老，你的气质和风度别人也没法比，不知有多少人想跟我老公跳呢！老公笑了笑，没有说话。杨春明说：你要是不跟别人跳，我也不跟别人跳了，只陪你一个人跳。老公说：那没有必要。这种群众性的广场舞，就是一种集体狂欢，大家一块儿跳才快乐。只要你快乐，我就快乐了。杨春明用眼睛亲了老公一下，小声说：真是我的好老公！

周六是他们夫妻打了记号的日子，记号不是在挂历的红色日期上画圈儿，而是在各自的心里画上了圈儿。他们的圈儿都画得很圆，都把心画在了圈儿里面。可是，杨春明假装把记号忘记了，故意不提那件事。司马晋来一再暗示她，她只是笑。到了床上，司马晋来不得不问她：难道你忘了吗？杨春明反问：什么？我忘什么了？司马晋来说：我看你心里清楚得很，你是在跟我要调皮。

说着在她饱满欲滴的耳朵垂儿上亲了一下。杨春明再假装不行了，说噢，那事儿呀，星期三你不是加过班了嘛，我看这次就省了吧。司马晋来说：什么事儿都可以省，就这个事儿不能省。我从星期四开始盼这一天，都盼了三天了。杨春明说：你呀你呀，我看你不是一个节俭的人，是一个浪费的人。你现在连三赶四地吃，我看你以后吃什么！司马晋来说：有我老婆在，我就不会挨饿。

杨春明没看见老公什么时候吃下的伟哥，但她觉得出来，伟哥肯定参与了来哥的行动。她知道老公是个要面子的人，她不能问老公吃了什么，更不能明确反对老公吃伟哥。她若是指出老公吃了伟哥，说不定会对老公造成打击，甚至是伤害。她只能恭维老公，说哎呀，老公真厉害，我觉得我老公越来越厉害了，这是怎么回事？老公说：没有呀，一般化。杨春明说：太不一般了，我看三般都不止。老公说：我知道我老婆在鼓励我，谢谢老婆的鼓励，谢谢！谢谢!! 谢谢!!!

有一天，司马晋来跟杨春明说闲话，不知怎么，就说到了壮阳药。司马晋来说：随着性消费不断增加，人的精力不够使，现在不少男人都在服用壮阳的药物。既然是老公提起了这个话头，杨春明就趁机劝老公说：别人爱服不服，你千万不要服。是药三分毒，服多了终归对身体没好处。再说了，那个事是个自然的事，自然发生才有意思。老是用药顶着，就没意思了。好比冬天在暖棚里催生出来的黄瓜，吃起来一点儿黄瓜味都没有。司马晋来说：冬天的黄瓜味虽然不如春天的黄瓜味儿浓，但你得承认，它毕竟是黄瓜，不是白菜。杨春明说：依我说，到哪个季节，吃哪个季节的菜最好。白菜怎么了，我看白菜就挺好，人家还说，大白菜是北京人的当家菜呢！什么黄瓜白菜，司马晋来以为杨春明把话扯远了，脱离了主题，遂把话题拉回来说：你不要把壮阳的东西看得那么可怕，我听有经验的朋友说，偶尔用一次，对身体没什么害处，也不会产生依赖性。杨春明问：你什么意思，你难道想试试吗？司马晋来说：我现在还用不着，哪天我要是疲软了，说不定会使用一点。不然的话，我怎么对得起你呢！杨春明说：我的哥，你这样说还是没有理解我，还是不知道我的心。我姐要是还活着，我姐要是一直跟着你，你会说这样的话吗！

　　杨春明提到的姐，是司马晋来的前妻，也是杨春明的表姐。在表姐病重的一年多时间里，不管是在医院，还是在家里，杨春明一直在伺候表姐。就是在伺候表姐期间，杨春明才亲眼见证了一个男人对一个女人的爱有多深，才懂得爱不是一个时髦的虚词，它是以铭心刻骨的行动体现的。表姐咽气时，表姐夫司马晋来把表姐紧紧抱在怀里，失声痛哭，别人拉都拉不开。表姐去世后，司马晋来双眼红肿，躺在床上，两天不吃不喝。杨春明给他做了手擀面，劝他起来吃饭吧。他摇摇头，眼泪又涌流出来。因为对表姐夫不放心，表姐去世后，杨春明才没有马上离开表姐家。也是因为表姐曾对杨春明说过：司马晋来是世上少有的好男人，你要是不嫌他岁数大，我就把他交给你，你跟他一块儿过吧。就这样，杨春明就由一个司马家的保姆，变成了司马晋来的妻子。当了妻子的杨春明体会出来了，司马晋来的确是一个好人。而好人的特点是，对谁都好。司马晋来对她好与对表姐好有所不同，司马晋来对她好得有些谦卑，好像老是觉得对不起她。作为一个好人，司马晋来还有一个特点，那就是对自己不太好，一事当前，先牺牲自己。在夫妻关系上的做法，司马晋来在预支自己，其实是在牺牲自己。听杨春明提到自己的前妻，司马晋来不说话了，眼里渐渐地有些湿。

司马晋来没有听从杨春明的劝告，房事之前，他还是要悄悄地吃一片药。他试过了，如果不用化学药片顶着，他只能吃闭门羹。他吃闭门羹不要紧，他的年轻的妻子怎么受得了呢！

其结果是，司马晋来刚从工作岗位上退下来，就中了风，坐上了轮椅。腿脚不再灵活的他，跳舞是跳不成了，只能在轮椅上进退。丈夫不能跳舞了，杨春明从此也不再跳舞。司马晋来让她只管去跳，杨春明把目标定得有些远，说：下一辈子吧，等下一辈子我再陪你跳！

邻居们看见，只要天气好，杨春明都会推着轮椅，慢慢地把司马晋来推到附近的公园去呼吸新鲜空气。司马晋来本来可以自己操作轮椅，自己到公园活动。但杨春明坚持要推着他，陪他一块儿活动。

杨春明把司马晋来的头发染得乌黑乌黑，梳得一丝不乱，衣服也洗得干干净净，穿得板板正正，秋天还给司马晋来脖子上搭一条大红的羊绒围巾，把司马晋来收拾得甚是体面。

人们把杨春明又看成是司马家的保姆，说这个保姆真是雇值了。

2013 年 2 月 2 日至 2 月 17 日（春节期间）
于北京小黄庄

后来者

祝艺青不愿意承认自己是保姆，一提起保姆，她老是想起电视剧里的那些老太太，还会联想到下人这个词。她才二十出头，风华正茂，跟老太太根本不搭界。什么下人，简直就是侮辱人的说法，这个词应该从词典里删除，让它永远消失。好在现在有了一个新的叫法，把保姆叫成家政服务人员，从两个字变成了六个字。增加了字数的叫法里，有政，还有服务，都是大词，热词，这下祝艺青该满意了吧？闹，闹，祝艺青还是不满意。她认为新的叫法不过是一种稀释，汤换了，药并没有换。祝艺青听见过，当有的保姆自称是家政服务员时，北京人有些撇嘴，说哟嗬，你直接说你是保姆不就得了，转什么转，再转就转到中南海里去了！外出买菜，或干别的什么事，有话多的人问她，在北京做什么工作？她情绪有些抵触，说没做什么。那人家还要问：没工作靠什么生活呢？你管靠什么呢，反正不是靠乞讨！这是祝艺青肚子里的回答，嘴上不会这样回答。她嘴上倘是这样没好气，说不定问话的人会说难听话。须知北京人说难听话嘴溜儿得很，好听话不轻易说，难听话却张嘴就来。祝艺青本想蒙一把，说她的家就在北京，她就是北京人。因担心她未改的口音被别人道破，就没敢蒙，只说她来北京是走亲戚。

说是到北京走亲戚，祝艺青的话不算太离谱，因为她给人家当保姆的这家男雇主是她的表舅，还是妈妈的同学。祝艺青的老家在黑龙江的双鸭山，那是一个产煤的地方。他爸爸在井下当矿工，死于一场瓦斯爆炸事故。祝艺青大专毕业后，妈妈求了人，给她在爸爸工作过的矿上找到了一份工作。可祝艺青不愿到矿上去工作，说是不愿步爸爸的后尘。妈妈解释说，给她安排的工作是坐办公室，安全是有保障的，谈不上步爸爸的后尘。祝艺青说那也不行，只要一走进煤矿的大门，她就会想起爸爸，就难过得想哭。妈妈就她这么一个女儿，当然舍不得让女儿过不愉快的日子，妈妈说：那怎么办呢？你大学也毕业了，总得找一份工作吧！

这时祝艺青提出，她要到北京去找工作。妈妈说：你这孩子，心可真够高的。北京是什么地方，那是首都啊！人的头发很多，每个人的头只有一个。首都好比是中国人的脑门子，可不是谁想去就能去的。再说了，北京人生地不熟的，我可不能让你一个人去瞎摸。祝艺青提醒妈妈：你不是说我有一个表舅在北京当司长嘛，你不是说司长是你同学嘛！妈妈想起来，她确实说过，祝艺青有一个表舅叫李海平，在北京一个国家机关当司长，李海平还是她的同学。那是当闲话说的，不承想被女儿记到心里去了。妈妈说：你应该把李海平叫表舅是不错，只是表得有些远，恐怕拐

238

七个弯八个弯都挨不上。我跟李海平是矿中的同学也不错，我们不是一个班的，我知道他，他不一定知道我。加上人家调到北京当了官，我多少年都没跟人家联系过，谁知道人家会不会搭理我。祝艺青说：那我不管，你要是联系不上李海平，我去北京打工也没什么！

妈妈问这个，问那个，总算问到了李海平的电话。妈妈在电话里跟李海平套了半天近乎，才把女儿祝艺青想在北京找工作的事对李海平说了。李海平说：一个大专毕业生，想在北京找工作恐怕有些难度，因为北京有很多博士、硕士都找不到工作，整个国家都存在着就业压力。妈妈把李海平叫表哥，又叫老同学，说：孩子的爸爸死得早，我没有别的依靠，只有依靠您了。我让孩子去找您，您看看这个孩子，只管帮她找一下试试吧。孩子也没有过高的要求，只要是一个工作就行。找到了，当然好。实在找不到我也不会埋怨您，孩子也死心了。孩子还是上小学的时候，我带她去过一趟北京，到天安门广场看升旗。从那以后，孩子再也没去过北京。可能是那一次看升旗给孩子留下了美好印象，孩子特别喜欢北京。她哪个城市都不想去，一心一意就想去北京。

祝艺青来到北京后，住在李海平家里。李海平家三口人，住的楼房是四居室，祝艺青住在李海平家里不成问题。祝艺青一见面就把李海平叫舅，把李海平的妻子夏百合叫舅妈，把表字都省略了。夏百合把祝艺青叫小祝，她见小祝长得高高挑挑，鼻子眼儿都没什么毛病，说话还算懂理，没有反对让小祝暂时住在他们家。她心里有了一个打算，这个打算她得先跟丈夫李海平商量一下，征得李海平的同意后，再跟小祝说明。

夏百合跟随被提拔的丈夫，从双鸭山煤矿调到了北京。调到北京后，夏百合不愿让原单位的任何人找李海平。她认为，凡是找李海平的人，都是让李海平为其办事，都是给李海平添烦。李海平只能付出，得不到什么好处。小祝的妈妈一给李海平打来电话，李海平跟夏百合一说，夏百合就有些反感。小祝来到北京后，她不同意李海平给小祝找什么工作，说要是给小祝找了工作，小祝就会留在北京。小祝要是留在北京，说不定下一步还要李海平帮她找什么，会给李海平带来一系列麻烦。夏百合甚至以半真半假的口气，对李海平与小祝妈妈的关系提出了质疑：我以前怎么没听你说过有这样一个表妹，你的嘴真够严的，你们两个不会有什么秘密吧？李海平说：开玩笑！表妹是从哪儿表起来的，连我自己都说不清楚。我们是矿中的同学倒是不错，因为不在一个班，在学校时也没什么来往。她嫁了一个丈夫死于井下事故，这一点挺让人同情的。夏百合说：值得同情的人多了，你真要给她女儿找工作呀？李海平说：我哪有权力给她找工作。现在招工都是招聘制，都得通过考试，考试通不过，谁都没办法。以后我们的女儿参加工作，也得走这条路。夏百合说：那你答应小祝来北京干什么？李海平说：你这话我不爱听，北京是全国人民的北京，又不是你一个人的北京，你能来，人家为啥不能来！人家说孩子想来北京看看，我怎么好意思拒绝！要是你家的亲戚找到你，提出要到北京看看，你能拒绝人家吗！这时，夏百合把她的打算跟李海平说了出来。小祝十天半个月不会走，她不能让小祝在家里白吃白住。她家早就想雇一个保姆，帮着做家务，因没找到合适的人选，就没雇。她看小祝身体条件还不错，也受过教育，不妨就雇小祝来给他们当保姆。当保姆也是工作，这样就等于给小祝一个工作的机会。李海平说：这个我不管，想让小祝当保姆，你去跟小祝谈。夏百合说：当然是我跟她谈。李海平说：不过我要说三点，希望你能记住。第一，要尊重人家的意愿，不要勉强人家。第二，聘人家当保姆，必须给人家发工资。第三，大家人格平等，不要居高临下，看不起人家。对了，我还要补充一点，这一点也很重要。我们是有女儿的人，小祝也是她妈妈的女儿，我们要将心比心，学会换位思考。夏百合有些不耐烦，说得得得，张口就是一二三，官僚！

就这样，祝艺青成了舅妈夏百合所雇用的一个保姆。

来北京之前，祝艺青对要找的工作有过多种设想，但她从没有想过要当保姆。舅妈跟她谈话时，也没有明确说雇她当保姆，只是说让她帮忙做点家务。帮忙不是白帮忙，是有报酬的帮忙，舅妈承诺每个月给她一千五百块钱。祝艺青想了想，明白了，舅妈是想让她在家里当保姆。保姆是干什么的，保姆干的是伺候人的活儿。从小长到这么大，祝艺青还没伺候别人。在家里，倒是妈妈把她照顾得周周到到的。祝艺青心里有些抵触，但她不能推辞。舅妈说了，老家把李海平传得十个八个，好像李海平在京城做了多么大的官，好像什么事都能办。其实李海平不过是煤矿安全局下面的一个副司长，没有什么权力，不可能给她安排工作。要是给她安排工作的话，李海平还得求别人，别人还得瞅机会。

所以给她找工作的事不是短时间内所能解决，最后能不能解决也很难说。关键是，舅妈在话语里对她传递了一个不客气的信息，倘若她不愿帮忙，舅妈决不勉强她，她爱去哪里都可以。她爱去哪里呢？她能去哪里呢？在表舅没给她找到工作之前，她最好还是住在表舅家里。舅妈答应每月给她一千五百块钱，对她来说也是一个不大不小的诱惑。她手上正用的手机是五百多块钱买的，把舅妈给她的工资攒下来，两个月之后就可以换一部高级一点的手机。

　　祝艺青当保姆的活儿并不重，上不用伺候老人，下不用照看小孩儿，每天的硬任务就是给舅妈正上高中的女儿晓灵做一顿午饭。舅舅和舅妈一上班就是一整天，中午不回家吃饭。晓灵自己不愿做饭，也不爱吃妈妈给她留的饭，往往泡一碗方便面完事儿。有祝艺青在家里当保姆，晓灵就不用泡方便面了，她想吃什么，祝艺青就给她做什么。有时晓灵还是想吃方便面，祝艺青就给她煮。晓灵对祝艺青说，不要把她吃方便面的事告诉妈妈。祝艺青答应，这个没问题，就说中午吃的是手擀面，里面放了西红柿和鸡蛋。因为祝艺青和晓灵年龄大小差不多，祝艺青感到了晓灵对她的信任，这让她感到很欣慰。除了给晓灵做饭，她每天的任务还有洗碗、洗衣服、擦桌子、擦地等家务劳动。这些事情都不难做，上班的和上学的一走，她一会儿就把该做的事情做完了。她有足够的时间看手机，看电视，看书，写笔记，逛大街，熟悉周围的环境。她看到附近有一处高档商业区，商业区里有一家高档的电影院。有一天下午，她买票走进电影院，看了一场电影。这里的电影院比双鸭山的电影院高级多了。地上铺的是厚地毯，座位是软沙发。电影院小小的，也就一二百个座位。给人的感觉是华美、高贵、舒适。她观察了一下，去看电影的人，穿戴都很讲究，说话也轻声敛气，表现出不俗的文明素质。她还看到了两个高鼻子、白皮肤的外国年轻人，是一男一女，他们刚落座，就互相亲吻了一下。电影里的故事让她感动。走出电影院，看到绿茵茵的草地，看到喷泉，看到小花园里的各色正开放的花朵，还有翩然而至的鸽子，她仍然感动着。她几乎产生了一个错觉，好像自己已经融入这个城市，成了北京人的一员。当她意识到眼下的自己不过是北京的一个保姆，和北京还是一种游离的状态，她并没有丧气，觉得来北京找工作真是来对了。

夏百合对祝艺青的表现不是很满意。祝艺青刷碗时，她嫌祝艺青老是开着水龙头，任自来水哗哗地流。她说：你这样刷碗，得浪费多少水呀。水是一种资源，是宝贵的资源，你懂不懂？多交一点水费我不在意，我在意的是要为国家节约资源。你知道国家为什么要调搞南水北调的工程吗？就是因为北京缺水。北京目前不缺人，缺的是水。来北京的人越多，水的缺口就越大。祝艺青擦完了地，她认为祝艺青擦得不到位，不彻底。她指着门后的一个角落，让小祝过去一下，说你看看，这地方你就没有擦到，灰毛毛还存在着。不论干什么工作，都不能留死角，留下一个死角，等于一只老鼠坏一锅汤。还有，你擦地的程序也不对，擦之前应该先扫一遍。你不扫，灰尘一湿，会粘在地板上，擦地的效果就不会好。晓灵中午回家有时吃方便面的事，也被夏百合发现了。为这件事，夏百合专门找祝艺青谈了话，谈得相当严肃。夏百合问：你为什么还让晓灵吃方便面？祝艺青说：不是我让晓灵妹妹吃，是她自己要吃的。夏百合说：她自己要吃，你是干什么的？我留你的主要目的是什么？你知道不知道，一个高中生，老吃方便面，是会缺乏营养的。方便面里面的防腐剂对孩子的身体也不利。要是让你天天吃方便面，你受得了吗！在这个事情上，我认为你是不负责任的，也是失职的。你说说吧，我听听你对这个问题的认识。祝艺青一时不知道对这个问题怎样认识，她低下了头，没有说话。夏百合问：你为什么不说话，是不是有抵触情绪？祝艺青想起了妈妈，她的眼圈儿渐渐地红了。

祝艺青不会给妈妈打电话，诉说她心中的委屈。前几天妈妈给她打电话，她说她在北京一切都很好，舅舅对她很好，舅妈对她很好，妹妹晓灵跟她也很合得来，她生活得很愉快。妈妈问，要不要再给她的卡里打点钱？她说不用，她花不了多少钱。妈妈嘱咐她在舅舅家里要长眼色，勤快点儿，帮舅妈干点儿活儿。她说会的。她没有跟妈妈说在舅妈家里当保姆的事，只是说舅舅在托人给她找工作，她需要等待。有些话她不能跟别人说，甚至不能跟妈妈说，但跟自己是可以说的。人的好多话不是跟别人说的，都是跟自己说的。人跟自己说的话，要比跟别人说的话多得多。一个人要是不跟自己说话，恐怕谁都会憋得受不了。祝艺青跟自己说话的方式是写笔记。舅妈跟她谈话的当晚，她睡不着觉，就悄悄爬起来，扭亮台灯，打开笔记本，拿起笔，开始跟自己"说话"。她上来就说，太压抑了，太累了，简直想哭一场。但她不能哭，若真的哭出声来，让别人听见就不好了，只会引起别人的反感。她有些想妈妈了，在这个世界上，只有妈妈才是她真正的亲人，要哭，只能在妈妈跟前哭。她觉出来了，舅妈对她是排斥的，对她干活儿是挑剔的。不知为什么，她有点害怕舅妈。舅妈长得很好看，穿戴也很讲究，但她不敢看舅妈，更不敢直接看舅妈的眼睛，总觉得舅妈的目光里有一种逼人的气势。舅妈一回家，她不由自主地就有些紧张。舅舅虽然当官，但舅舅对人亲和，没有官气。舅妈虽然没当官，却有官太太的脾气，比当官的还厉害。她猜到了，让她当保姆一定是舅妈的主意。当保姆倒也没什么，作为一个过渡期也是可以的，问题是，当保姆当到什么时候呢，过渡期什么时候才能过渡完呢？每次见到舅舅，她都想问一问，什么时候才能给她找到工作。她没有问，好像一问就是催舅舅似的。她相信舅舅不会忘记帮她找工作的事，舅舅要是给她找到了工作，自然会告诉她的。她在笔记里写到了发愁，说真愁人啊，愁死了，愁死了，刚下眉头，又上心头，有谁知道她的愁呢！

星期天，祝艺青出去买菜，夏百合到祝艺青住的屋子，把祝艺青放在枕边的笔记本看到了。一个人的笔记，等于是一个人的内心世界，内心世界和外部世界是不一样的，外部世界都差不多，内心世界却千差万别。既然发现了祝艺青的内心世界，夏百合禁不住要看一看，她主要想看一看，祝艺青的笔记是否涉及她，她在祝艺青的内心世界里是什么样子。刚看了一篇，她的行为就被女儿晓灵发现了，晓灵说：干什么呢？老毛病！看人家的笔记毕竟心虚，女儿的话把她吓了一跳，她赶紧把祝艺青的笔记本合上，按原样放好。但女儿拿眼睛瞪着她，对她不依不饶。夏百合以前看过女儿的笔记，曾被丈夫李海平严厉批评过，知道看人家的笔记是理亏的，不文明的。她对女儿说：对不起，对不起，我就是随便翻翻，其实也没看见什么。女儿说：没看见什么也不行，说明你有侵犯人家隐私的动机，等爸爸回来我要告诉爸爸。夏百合说：嚇，这孩子，我疼你真是疼值了，竟然管到你妈妈头上来了。女儿说：我坚持正义。夏百合只得软下来，说灵灵，你千万不要告诉你爸爸，惹你爸爸生气，对谁都没好处。我以后不看她的笔记了还不行吗！

夏百合有一个朋友叫白斯娥，是一个富婆。白斯娥也是从双鸭山到北京来的，称得上是夏百合的闺中密友。她俩来北京的途径有所不同。夏百合是夫贵妻荣，作为李海平的家属，从东北迁到北京。而白斯娥完全是靠自己打拼，一步一步在北京站稳了脚跟。她先是在北京的餐馆给人家打工，当服务员，当领班。经验积累得差不多了，手里也攒了一些钱，就开始自己开餐馆。先是开小餐馆，之后开大餐馆，把自己开成了女老板。白斯娥的丈夫在矿上当科长，她劝丈夫辞掉公职，向她靠拢，一块儿在北京发展。大概是丈夫舍不得丢掉那个小官，不愿意离开体制，拒绝到北京来。这样两口子就离了婚，白斯娥成了自由之身。说夏百合与白斯娥是闺密，不仅因为她们在煤矿时就认识，就是好朋友，更在于她们到北京后走得更近，关系更密切，两个人还有了一些共同的秘密。她们一块儿在健身房办了健身卡，在美容院办了美容卡，还结伴出国旅游。去年国庆长假期间，她们就一块儿去了一趟印度尼西亚的巴厘岛，在那里做了彩色豪华按摩。提起那次按摩，两个女人至今还两眼放光，脸色发红。比如按摩这样的事，夏百合是不会对丈夫说的。还有家里的一些事，她不能跟丈夫说，但可以对白斯娥说。

这天中午，夏百合到白斯娥的餐馆吃饭，就顺便把看了祝艺青笔记的事对白斯娥讲了。她说保姆小祝在笔记里说她的坏话，把她说成是官太太。白斯娥一听就笑了，说：人家说你是官太太有什么亏的，你本来就是官太太嘛！海平哥的官位相当于地方上的一个市长，你不是官太太是什么！夏百合说：反正我一看见这丫头心里就别扭，上一个破大专，好像多么了不起似的，好像就成了贵族似的。我让她当保姆，她成天跟我拉着个脸子，好像受多大委屈似的。白斯娥说：姐们儿，你要是不想看见她，那还不好办。她不是出来找工作嘛，让她到我这儿来，我给她找个活儿干不就得了。夏百合说：你不知道，她的眼刁得很呢。她说她来北京之前，她妈妈跟她说了，对工作要有所选择，到商场当营业员，不干；到饭店当服务员，不干；歌厅、美容院等，那些地方更不能去，就是一天给一块金砖都不去。白斯娥一听这话，稍稍有些吃惊，也有些急眼，她骂了一句脏话，说：她看不上这个，看不上那个，她算老几？我看她连那些浑身脏兮兮的流浪猫都不如。一个人，吃不得苦中苦，就得不到甜上甜；做不了人下人，就做不了人上人。我们到北京苦苦打拼，现在把北京整得繁荣了，她初来乍到，就想赚现成的，就想享受，做她娘的白日梦去吧！她以为她来北京是来当格格呢，是候选皇妃呢，把我的大牙酸掉吧！夏百合说：我跟你的观点完全一致，反对有些人动不动就想往北京跑。把北京的煎饼摊得再大，也禁不起全中国的人都跑来吃。哪个地方的资源都是有限的，要是他们都跑来吃，我们就得少吃，就会影响我们的生活质量。白斯娥说：这样吧，你把她交给我，我治治她。夏百合问：那我跟李海平怎么说呢？白斯娥说：你就说我这边最近人手有些紧张，让小祝到我这里帮一段时间的忙。小祝要是干得好，我给她发奖金。夏百合又问：你打算怎么治她呢？白斯娥说：这个你就不用管了，我自有办法。我要是整不出她的尿儿来，她就不知道自己是谁。姐放心，我不会让她见我，她没资格见我。你让她找我的餐厅经理胡丽华就行了。

让祝艺青去饭店帮忙，夏百合没有直接跟祝艺青谈，而是让丈夫李海平跟祝艺青谈的。李海平简单跟祝艺青介绍了白斯娥的个人奋斗史，说白斯娥这人很不简单，她既为国家创造了税收，又安排了不少人就业，对社会是有贡献的。李海平说：白老板是咱们的老乡，我和你舅妈跟白老板都很熟，她一定会关照你。年轻人嘛，到社会上锻炼一下也有好处。出于对舅舅的尊重，也是不想天天看舅妈难看的脸色，祝艺青同意去白斯娥的饭店帮忙。

到了饭店，胡丽华没有安排祝艺青当收银员，也没有安排祝艺青当门迎，甚至连服务员都没让祝艺青当，给她安排了一项最简单、最粗、最笨重的活儿，收盘子洗碗。哪个餐桌上的食客吃完了饭，祝艺青的任务是及时把盘子、碗、分酒器、酒杯、筷子、勺子、剩汤、剩饭、烟灰缸等收走，并用抹布把桌子擦干净，给下一拨食客使用。祝艺青把盘子碗等拿到后厨，须及时清洗干净，以便厨师们循环使用。胡丽华给祝艺青安排任务时，满脸笑意，口气相当客气，说妹子，不好意思，辛苦你了。我听说你是我们白老板的朋友介绍你来的，对你有照顾不周的地方，请你多担待。一旦开始干活儿，胡丽华对祝艺青盯得很紧，"照顾"得很周到。

饭店里的工作人员穿的都是由饭店统一配发的工作服，那些工作服有黑的，有紫红的，也有白的。只有祝艺青穿的还是自己的衣服，她穿的是一件牛仔式的连衣裙。因为祝艺青穿的衣服比较特殊，无论她出现在哪里，胡丽华一眼就能把她找到。需要对祝艺青进行指点时，她喊：小祝，你过来一下。她把小祝叫到后厨，说：你的动作太慢了，这样会影响整个饭店的节奏。你干活儿，走路，都得加快速度，跟上饭店的节奏。过了一会儿，胡丽华又把祝艺青叫到后厨，说：我把你叫过来，不当着顾客的面说你，是给你留面子，知道吧！你老拉着个脸子给谁看，是给我看，还是给顾客看！你要笑，要学会微笑服务。微笑暖人心，微笑出效益。你哭丧着脸子，是会影响饭店的上座率和经济效益的。来，看着我，你笑一下给我看看。祝艺青看了胡丽华一眼，眨了好几下眼皮，没有笑出来。胡丽华说：只有动物不会笑，凡是人都会笑。你难道没照过相吗，你照相的时候也板着脸吗！你不要塌着眼，绷着嘴，眼要张开，嘴要张开，像春天的花朵一样，脸要张成开放的状态。同时，你在心里要把高兴的事攒到一块儿，保持内心的愉快。只有内心愉快了，脸上的笑才是真实的。比如你要这样想，现在我在北京工作，北京有皇帝住过的故宫，有天安门广场，有人民大会堂，还有国家大剧院，那些地方都很宏伟，漂亮，是别的地方所不能比。祝艺青没有顺着胡丽华给她提供的思路走，她想，我算在北京工作吗？我不过在饭店里帮人家收盘子洗碗而已。这样想着，她倒是笑了一下，笑得有些自嘲。祝艺青的笑被胡丽华捕捉到了，胡丽华说：好，很好，看来你还是会笑的。人的长处就在于人会笑，你一笑好看多了。一定要把你的笑保持住。

　　祝艺青刚把一个包间的餐桌收拾干净，胡丽华就到包间检查。祝艺青想到卫生间解一个小手，裤带还没解开，胡丽华就把她喊了回来。这一次胡丽华没有把她喊到后厨，而是喊到了包间，她问祝艺青：这个包间收拾完了吗？祝艺青点点头，说收拾完了。胡丽华说：你再看！祝艺青往餐桌上看了一遍，桌子擦得干干净净，不知道胡经理让她看什么。胡丽华提示她：把眼界放宽，往窗台上看！祝艺青一看，见窗台上放着一个烟灰缸，里面扔着一些烟蒂。祝艺青承认她刚才没看见，没想到客人会把烟灰缸放到窗台上。胡丽华说：没想到可不行，想不到你就做不到。有的客人很挑剔，人家一看烟灰缸没收拾，很可能会扭头走人。如果那样的话，给饭店造成的损失算谁的！祝艺青把烟灰缸拿走清洗去了。

　　饭店晚上下班的时间是十点半，员工们到十点才能吃晚饭。别人能吃，祝艺青不能吃，她必须把所有的餐具都洗完，才能考虑吃饭的事。胡丽华不招呼她吃饭，饭店别的人也没人理她，丢下她一个人在后厨洗碗。也许在别人看来，祝艺青初来乍到，是一个生人。生人到一个新地方干活儿，总是要辛苦些。等祝艺青把餐具全部洗完，员工们已经把熬菜吃完了，只剩下一点米饭巴在桶底。祝艺青明显感到了别人对她的歧视和排斥，她负气似的，什么都没吃，饿着肚子就走了。晚上，别的员工大都是在饭店里打地铺睡，好在祝艺青还可以回到舅舅家去睡，还算有一个独立的空间。

　　几天干下来，祝艺青每天都很疲惫，胳膊腿儿似乎都细了，

250

眼睑也有了暗影。这天是周六，祝艺青回到舅舅家，正在客厅里看电视剧的舅妈问她干得怎么样。其实，对于祝艺青在饭店的情况，白斯娥与夏百合几乎每天都有交流。她们认为，初长成的小驴子刚上套拉磨都有些犟，都不好好拉。越是这样，越要把它拴在磨道里，并用小鞭子抽它的屁股，好好磨磨它。小驴子不磨不老实，人不磨也不会有好脾气。她们一边交流一边乐，每次交流得都很得意。祝艺青还没回答干得如何，夏百合就说：我听说你干得很不错，很能吃苦，一点儿大学生的架子都没有，别的人也很尊重你。祝艺青问：您听谁说的？夏百合说：你别管我听谁说的，反正我一直关心着你，你表舅也希望你能不断进步，我们对你是负责的。祝艺青又问：舅舅跟我说的白阿姨，我怎么一直没看见她呢？夏百合说：白老板很忙，除了开饭店，她还经营别的生意，很少到饭店里去。你见不见她都没关系，她跟手下的经理交代一下，经理会关照你的。祝艺青听出来了，舅妈说的都是假话，跟事实一点儿都不相符。她怀疑，让她去饭店帮忙，可能是舅妈的主意。她还怀疑，是舅妈和白老板在背后商量好的，利用白老板手下的人在对她进行打压，把她从北京赶回老家。不然的话，白老板怎么连面都不露一个呢！不然的话，那个狐假虎威的胡丽华对她为何如此苛刻呢！还有饭店里的那些员工，为什么都对她如此冷漠呢！要是那样的话，舅妈的做法未免太过分了一点，也太恶毒了一点。

胡丽华对祝艺青打压的力度继续增加。这天晚上饭店临下班时，胡丽华指着一摞盘子，说没刷干净，要祝艺青重刷。祝艺青正用抹布擦手，说：哪儿不干净，我看挺干净的。胡丽华说：你说干净不算，我说干净才算干净。我让你重刷，你就得重刷。胡丽华的故意刁难使祝艺青对舅妈的怀疑几乎得到证实，她的一口气也顶上来了，说：我要是不重刷呢？胡丽华说：你不重刷不行，你以为你是谁，不就是一个保姆嘛！祝艺青说：当保姆怎么了，人格一点儿都不比别人低。胡丽华说：低不低你自己知道，反正到这里就是我管你，我就是比你高！祝艺青认为可笑，太可笑了！

祝艺青失踪了。祝艺青没有再去白斯娥的饭店帮忙。白斯娥把消息反馈到夏百合那里，夏百合给祝艺青打电话，祝艺青的手机一直处于关机状态。夏百合回家看过，祝艺青人也没在家里，她的拉杆旅行箱也不见了。夏百合把情况汇报给丈夫李海平，李海平问：是不是饭店的人欺负祝艺青了？夏百合说：没有呀，我听说大家都对她挺好的。李海平说：对她挺好，她为什么走？你现在去把孩子找回来！夏百合说：她的手机关着，我到哪里去找！李海平说：你向公安局报案，让公安局帮你找。夏百合说：要报案你去报，小祝是你的亲戚，是你答应让她来北京的。

李海平在公安局里有朋友，他把祝艺青失踪的情况跟朋友讲了，请朋友帮助查找。公安局马上布置了警力，在全市范围内查找祝艺青的下落。警察又是去车站调看监控录像，又是去旅馆遍查住宿登记，直到第三天才把祝艺青找到了。祝艺青没有离开北京，警察找到她时，她正在一处由居民楼地下室改成的小旅馆里睡觉。

2013 年 2 月 26 日至 3 月 13 日北京和平里

252

图书在版编目(CIP)数据

找不着北：保姆在北京／刘庆邦著.—北京：北京十月文艺出
版社，2014.5
ISBN 978 – 7 – 5302 – 1376 – 6

Ⅰ.①找… Ⅱ.①刘… Ⅲ.①中篇小说—小说集—中国—当
代 Ⅳ.①I247.5

中国版本图书馆CIP数据核字(2013)第307277号

找不着北：保姆在北京
ZHAOBUZHAO BEI：BAOMU ZAI BEIJING
刘庆邦　著
*
北 京 出 版 集 团 公 司
北 京 十 月 文 艺 出 版 社　出版
(北京北三环中路6号)
邮政编码：100120
网址：www.bph.com.cn
新 经 典 文 化 有 限 公 司 发 行
新 华 书 店 经 销
三河市三佳印刷装订有限公司印刷
*
890毫米×1270毫米　32开本　8.25印张　165千字
2014年5月第1版　2014年5月第1次印刷
ISBN 978 – 7 – 5302 – 1376 – 6

定价：28.00元
质量投诉电话：010 – 58572393